DER PATE VOM CHIEMSEE

Heinz von Wilk, 1949 geboren, ist in Rosenheim aufgewachsen und als Musiker viele Male um die Welt gereist. Er betrieb eine Künstleragentur in Osnabrück, anschließend eine Immobilienfirma im spanischen Denia. Heute lebt er mit Frau und Rauhaardackel Josef, der aber nicht weiß, dass er ein Hund ist, im Chiemgau. 2011 erschien sein erster Krimi der »Stocker«-Serie »ChiemseeJazz«.

Dies ist ein Roman. Fast alle in der Geschichte vorkommenden Personen, Ereignisse und manche Orte sind entweder verändert oder frei erfunden. Auch fast alle Namen sind fiktiv, bis auf die Countryband Chiemsee Cowboys und den mysteriösen Scharfschützen Axel M. Die gibt es. Mehr über Axel M. will der Autor nicht preisgeben, um Teile der Leserschaft nicht unnötig zu beunruhigen.

HEINZ VON WILK

DER PATE VOM CHIEMSEE

Oberbayern Krimi

emons:

Bibliografische Information der Deutschen Nationalbibliothek
Die Deutsche Nationalbibliothek verzeichnet diese Publikation in der Deutschen Nationalbibliografie; detaillierte bibliografische Daten sind im Internet über http://dnb.d-nb.de abrufbar.

MIX
Papier aus verantwortungsvollen Quellen
FSC® C083411
FSC
www.fsc.org

Umschlagmotiv: Heinz Wohner/Lookphotos
Umschlaggestaltung: Nina Schäfer, nach einem Konzept von Leonardo Magrelli und Nina Schäfer
Umsetzung: Tobias Doetsch
Gestaltung Innenteil: César Satz & Grafik GmbH, Köln
Lektorat: Carlos Westerkamp
Druck und Bindung: CPI – Clausen & Bosse, Leck
Printed in Germany 2018
ISBN 978-3-7408-0277-6
Oberbayern Krimi
Originalausgabe

Rosenheim von unten

»Was glauben Sie, warum mein Ex-Sicherheitschef aus dem Gefängnis geflohen ist? Er hätte doch nur noch ein halbes Jahr oder so vor sich gehabt. Na, was denken Sie?«

Die Augen des alten Mannes sahen aus wie Glasmurmeln, die man in einen Brotteig gesteckt hatte, der dann alt, hart und grau geworden war. Das dunkelgrüne Glitzern in ihnen erinnerte Stocker an die Scherben einer zerbrochenen Weinflasche. »Keine Ahnung. Sagen Sie es mir.«

Der Mann presste die dünnen, trockenen Lippen zusammen, seufzte und sagte dann mit brüchiger Stimme: »Was sehen Sie, wenn Sie aus dem Fenster schauen, Herr Stocker?«

»Die Bahnhofstraße. Menschen, die es eilig haben oder auch nicht. Autos, Fahrräder, den Rosenheimer Bahnhof. Warum?«

Stocker drehte sich vom Fenster des Büros im ersten Stock der Tagesklinik weg. Der Alte saß im Stuhl hinter dem Schreibtisch. Seine braunfleckigen Hände, die er mit verschränkten Fingern vor sich auf der polierten Holzplatte liegen hatte, sahen aus wie Krallen eines großen Raubvogels.

»Es gab zwei Bunker im Süden des Bahnhofs und einen im Norden. Der im Norden ist noch vorhanden. Schauen Sie mal, da, wo die Taxis stehen. Genau da drunter ist er.«

Der dünne alte Mann atmete durch den Mund und sah nach oben, als wäre ihm plötzlich was eingefallen. »Es gab elf Luftangriffe auf Rosenheim. Das ist nicht viel im Vergleich zu anderen Städten.« Er schwieg, atmete rasselnd ein, und seine Augen glitzerten im Licht der Neonröhren, die das Zimmer in ein unwirkliches, grelles Tageslicht tauchten. »Im Juni letzten Jahres haben sie angefangen, mit Baggern da rumzugraben. In der Gegend des ehemaligen Haupteinganges.«

Es hatte aufgehört zu regnen, und der Himmel begann sich

aufzuklären. Wind kam auf, und die Fahne vor dem Telekom-Gebäude gegenüber hing am Mast wie ein nasser Lappen. Verdreht und tropfend, während das Nylonseil im Wind wie ein entzündeter Nerv stetig gegen die Stange zuckte.

»Um ehrlich zu sein, interessiert mich das alles herzlich wenig. Was genau wollen Sie von mir, Herr von Bernbach? Doch keine Konversation über historische Ereignisse oder über Ihren … wie soll ich sagen … Ex-Mann für alle Fälle?«

Der Alte starrte auf seine Hände. »Mein Vater hat mir eine Klapperschlange geschenkt. Die war in einem großen, runden Glas, das mit gelblichem Formaldehyd gefüllt war. Die Schlange hatte ihr Maul weit offen und gegen das Glas gepresst. Die Augen blinkten im Licht wie Diamanten, und man konnte die Fangzähne mit den Löchern sehen, aus denen bei einem Biss das tödliche Gift kommt.« Der Mann verstummte und schloss kurz die Augen. »Nach vielen Jahren im Glas waren mit der Zeit die Farben der Schlangenhaut verblasst, und der Körper begann, sich in fadenförmige Striemen aufzulösen.«

»Warum erzählen Sie mir das?«

Von Bernbach lachte krächzend. »Mein Vater wollte mir mit diesem Geschenk klarmachen, dass das Böse auch dann noch böse bleibt, wenn man glaubt, es sei tot oder weggesperrt. Meine Macht reicht weit, das wissen Sie. Auch bis in ein spanisches Gefängnis hinein. Aber Luc Telchen, den Sie Timo nennen, hat alles überlebt. Gut, er hat bei einem Kampf während des Freiganges auf dem Hof ein Auge verloren, aber die drei Angreifer hat er getötet. Wissen Sie, wie sie ihn im Foncalet-Knast danach nannten? Den Unsterblichen. Keiner hat mehr gewagt, gegen ihn vorzugehen. Und jetzt ist er ausgebrochen und wahrscheinlich schon irgendwo hier in der Gegend.«

Stocker stieß die Luft aus und ging zum Schreibtisch. Er stützte sich mit den Händen auf die blank polierte Platte und beugte sich zu dem Alten. »Lieber Herr von Bernbach, das ist doch in erster Linie Ihr Problem. Sie haben dafür gesorgt, dass er in Spanien im Bau gelandet ist. Okay, zugegeben, mit meiner Hilfe. Und jetzt ist er raus. Na und? Wenn er mir in die Quere kommt, ist er so gut wie tot. Denn auch mein Partner wartet nur darauf, ihn in die Finger zu kriegen. Aber wissen Sie, was mich wundert? Sie haben eine kleine Armee, die für Sie arbeitet und Sie beschützt. Sie haben beste Verbindungen bei der Polizei und in der Politik. Bis ganz nach oben. Zeno und ich dagegen, wir sind genau zwei, das kann man zählen, wie man will. Wir betreiben eine Kneipe in Atzdorf am Chiemsee und haben auch keinen Elektrozaun mit Kameras obendrauf um unser Grundstück, so wie Sie. Also, was genau wollen Sie?«

»Luc war mein engster Mitarbeiter. Er hatte Einsicht in die meisten meiner Aktivitäten, und ja, er war mein Mann fürs Grobe. Aber das wissen Sie ja alles. Was Sie nicht wissen, ist, warum er hierhergekommen ist. Das hat unmittelbar mit mir und auch mit dem Abriss des Bunkers da drüben zu tun. Eine mir nahestehende Investorengruppe hat das Gelände gekauft und plant diverse Bauten. Luc denkt wahrscheinlich, der gesamte unterirdische Komplex wird verfüllt oder gesprengt oder was weiß ich.«

»Wie gesagt, das interessiert mich wenig. Lassen Sie das ganze Areal rund um die Uhr bewachen, und wenn er auftaucht, greifen Sie sich den Kerl. Wozu sollten Sie mich und meinen Partner brauchen?«

»Weil ich nicht mehr weiß, wem von meinen Leuten ich trauen kann und wem nicht. Ich habe einen Maulwurf in meiner Truppe, und ich weiß nicht, wer es sein könnte.« Der Alte sog zischend Luft durch die geschlossenen Zahnreihen. »Natürlich habe ich meinen engsten Mitarbeiterkreis neu besetzt. Denn das waren ja fast ausschließlich Telchens Leute. Aber ich kann nicht den ganzen Apparat austauschen. Alle meine Männer sind Profis, Spezialisten, die ich mir aus der ganzen Welt zusammengekauft habe. Aber einer oder mehrere sind das schwache Glied in der Kette, und im Moment tappe ich völlig im Dunkeln.«

»Und Sie denken, er will Ihnen an den Kragen?« Stocker setzte sich in den Besucherstuhl und verschränkte die Beine.

»Ich würde noch etwas weiter gehen. Er will mich und meine Familie. Und er will Geld, viel Geld. Er kannte fast alle meine Verbindungen, deshalb weiß er, wo er es holen kann. Dazu braucht er Kapital, weil er Helfer bezahlen muss. Seine Konten habe ich gesperrt, seine Schließfächer sind leer. Jedenfalls die, die wir finden konnten. Aber raten Sie mal, wo er höchstwahrscheinlich einen größeren Betrag in bar gebunkert hat? Im wahrsten Sinne des Wortes, meine ich?«

Stocker lächelte und zeigte mit dem Daumen zum Fenster. »Da drüben? Im Bunker? Nee, oder?«

Der alte Mann schaute auf seinen faltigen Handrücken. »Doch. Das nehme ich jedenfalls stark an. Wo das Versteck sein soll, das weiß ich nicht, denn die unterirdische Anlage ist ziemlich weitläufig. Es gibt da unter der Erde zwei Haupträume, diverse Nebenräume, Versorgungsstollen und Gänge. Wir haben natürlich die Pläne, aber die helfen nur bedingt weiter.«

»Moment. Sie haben mir doch gerade erzählt, der Eingang ist im letzten Jahr zugebaggert worden.«

»Es gibt noch zwei Notausgänge. Einer davon ist in einem kleinen Häuschen neben einem Reiterstellwerk. Das liegt zwischen den Gleisen. Und der andere Ausgang ist im Keller des Bahnhofs. Davon weiß heute fast niemand mehr, glaube ich.«

Stocker lehnte sich zurück. »Und Sie? Woher haben Sie die Informationen über das Versteck?«

Ein freudloses Grinsen schlich sich in das alte Gesicht. »Wir haben einen seiner engsten Ex-Mitarbeiter ... wie soll ich sagen ... nachhaltig befragt. Leider ist er während des Gesprächs unerwartet verstorben. Wir vermuten, dass dieser Mann das, was in dem Bunker ist, holen sollte, um es Luc Telchen zu übergeben. Tja, jetzt muss er es selber bergen.«

»Interessant, wirklich.« Stocker schaute sich um. »Warum bin ich jetzt im ersten Stock im Büro eines Arztes und höre mir das an?«

Von Bernbach beugte sich etwas nach vorne und hustete. »Verzeihung. Also, Sie sind hier, weil ich den Vater des Besitzers dieses Hauses gut kannte. Und Sie sind hier, weil wir sprechen können, ohne dass mein Fahrer oder meine Sicherheitsleute mitbekommen, dass wir reden. In einem Arztbüro können wir auch nicht abgehört werden. So, und jetzt zur Sache.«

Er kramte einen Moment in seiner braun karierten abgetragenen, aber teuer aussehenden Jacke und legte dann einen Memorystick auf die Schreibtischplatte. Nachdem er das kleine schwarze Plastikteil vorsichtig mit seinem dürren Zeigefinger über den Tisch geschoben hatte, sagte er: »Da drauf ist alles, was ich über Luc Telchen habe. Er war ja vor seiner Zeit bei mir beim BND und hat für die CIA Jobs erledigt. Hier haben Sie Akten, Fotos, seine Vorlieben, seine Verbindungsleute und Helfer. Finden Sie ihn und neutralisieren Sie das Problem. Ich biete Ihnen und Ihrem Partner je eine Million plus einen satten Bonus. Und natürlich Spesen in unbegrenzter Höhe.«

Stocker winkte ab, aber der alte Mann hob nur seine Hand. »Warten Sie. Ich weiß, dass Sie und Ihr Partner bereits einige Millionen haben. Ich weiß auch, wo. Schauen Sie, ich könnte Sie erpressen. Aber das tue ich nicht. Ich bitte Sie darum. Bitte helfen Sie mir in dieser Sache. Das ist auch in Ihrem Sinne, glaube ich.«

Stocker kniff die Augen zusammen. »Das klingt sehr nach einer versteckten Drohung. Ist es das?«

»Nein. Aber Luc Telchen weiß möglicherweise, wo Ihre verehrte Gerlinde ist. Und wo die Gelder sind, die sie mir gestohlen hat. Wir beide haben nach wie vor unseren Deal, dass ich der Frau nichts tue. Von mir aus kann sie hundert Jahre alt werden. Seit einigen Wochen lebt sie in Willemstad,

Curaçao. Haben Sie das gewusst? Wollen Sie ihre neue Telefonnummer?«

Stocker schüttelte den Kopf, der Alte seufzte und meinte: »Luc Telchen wird sich aber nicht an eine Abmachung halten, die ich mit Ihnen getroffen habe. Er wird sich das Geld holen, sobald er hier fertig ist, und er wird die Frau töten. Wollen Sie das?«

Stocker starrte den Alten an. Der fuhr fort: »Schauen Sie, ich kann Ihnen jede Information besorgen, die ich erhalte. Sie wissen, dass meine Verbindungen bis in die höchsten Kreise reichen. Aber ich kann mir nicht erlauben, dass die deutsche Polizei Luc Telchen in die Finger bekommt. Wissen Sie, was er in so einem Fall machen würde?«

Stocker nickte und der Alte auch. »Genau. Einen Deal würde er vorschlagen. Und in Politikerkreisen und in Teilen unserer feinen Gesellschaft gäbe das ein Erdbeben. Ich kann ihn auch nicht von meinen Leuten suchen lassen, denn dann wüsste er immer, was läuft, und wäre gewarnt. Kommen wir ins Geschäft?«

»Ich spreche das mit meinem Partner durch. Wenn er mitmacht, dann nehmen wir uns der Sache an. Wie kann ich Sie erreichen?«

Von Bernbach griff wieder in eine seiner Jackentaschen und holte ein altes grünes Handy hervor. »Hier, nehmen Sie das. Schicken Sie morgen eine SMS. Nur ›ja‹ oder ›nein‹. Das reicht. Behalten Sie das Handy, ich rufe Sie an, wenn ich was Neues für Sie habe. Rufen Sie mich nicht an, denn ich werde nach jedem Kontakt eine neue SIM-Karte benutzen. Wenn Sie jetzt dieses Büro verlassen, dann gehen Sie bitte die Treppe nach oben und warten eine Viertelstunde. Wo ist Ihr Partner?«

Stocker grinste. »Der ist da draußen irgendwo und passt auf.«

»Leben Sie wohl, Herr Stocker. Und bitte geben Sie mir eine positive Nachricht.«

Stocker klopfte mit den Fingern auf das Steuerrad und starrte missmutig durch die beschlagene Frontscheibe. Die Ampelanzeige sprang auf Grün, aber Stocker bewegte grübelnd die Lippen, ohne einen Laut von sich zu geben.

»Fahr an, Junge, grüner wird's nicht.« Zeno, der immer mehr wie dieser dünne bayerische Schauspieler mit den schütteren rotblonden Haaren aussah, hob den Kopf. Dann beugte er sich wieder nach vorne über das geöffnete Handschuhfach des alten braunen 240D. »Hörst du mir überhaupt zu?«

Er wühlte in dem Durcheinander vor sich, und als Stocker nur knurrte, sagte er: »Keine Antwort ist auch eine. Du mich auch. Also, ich liebe es ja, wie du deinen Zorn so unaufgeregt vorführst. Hier, schau, die beiden da drüben an der Kreuzung, das sind welche aus der Bernbach-Truppe. Und vor dem Ärztehaus war auch mindestens einer. Verstehst du meine Worte? Hallo, Erde an Stocker?«

»Was? Ach so, ja. Der Alte will, dass wir Timo finden. Er ist ausgebrochen und wahrscheinlich schon in der Gegend.«

Zeno warf die Klappe des Handschuhfachs mit einem Knall zu. »Das sagst du so nebenbei?«

Stocker nickte und fischte den Stick aus seiner Brusttasche. »Da ist alles drauf, was Bernbach hat. Er bietet uns zwei Mios, alle Spesen extra plus einen kräftigen Bonus.«

»Und, was hast du gesagt?«

»Dass ich erst mit dir darüber reden will.«

Zeno schlug ihm auf die Schulter. »Du bist ein echter Kumpel, danke. Aber weißt du was? Den Kerl würde ich mir sogar umsonst vornehmen. Nein, ich würde dafür bezahlen, wenn ich das machen dürfte. Natürlich greifen wir uns den Knaben. Gib mir den Stick, ich fange gleich damit an, sobald wir zu Hause sind.«

Er öffnete das Fach vor sich wieder. »Als ich noch bei den Zielfahndern war, haben wir Wetten mit den anderen Teams abgeschlossen, wer seinen Mann zuerst hatte. Die meisten von

Timos Truppe sind Blindfische, Nullchecker. Den haben wir bald. Jetzt lach doch mal, Mann.«

»Mein Gesicht ist schon abgereist, und ich bin auch gleich weg«, sagte Stocker. »Was suchst du denn da überhaupt?«

»Das, was drin sein sollte. Ich hab hier irgendwo zwei Schokoeier, Vollmilch-Mandel. Die sind aber nicht mehr da. Dafür das Zeug. Was, bitte, ist das?«

Zeno hielt mit zwei Fingern ein gelbes Baumwolltuch hoch, circa dreißig mal dreißig Zentimeter, mit dem Aufdruck: »VORSICHT PISSIGER HUND!«

Stocker gähnte. »Das ist für unseren Josef. Irgendwer hat ihm sein schwarzes ›Bloodhound Gang‹-Halstuch geklaut. Und als echter Dackel muss er doch stetig an seinem Abschreckungs-Potenzial arbeiten, oder? Was deine Eier anbelangt, die hast du in dem anderen Benz versteckt. In dem, der uns im letzten Herbst abgefackelt worden ist. Hast du das schon vergessen? Außerdem hast du eh Übergewicht.«

Beleidigt schloss Zeno das Fach. »Ich bin eins neunundsiebzig vom Boden weg, und ich habe exakt zweiundachtzig Kilo. Alles pure Muskelmasse, Knochen und Samenstränge. Zweiundachtzig ist übrigens mein astrologisches Glücksgewicht, nach dem chinesischen Horoskop. Und da muss ich mich eben ab und zu echt zwingen, dass ich was esse, um mein Gewicht zu halten. Abnehmen bringt nämlich im Jahr des Pferdes Unglück. Jetzt mach lieber mal Musik, aber leise, ja?«

Stocker drückte seufzend ein paar Knöpfe am Armaturenbrett, und aus den zwölf High-End-Lautsprechern im Inneren des alten stumpf-braunen Mercedes ertönte Bruce Springsteen, der Boss, mit »Glory Days«.

Zeno nickte im Takt der Drums. »Yes. Da hätte sogar ich wieder mal Lust zum Tanzen.«

»Du tanzt nicht, du eskalierst unkontrolliert. Deswegen kriegst du auch keine Mädels ab. Aber das wäre jetzt ein abendfüllendes Thema, gell? Pass auf, zu unserem Job. Wenn der Kerl hier ist, wer sagt uns, dass er immer noch so aussieht wie zuletzt? Der Bursche ist ein Profi, ein Chamäleon. Und es ist nicht so leicht, ein Chamäleon sichtbar zu machen, oder?«

»Doch«, sagte Zeno, »ist es schon. Das Chamäleon selber siehst du vielleicht nicht, deswegen musst du seine Umgebung verändern, dann wird es sichtbar. Das ist ein alter Trick. So haben wir früher bei der Zielfahndung gearbeitet, und so funktioniert das auch heute noch, glaub es mir.«

Der Gedanke an seinen Peiniger kratzte Zeno ein kaltes Lächeln ins Gesicht. »Er hat Stress. Er ist auf der Flucht. Okay, bis hierher hat er es vielleicht geschafft. Aber jetzt braucht er seine Sachen, die er hier versteckt hat. Seine Pässe, sein Geld, seine Waffen, sein Was-weiß-ich. Das ist sein Umfeld. Hier sind seine Verbindungen, seine Kontakte, seine Helfer. Und wenn wir dieses Umfeld verändern, dann ist er wie ein Fisch auf dem Trockenen. Gib mal dein Handy rüber.«

»Warum?«

»Weil ich Antiquitäten mag. Los, lass rüberwachsen!«

Zeno schnappte sich Stockers Nokia und schloss den kleinen Stick seitlich an dem Mobiltelefon an. »Na bitte. Geht doch. Und schon haben wir alles da drauf.«

Dann steckte er das kleine schwarze Plastikteil in Stockers Hemdtasche, wählte eine Nummer auf dem Handy und wischte mit der anderen Hand über die von innen beschlagene Frontscheibe. »Ja? Wer? Ich kenne keine Uschi. Das ist doch die Nummer von Chavez, oder? Was? Ist mir herzlich egal, ob er schläft. Weck ihn, Mädel. Jetzt gleich, klar? Sonst stehe ich in fünf Minuten vor eurer Tür, das willst du doch sicher nicht, oder? Was? Gut, aber mach hin, ja?« Zeno grinste, hielt sich das Telefon an die Brust und drehte das Radio leise. »Der wechselt seine Schnitten so oft, dass man sich die Namen gar nicht erst zu merken braucht.«

»Wo schläft der?«

»In Duisburg. Aber die Torte weiß ja nicht, wo ich bin. Wetten, dass der –« Zeno musste etwas gehört haben, denn er unterbrach sich und sagte: »Chavessino, alte Schnecke, wie geht es dir? Was, wer ist da? Ich natürlich. Dein alter Freund Zeno. Wie? Ja, ich lebe immer noch. Was? Nein, ich bin nicht in deiner Nähe, die nette Dame muss mich falsch verstanden haben. Pass auf, Alter, du bekommst jetzt gleich eine Menge Daten von mir geschickt. Werte das aus und mach mir ein Profil. Wie? Genau! Wann der wo sein könnte und warum, richtig. Außerdem schau mal zu, ob du irgendwelche Querverbindungen entdeckst, die uns nicht aufgefallen sind. Machst du das für mich? Heute noch? Super. Was? Wie viel? Fünftausend? Wow. Warte, das muss ich von meinem Partner absegnen lassen.«

Zeno hielt seine linke Hand über das Nokia und schaute beim Seitenfenster raus. Dann nahm er das Handy wieder ans Ohr. »Hey, bist du noch da? Mein Partner hat Schnappatmung wegen dir, aber fünftausend sind okay. Wie üblich an das Western-Union-Büro in der Stadt, die mit ›I‹ anfängt? Was? Ja, gut, schicke ich in einer Stunde weg. Gut, Alter, dann lass dein Mädel shoppen gehen und fang an. Was? Ja klar, mail es mir über den merkwürdigen Server, genau. Tschau.«

»Wer ist Chavez?« Stocker hupte und zeigte einem Kampfradler, der quer vor ihnen über die Straße schoss, die Faust.

»Chavez ist das Gegenstück zu deinem Costa-Blanca-John und seinen Benidorm-Hackern. Mit Chavez habe ich in Den Haag gearbeitet, der war bei den Europol-Fahndern, und jetzt privatisiert er und arbeitet nur noch ab und zu. Aber er hat Verbindungen nach überallhin. Und der Typ kennt keine Skrupel. Der fürchtet sich nicht in der Dunkelheit, sondern die hat Angst vor ihm. Chavez ist unser Mann, sei mal ganz beruhigt, ja?«

Stocker stellte das Gebläse eine Stufe höher. Durch die von innen angelaufene Frontscheibe sah er die Bäume, durch die der Wind fuhr, den Regen über die Felder trieb und gegen die dunklen Holzwände der vereinzelt dastehenden Heustadel prasseln ließ. Die weißen Gipfel der Alpenkette verschwanden fast hinter dem Regenvorhang, und die drei Spitzen der Kampenwand sahen aus wie urzeitliche Tiere, die sich auf ihrem Weg nach Norden etwas ausruhen wollten.

Kurz hinter Bad Endorf summte Stockers Nokia. Er warf einen Blick drauf und reichte es Zeno.

»Chavinho, mein Freund, das ging ja schnell. Was läuft? Wie? Warte mal, ich stell das Teil hier auf laut, dann kann mein Partner mithören, ja?«

Zeno legte das Handy in die Mittelablage. Gleich darauf ertönte eine leicht verzerrte Stimme: »Mann, da habt ihr euch aber ein Herzchen rausgepickt. Ich weiß, wer das ist. Den hättest du damals lieber mal präventiv umgenietet, mein Alter. Das ist der gruselige Timo, wie er leibt und lebt, das kann kein anderer sein, egal, was da für Namen stehen. Eins neunzig, um die vierzig, Glatzkopf, schlank, muskulös und oben rechts, an der Halsschlagader, die Schlangentätowierung. Ich seh die nämlich genau auf dem Video, wie er aus dem Auto steigt, sich umsieht und dann die Jacke anzieht. Da verrutscht der Hemdkragen, und man sieht die Tätowierung am Hals. Wow, der Kerl bewegt sich immer noch wie eine Katze und blinzelt weniger als eine Eule. Wer ist denn der dürre Alte, der dahinten aus dem Bentley krabbelt? Der sieht aus wie eine Mumie auf Urlaub.«

Zeno und Stocker grinsten sich an, dann sagte Zeno: »Wenn die Mumie das gehört hätte, dann wärst du jetzt schon so gut wie tot, Chavo. Pass auf: Der Bursche heißt Enno von Bernbach, Ex-Nazifürst, Ex-Gehlen-Mann, hat den BND mit aufgebaut, ist jetzt offiziell Bankier im Ruhestand. Inoffiziell ist er aber an vielen großen Deals beteiligt. Hast du von dieser Diktatorenfamilie gelesen, die im letzten Jahr ein halbes Dutzend Münchner Privatbanken aufgekauft hat?«

»Was, der ist das? Teufel noch mal, ihr sucht euch immer die Rosinen aus dem Kuchen, was?«

»Genau. Unser von und zu B. hat ein Anwesen in der Nähe des Chiemsees, inmitten von Wäldern und Wiesen, die ihm alle gehören. Er beschäftigt eine kleine Privatarmee und eine schnelle Einsatztruppe, die in ein paar Stunden überall auf der Welt zuschlagen kann, weil sie einen eigenen Heli und einen Learjet in München stehen haben. Und jetzt rat mal, wer der Chef dieses privaten SEK gewesen ist.«

»Luc Telchen, wie?«

Zeno nickte. »Genau der. Er hat sich aber mit dem Alten angelegt, der hat ihn ins Gefängnis von Alicante gezaubert. Und jetzt ist der Timo abgehauen und wahrscheinlich schon ganz in unserer Nähe. Nun kommst du ins Spiel. Mach deinen Job so, wie ich dich kenne. Sei aber vorsichtig, der alte Bernbach hat Verbindungen in höchste Kreise, da darf also nichts bekannt werden, ja?«

»Jetzt hab ich es kapiert. Der Alte weiß nicht, wem er trauen kann und wem nicht. Deswegen holt er sich Experten von außerhalb seiner Kreise. Viel Spaß mit dem, hoffentlich überlebt ihr das. Gut, ich mach dir das bis Nachmittag fertig. Schau zu, dass du die Kohle vorher auf die Reise schickst. Und ruf mich dann nicht mehr an, denn irgendwie häng ich an meinem Leben, okay?«

Stocker lachte. »Und vor dem fürchtet sich die Dunkelheit, was?«

»Wer hätte das gedacht, er ist ein Hosenscheißer geworden. Obwohl, die Nächte sind auch nicht mehr das, was sie mal waren. Früher war sowieso alles besser, sogar die Zukunft.« Seufzend legte Zeno das Handy in Stockers ausgestreckte rechte Hand.

Atzdorf am Chiemsee. Soll schön sein dort

Jedes Mal, wenn Stocker auf seine Kneipe, die »Endstation«, zufuhr, wurde ihm irgendwie warm ums Herz. Jetzt muss man wissen, die besagte Kneipe war früher mal ein Bahnhof. Auf einer eingleisigen Nebenstrecke von Prien nach Atzdorf und weiter nach Bad Endorf liegen die überwucherten Gleise. Irgendwann in den fünfziger Jahren wurde der Bahnverkehr dort eingestellt und auf die Hauptstrecke verlegt.

Zwischen den zwei Gleissträngen wachsen nun schon seit vielen Jahren Gräser, Wildblumen und einzelne Roggen- und Gerstenstiele, deren Samen der Wind hierher entführt hat. Und jetzt, an diesem warmen Nachmittag, schwebten Tausende weiße Löwenzahnsamen wie angriffslustige Fallschirmjäger über die angerosteten Schienen.

Der Ex-Bahnhof, ein im italienischen Neo-Barock-Villenstil erbauter gelber Prachtbau, ist damals so üppig erstellt worden, weil man günstig an die fertig gezeichneten Pläne kam. Und glaubte, bei so einem Bahnhofspalast, da würde der jeweilige bayerische König bestimmt hier in Atzdorf aussteigen, um vom Hafen von Gstadt aus zum Schloss auf die Herreninsel überzusetzen.

Aber der König Ludwig verstarb, ein neuer König war nicht in Sicht, und die nachfolgenden Politiker dachten nicht im Traum daran, in Atzdorf auszusteigen. Sie fuhren lieber von Prien aus mit dem Raddampfer über den Chiemsee. Wohl wegen der besseren Aussicht. Oder, wie manche Atzdorfer heute noch gerne munkeln, weil man dazumal die zuständigen Minister nicht ausreichend geschmiert hat. Manches ändert sich eben nie im Leben.

Wie dem auch sei, die Atzdorfer saßen nun auf einem königlichen Bahnhof, der nie einen König zu sehen bekam, und die Gemeinde versuchte alles Mögliche, um die Immobilie wieder loszuwerden. Der Bahnhof verkam. Dann kaufte eine Brauerei das Gebäude und baute es zur Schankwirtschaft um. Aber die Lage, na ja.

Das ist jetzt so interessant, wie wenn in China ein Fahrrad umfällt, möchte man denken. Das mit China stimmt aber irgendwie, denn ohne dieses ferne Land und die Deutschen ebendort gäbe es den Atzdorfer Bahnhof nicht und damit auch keine Musikkneipe »Endstation«.

In Kürze: 1897 bis 1914 war Qingdao die Hauptstadt des deutschen Schutzgebietes in China. Ein Atzdorfer baute den dortigen Gouverneurspalast, kam Jahre später wieder zurück ins Chiemgau und hatte unter anderem die Baupläne des Palastes im Gepäck. Und deswegen gleicht das ehemalige Bahnhofsgebäude bis auf den fehlenden zweiten Stock der ehemaligen Residenz des deutschen Gouverneurs in Qingdao wie ein Ei dem anderen.

1910 erbaut, 1951 als Bahnhof endgültig geschlossen und später ein paar Jahre als erfolglose Schankwirtschaft lieblos betrieben.

Albin Stocker, der nach vielen Jahren im Ausland und nach diversen Abenteuern wieder in seine bayerische Heimat zurückkam, wollte eigentlich nur eines: eine Kneipe eröffnen, in der er kochen und Musik machen wollte. Und ansonsten noch ein paar ruhige Jahre genießen.

Aber: andere Länder, andere Feinde. Und durch Stockers Vergangenheit war eigentlich auch schon der Weg in eine friedliche Zukunft verbaut.

Kurz und gut: Aus dem vergammelten Ex-Bahnhof wurde mit viel Geld und noch mehr Arbeit seine Traumkneipe, die »Endstation«. Und so steht da heute in Atzdorf ein hinreißend hässlicher gelber Klotz mit Säulen vor dem Eingang, roten Dachziegeln und grünen Kastanienbäumen auf dem kiesbestreuten Parkplatz und in dem kleinen Biergarten.

Zeno, Stockers Partner, ist ein Ex-SEK-Polizist, Ex-Drogenbulle und Ex-Undercover-BKA-Mann, der es satthatte, sein gesamtes Leben in einem Koffer zu sehen und alle paar Monate unter einem anderen Namen Leute ins Gefängnis zu bringen, die dank irgendwelcher Staranwälte nach kurzer Zeit wieder auf freiem Fuß waren. Er kam vor ein paar Jahren in die »Endstation«, um für zwei oder drei Wochen auf Stocker aufzupassen, und dann, nach einigen harten Situationen und diversen Nächten mit Bier und Gesprächen, blieb er.

Nellie, die Frau für alle Fälle, hat damals als Bedienung angeheuert, ist aber mittlerweile fester Bestandteil der »Endstation«, genauso wie Josef, ein Dackelrüde, den ein Zechpreller als Pfand hinterlassen hat.

Zweimal im Monat rockt der Chiemsee, dann ist in der Kneipe nämlich Live-Musik angesagt, und in der gemütlichen, mit dunklem Holz ausgelegten Gaststube stehen ständig Instrumente dafür bereit: eine Shure-Gesangsanlage aus den achtziger Jahren, ein Fender-Bassman, ein Rhodes-E-Piano und die zwei Vox-Gitarren-Amps, die links und rechts von Stockers altem Ludwig-Drumset stehen.

Hinter der braunen verschrammten Holztheke, schräg über den drei Zapfhähnen, hängt ein ausgestopfter Hirschkopf. Eines der beiden braunen Glasaugen hatte Zeno durch eine Kameralinse ersetzt, und im halb offenen Maul des depressiv wirkenden Zwölfenders ist ein Mikro installiert.

Die einarmige Nellie

Nellie stand hinter dem verkratzten Tresen und zapfte präventiv zwei kleine Biere, als Stocker und Zeno durch die Schwingtür traten. Zischend lief der braune Gerstensaft in die hohen, beschlagenen Gläser, während sie über die Schulter zum Eingang schaute. »Super, dass die Herren Chefs auch mal wieder vorbeikommen. Bald geht der Betrieb wieder los, und die Küchenherde sind kalt wie ein Eskimohintern. Macht ja nix. Albin, du bist ja jetzt bei uns in Atzdorf weltberühmt. Schau mal in das neue Rosenheimer Journal, Seite dreiundsechzig. ›Kneipe mit Herz und knalliger Musik‹. Hier, liegt da drüben bei der Kaffeemaschine, ist vorhin mit der Post gekommen.«

Stocker schnappte sich das Magazin, blätterte schnell durch bis zur besagten Seite, und Zeno nahm die zwei schön gezapften Biere entgegen. »Danke für die Gerstenkaltschale, meine Süße. Aber küchenmäßig hättest du ja schon mal die Tagessuppe und die Salate vorbereiten können. Immer im Voraus denken, so läuft das. Der frühe Apfel fängt den Wurm, gell?«

Nellie wischte den Bierschaum von der Theke. »Dein früher Vogel ist mir so was von schnurz. Und überhaupt, rein vögelmäßig hast du eh keine Peilung, oder? Sag jetzt lieber nichts. Als Lesbe seh ich das voll unparteiisch. Trink dein Bier und denk mal über das Leben und die Frauen nach. Und du, Albin Stocker, du solltest diese Nummer anrufen. Die da auf dem Zettel. Das ist dein spanischer Kumpel, glaub ich. Ist was Eiliges, sagt er, also mach hin. Prost, die Herren!«

»Ich hab keine Zeit, mich zu beeilen«, grummelte Stocker, nahm aber trotzdem das Telefon und tippte die Nummer ein. Während sich die Verbindung aufbaute, schaute Stocker auf sein Bild in dem aufgeklappten Magazin.

Bist schon ein verdammt gut aussehender Bursche, du da auf dem Foto, dachte er sich. Wenn ich eine Frau wäre, würde es mich glatt umhauen. Stramme eins achtzig, braune Haare, schwarze Augen, fast kein Übergewicht. Toll. Stocker zog den Bauch ein und lächelte sein Foto an.

Zeno schnappte sich das Journal und meinte: »Konzentrier dich jetzt auf das Gespräch und schau nicht auf diesen hässlichen Seuchenvogel da auf dem Bild. Der kann ja nichts dafür, dass er so abstoßend aussieht. Aber da oben, der schlanke Typ mit dem Dackel im Arm, das ist ein Prachtkerl, was, Nellie?«

Zeno hielt ihr die Illustrierte vor das Gesicht. »Hier, der Sexgott mit dem lichten Haupthaar, das bin ich. Der mit der zugepelzten Schnauze ist der Josef, damit da keine Verwechslungen aufkommen.«

Sie verzog die Lippen und grinste. »Na ja, bei euch beiden hat der liebe Gott ein bisschen geübt. Obwohl ich glaube, dass die Fotos aus Mitleid nachträglich retuschiert wurden. Aber der Dackelmann ist gut getroffen, oder?«

Stocker hob die Hand und presste mit der anderen das Telefon ans Ohr. »John? Hi, wie geht's dir? Was? In fünfzehn Minuten? Okay, das schaff ich. Bis gleich.« Stocker schaute Zeno und Nellie an. »Ich fahre schnell nach Endorf zum Bahnhof, telefonieren. Bin gleich wieder da. Wo ist übrigens unser Hund?«

Und wie auf ein Stichwort kam Josef, der Rauhaardackel, im Pferdegang aus der Küche marschiert. Er schaute die drei an und trottete an der Theke vorbei zur halb offenen Eingangstür. Dort schüttelte er sich, rülpste und pinkelte an den großen Tontopf mit der Palme drin, der vor der Tür stand. Dann legte er sich unter einen der Biergartentische und schloss die Augen.

Ferngespräch: »Was?«

In Bad Endorf fuhr Stocker ein paar Meter vor der Eisdiele rechts ran, schloss den alten Benz ab und schaute sich aus Gewohnheit um. Nichts Verdächtiges zu sehen. Keine dunkelblauen 5er BMWs mit zwei Personen drin, keine Fußgänger, die im Gehen Zeitung lesen. Alles klar.

Er warf ein paar Euro-Münzen in den Schacht des Metallkastens und wählte die ellenlange spanische Nummer. Dann beobachtete er den Bahnhofsvorplatz und wartete, bis es in Denia/Costa Blanca läutete. Nach dem dritten Signalton klackte es in der Leitung. »Pretty good timing. Wie geht's dir?«

»Gut, John, danke, und dir?«

»Soweit ich weiß, ganz gut. Du weißt, dass Timo unterwegs zu euch ist, ja?«

»Ja.«

»Gut. Ich kann dir sagen, wie er rausgekommen ist. Pass auf, einer von meinen Jungs war auch dort im Knast, der ist gestern entlassen worden.«

»Wer von deinen Burschen ist es?«

»Big Mac.«

»Wow.« Stocker grinste. »Einer von den ganz Harten. Warum war er drin?«

»Na ja, du weißt ja, er holt Geld für mich zurück. Darin ist er gut, aber manchmal geht sein irisches Blut mit ihm durch. Diesmal war's aber das Blut von einem anderen. Aber weil ein wichtiger Zeuge verschwunden ist, kam mein Junge früher raus aus dem Alicante-Jail. Hey, das Futter ist echt mies da drin, sagt Big Mac. Er und die anderen wollen wissen, wann du mal wieder für uns kochst, so wie in den guten alten Zeiten, Albin.«

»Irgendwann bestimmt, John, aber jetzt erzähl!«

»Dein Timo, der war eine harte Nummer hier im Gefängnis. Die Arians wollten ihn in der Gang haben, aber er hatte keinen Bock drauf. Sie haben ihn gepiesackt, und er hat sich nach und nach ein paar von den tätowierten Glatzen geschnappt und dann den Adjutanten vom Chef, den hat er unter der Dusche aufgeschlitzt. Dann ist er während des Hofgangs zum Boss der White Arians gegangen und hat ihm erzählt, dass er ihm ein Angebot zu machen hat. Entweder die Arians, die die Wäscherei unter ihrer Kontrolle haben, bringen ihn aus dem Knast raus, oder es gibt einen Krieg, bei dem am Ende nur Timo und seine Legionäre noch stehen.«

»Was, sind da noch mehr von den Ex-Fremdenlegionären drin?«

»Klar, die sitzen so ziemlich überall ein. Aber Timo wollte nichts von denen wissen und die von ihm auch nicht. Das wiederum wusste aber der Arians-Boss nicht, comprende?«

»So weit ja.« Stocker warf Münzen nach. »Wie hat er sein Auge verloren?«

»In der Nacht nach der Besprechung. Da sind wohl drei Kerle in seine Zelle gekommen, aber Timo hat sie alle plattgemacht. Gut, ein Auge wurde ihm ausgestochen, und ein paar Kratzer hat er wohl abbekommen. Aber am nächsten Tag stand der Deal. Der war so: Die Arians holen ihn raus, Timo zahlt hunderttausend Dollar, und dafür bringen ihn Leute aus der Gang an die französische Grenze. Ein paar French-Arians holen ihn rüber und bringen ihn bis Germany. Dort bleibt einer so lange bei ihm, bis Timo das Geld abdrückt. Das hat er wohl getan, wie ich höre.«

»Wie ist er aus dem Knast gekommen?« Stocker kratzte sich an der Nase und schaute zu seinem alten Mercedes.

»Ist doch egal, oder? Aber wenn du es wissen willst: Die haben ihn in einem Wäschekorb mit Bettlaken für das ›Benidorm-Plaza‹ rausgeschmuggelt. So hat mir das Big Mac erzählt. Das und auch die anderen Infos habe ich von ihm.«

»Und woher hat er sie? Stand das in der Gefängniszeitung?«

»Nein, Albin, aber Mac hat einen Kumpel bei den Bandidos, und er hat ihm eine Telefonnummer gegeben, die schick ich dir zusammen mit einem Kennwort aufs Handy. Die Bandidos und die Arians arbeiten in vielen Bereichen zusammen. Albin, ich verstehe, dass du den Timo haben willst. Der hat euch viel Stress gemacht. Und deinen Partner hat er fast umgebracht und dann lebend in einer Kiste begraben. Wie geht's dem überhaupt?«

»Dem Zeno? Die Zeit unter Tage hat ihm gutgetan, glaube ich. Er redet nicht mehr so viel, humpelt aber dafür ein bisschen mehr als vorher. Die Mädels mögen das, meint er, das weckt in vielen Frauen den Mutterinstinkt. Aber was soll's. Wir haben mit Timo eine offene Rechnung, aber nicht nur wir. Es gibt einen mächtigen Mann, der will ihn aus dem Weg haben. Und du hast ja auch noch was mit ihm zu klären, oder? Mischst du dich da jetzt ein?«

Ein tiefes Lachen kam durch die Leitung. »Hell no, wenn ich das gewollt hätte, dann wäre er nicht aus dem Knast rausgekommen, das weißt du doch, Mann. Mach du deinen Job, Albin. Wenn du was brauchst, dann melde dich. Du hast noch was gut bei mir, for the good old times. Take care, Albin, my friend.«

Dann wurde die Verbindung unterbrochen, und Stocker starrte noch ein paar Sekunden nachdenklich auf den Hörer in seiner Hand.

Döner macht schöner

Langsam ging er zu seinem braunen Benz und kratzte sich am Ohr. Vor dem Döner-Wagen auf dem Bahnhofsvorplatz stand ein Junge, der mit einer weißen Adidas-Jogginghose und einem grauen Kapuzensweater bekleidet war. Der Kerl sagte zu dem Mann hinter der Glastheke: »Hey Bolo, gib mal ein Döner!«

Der Verkäufer schnappte sich seinen Fleischschaber und fragte: »To go?«

»Nee, zum Essen, Mann.«

»Chabo, ich mein, willst du Döner auf Hand?«

Der Junge trat von einem Bein auf das andere. »Wie auf Hand? Ich will einen Döner in so einem Brot außen rum, kennst du doch, oder? Mach hin, ich hab keine Zeit.«

»ICH MEINE, OB DU IHN HIER ESSEN WILLST, MACKER?«

Der Kerl starrte den Verkäufer an. »Nee, lass mal, du bist mir zu aggro. Ich kauf woanders.«

Er schlurfte weg, und Stocker grinste den Döner-Mann im Vorbeigehen an. Der knurrte: »Was ist so lustig, eh?«

In der »Endstation« war schon ziemlich was los. An den Tischen saßen Pärchen und eine Gruppe von Studenten, und an der Bar gab es nur noch zwei freie Hocker. Nellie zapfte im Akkord, und aus den Lautsprechern ertönte Soul der achtziger Jahre. Stocker ging zwischen den Tischen zur Küche, grüßte ein paar bekannte Gesichter und schlug zwei Stammgästen an der Theke auf die Schultern. Mit dem Fuß öffnete er die alte braune Schwingtür und trat in die Küche.

Josef, der neben seinem Wassernapf stand, schaute über die Schulter und knurrte freundlich, und Zeno stellte eine schwere Gusseisenpfanne auf die Herdplatten. »Ruhig, mein Kleiner.

Wenn der Onkel Albin ohne Bier reinkommt, dann kriegt er nix von uns.«

Stocker machte seufzend auf dem Absatz kehrt, schnappte sich zwei kleine Biere aus der kleinen Gruppe von Gläsern unter dem Zapfhahn, und Nellie versuchte, ihm auf die Finger zu klopfen, während sie sagte: »Mach mir keinen Stress. Husch, ab in die Küche, da liegen jede Menge Bestellungen.«

Nachdem Zeno sein Glas mit einem langen Zug leer getrunken hatte, stellte er es mit einem Knall auf den hölzernen Hackblock. »Und, gibt's was Neues?«

Stocker schnappte sich den Kartoffelschäler und holte den Korb mit den Festkochenden unter dem Regal hervor. »Timo hat Connections zu den Bandidos, die hat John aber auch, nämlich einen Informanten. Ich krieg gleich die Nummer, und dann schauen wir mal.«

Zeno wendete die Schnitzel in der Pfanne und sagte über die Schulter: »Würz mal die Bratkartoffeln ab. – Ich hab mir auch schon überlegt, wo holt Timo Leute her? Der weiß ja auch nicht, wem er hier noch trauen kann. Gut, einen oder zwei kann er vielleicht haben, aber den Rest muss er rekrutieren. Und da kommt deine Information ins Spiel, das passt haargenau. Die Biker von den Bandidos machen für Geld fast alles. Die haben bestimmt eine Stammkneipe in Rosenheim. Die nehmen wir mal unter die Lupe. Was hast du dir mit dem Bunkerversteck überlegt?«

Stocker hielt die Pfeffermühle über die Kartoffelpfanne und drehte am Knauf. »Nichts. Wir können den Bahnhof und die Bunkereingänge nicht rund um die Uhr überwachen. Außerdem glaube ich, dass er erst versuchen wird, eine Truppe auf die Beine zu stellen. Denn dass der Alte hinter ihm her ist, das weiß Timo. Deswegen wird er so vorgehen.«

Zeno schaute auf. »Komm schon, die Zeiten ändern sich.«

»Schon, aber wir uns nicht. Sind deine Schnitzel so weit?«

Stockers Mobiltelefon vibrierte in seiner Hosentasche. Er warf dem Josef ein Stück von einer kalten gekochten Kartoffel zu und drückte mit der anderen Hand auf das Display. »Sehr gut. Eine Handynummer und das Kennwort. Das lautet sinnigerweise ›Schneewittchen‹. Da soll mal einer sagen, dass diese Biker keinen Sinn für Romantik haben.«

Er verteilte die Bratkartoffeln auf vier Teller, Zeno legte die Schnitzel und Zitronenscheiben, die in kleinen hellen Leinensäckchen verpackt waren, daneben. »Trag sie raus und geh nach oben zum Telefonieren. Ich hab jetzt drei Gulasch mit Schupfnudeln, das schaff ich selber.«

Stocker balancierte mit zwei Tellern in jeder Hand rückwärts durch die Schwingtür ins Lokal, und Nellie machte hinter der Theke einen langen Hals und deutete dann auf einen Tisch neben dem Eingang. Während Stocker die Teller absetzte, fragte eine der vier Frauen: »Morgen ist wieder der zweite Mittwoch. Gibt's Musik?«

»Mahlzeit, guten Appetit. Ja, morgen geht's hier richtig ab. Rock und Soul vom Feinsten. Kommt ihr?«

Die Damen nickten lachend, und Stocker zeigte nach hinten. »Ich hab oben was zu tun, aber wenn ihr mit den Schnitzeln fertig seid, schau ich auf ein Bier vorbei, ja?«

Stocker ging die ausgetretene schwarze Holztreppe nach oben und schloss die Wohnung auf. Im Schlafzimmer setzte er sich aufs Bett, wechselte die SIM-Karte seines Handys aus und tippte auf das Display. Nach dem dritten Signalton hörte er eine tiefe Stimme. »Was?«

»Ich bin Schneewittchen. Welcher von den Zwergen bist du denn?«

Der Mann am anderen Telefon sog zischend Luft durch die Zähne. »Das willst du nicht wissen. Mach's kurz. Was liegt an?«

»Was hast du über den Kerl, den ich suche? John hat dich bestimmt aufgeklärt, oder?«

»Yepp. Der Macker ist vor zwei Tagen nach Rosenheim gekommen. Wo genau er sich da verkrochen hat, das weiß ich nicht. Er sollte sich bei einem Biker-Kollegen melden, das hat er getan, aber wo er jetzt ist? Keine Ahnung. Ich will es auch nicht wissen.«

»Warum nicht?« Stocker betrachtete die Fingernägel seiner linken Hand.

»Du bist schon ein Komiker, was? Warum telefonieren wir eigentlich? Pass auf, Alter, der Luc ist heißer als ein durchgeknalltes Bügeleisen. Nicht mal wir reißen uns drum, den als Gast zu haben. Irgend so ein Pate vom Chiemsee sucht ihn ebenfalls, und mit den Jungs von dem wollen wir uns erst recht nicht anlegen, comprende?«

»Gut.« Stocker setzte sich aufrecht und schaute aus dem Fenster, dann seufzte er, wischte sich mit der Hand über die feuchte Stirn und sagte: »Entweder, du erzählst mir was Neues, oder ich ruf John an und frage, ob er mich verarschen will, okay?«

»Langsam, Kumpel, langsam. Was ich habe, ist, dass Luc auf einen Kerl wartet, der dummerweise in der JVA in U-Haft sitzt. Vielleicht haben die nur zusammen Zugang zu einem Schließfach oder was weiß ich. Luc hat sich von jemandem Geld geliehen, und das wurde per Western Union nach Rosenheim gekabelt. Da hat er die Kohle in Tagestranchen abgeholt. Er zahlt zwanzig Prozent Zinsen, deswegen muss er ziemlich schnell an seine Schatzkiste kommen.«

»Schon klar. In welcher JVA macht der Knabe denn Wellness?«

»Der schmort in Bernau, seit zwei Wochen oder so. Ist ein reinrassiger Irrer, der früher mal bei der Legion war. Er nennt sich Pastor. Seinen richtigen Namen kenne ich nicht, aber Pastor, der Prediger, ist Franzose, sagt man. Ach ja, der hat eine Schlange oder so was oben rechts am Hals tätowiert.«

»Noch was?«

»Luc wird hier bleiben, bis er an sein Geld kommt. Wir haben ihm gesagt, dass wir ihn jagen, wenn er abhaut. Unsere spanischen Brüder haben hunderttausend Dollar von ihm bekommen, und dann war er pleite. Hier hat er sich sofort wieder Geld geliehen, schon komisch, was? Hast du eine Ahnung, was da läuft?«

»Nee. Mach's gut, Zwerg.« Stocker drückte auf die »Gespräch beenden«-Taste, nahm die SIM-Karte raus und zerbrach sie.

»Endstation«: »Ja? Hallo?«

In dieser Nacht schlief er sehr unruhig. Der Mond spielte mit den Schatten im Zimmer, und Stocker glaubte, in den Ecken und neben dem Schrank Umrisse von Gestalten zu sehen. Er schlug auf sein Kissen und wackelte mit den Zehen, um zu testen, ob sie zugedeckt waren. Trotz der Daunendecke und der geschlossenen Fenster überkam ihn ein Frösteln. Die Seele friert zuerst, dachte er und schob die rechte Hand unter das Kissen.

Er fiel in einen nervösen Halbschlaf, aus den ihn das Brummen seines Mobiltelefons riss. Im Halbdunkel sah er es auf dem Nachttisch, wie es summte und sich im Halbkreis drehte wie ein dicker Käfer, der auf dem Rücken liegt. Mit der Linken schnappte er sich das Handy und hob es ans Ohr. »Ja?«

Nichts. Nur leises Rauschen, unterbrochen von einem kurzen Knacken, war zu hören. »Hallo? Was ist? Es ist fast vier Uhr, verdammt noch mal!« Stocker vernahm durch das ferne Rauschen das Atmen eines Menschen. »Wer ist da?« Das Atmen wurde leiser, und Stocker knurrte: »Ich leg jetzt auf. Fahr zur Hölle oder komm selber vorbei.«

Er starrte auf das erleuchtete Display. Rufnummernunterdrückung, schon klar. Seufzend schaltete er das Telefon aus und legte es auf den Holzboden vor dem Bett. Das war der vierte oder fünfte Anruf, der ihn meist um diese Zeit weckte. Wer zum Teufel war das? Von den Irren rund um Timo bestimmt keiner. Plötzlich schoss er hoch und fuhr sich mit der flachen Hand über die Stirn. Die Hintergrundgeräusche, das ferne Atmen, das Klacken während der Verbindung. Immer die gleiche Geräuschkulisse.

Gerlinde? Seit sie vor einem Jahr mit den zwei Millionen und den Diamanten von dem alten Bernbach abgetaucht war, wusste er, dass sie sich irgendwo in der Karibik rumtrieb.

Und Bernbach wusste das auch. Aber immer noch in Curaçao?

Er fischte sein Handy vom Boden, schaltete es ein und sah sich die Zeitzonen an. Curaçao–Deutschland minus sechs Stunden. Das heißt, bei ihr war es jetzt zehn Uhr am Abend. Würde passen. Aber was wollte sie?

Irgendwann gegen fünf Uhr schlief er ein und erwachte erst vom Kaffeeduft, der unter dem Türspalt durch und in seine Nase drang.

In der Küche stand Zeno und unterhielt sich mit Josef. »Und dann sagt sie zu mir: ›Du bist so ein Macho, dein Arsch müsste eigentlich vertikal an dir hängen.‹ Ich sag: ›Warum?‹, und sie: ›Na, dann könntest du dir beim Treppensteigen deinen eigenen Applaus machen.‹ Verstehst du?«

Josef, der Dackel, schüttelte sich und trabte zu seiner Wasserschüssel. Zeno schnappte sich ein Küchenmesser und schnitt etwas Schinken auf, als er Stocker in der Tür bemerkte. »Na so was, ich dachte schon, du schläfst ewig!«

»Sogar die Ewigkeit hat ihre Zeit«, sagte Stocker und nahm sich eine Henkeltasse aus dem Regal. »Timo ist irgendwo in Rosenheim und wartet, bis einer seiner Kapos aus dem Gefängnis entlassen wird.«

»Warum? Und in welchem Gefängnis? München?«

»Bernau. Na ja, ich denke mal, der weiß, wo genau das Geld und der andere Kram versteckt sind, das Timo jetzt dringend braucht.«

Zeno wedelte mit dem Messer vor Stockers Nase und grinste. »Na und? Ist doch toll. Ich weise mich ins Gefängnis ein, schnapp mir den Kerl und rede mit ihm. Dann kapiert Timo, dass wir erstens immer überall sein können und zweitens genau wissen, was er vorhat.«

Stocker schüttelte den Kopf. »Ich mach das!«

»Ach ja? Und warum du? Hast du vergessen, dass ICH bei der Bullerei war und dass ICH weiß, wie man mit solchen

Kerlen umgeht, und dass ICH mit dem SEK und den Zielfahndern –«

Stocker trat an ihn heran, bis sein Gesicht nur noch wenige Zentimeter von Zenos krummer Nase entfernt war. »Hast du vergessen, dass DU von dem Kerl geschnappt wurdest und dass ICH mir den Arsch aufgerissen habe, um DICH aus der Kiste unter der Erde zu holen, ja? Und, mein Lieber, sicher ist dir auch entfallen, dass ich bei den Gebirgsjägern war. Und die Ausbildung dort ist auch nicht von Pappe, mein Alter. Also reg mich bitte nicht unnötig auf, ja?«

Stocker trank von seinem Kaffee und verzog das Gesicht. »Hat da der Hund reingepinkelt? Und noch was: Könnte doch durchaus sein, dass der Pastor, so heißt der Chorknabe nämlich, dass der bei deiner Beerdigungsparty damals dabei war, oder?«

Zeno senkte beleidigt den Kopf. »Schrei nicht so rum, und vor allem, stell nicht solche Behauptungen über den Kaffee auf, ja? Unser Hund ist sehr sensibel. Und ich auch. Eine kleine Frage hätte ich noch: Wie, bitte, willst du denn in das Gefängnis kommen, mhm? Hast du reserviert, du Schlaumeier?«

Stocker stellte seine Tasse ab und ging zur Schwingtür. »Nein, aber das mache ich jetzt.«

Er stieg die Treppe hoch, setzte sich im Wohnzimmer an den kleinen Schreibtisch und wühlte in der Schublade nach der Zigarettenschachtel mit den SIM-Karten. Die kaufte er immer auf seinen Reisen, wenn es sich ergab. Stets an anderen Orten und immer mit Bargeld. Er wählte eine aus, schob sie in sein Handy und drückte eine Nummer mit Münchener Vorwahl.

»KHK Zuckerhahn, OK 3, guten Tag.«

»Hier spricht deine private Außenstelle. Weißt du, wer?«

Aus dem Hörer kam ein tiefer Seufzer. »Leider. Wen habt ihr jetzt wieder umgelegt?«

»Noch niemanden. Keine Namen jetzt. Pass auf, komm doch auf ein nettes Mittagessen vorbei. So in zwei Stunden? Ich habe einen heißen Tipp.«

»Schweres oder leichtes Mittagessen?«

»Leicht. Für dich jedenfalls. Wenn du magst, was serviert wird.«

»Gleicher Ort?«

»Yepp.«

»Gut, bis gleich«, sagte er und legte auf.

Stocker schaltete sein Handy ab, nahm die SIM-Karte raus und zerbrach sie. Dann warf er die beiden kleinen Plastikteile in die Toilette und zog die Spülung.

Beim freundlichen Chinesen

Der Himmel hatte sich mittlerweile grau bewölkt und spuckte Regen. Die Frontscheibe des alten Benz beschlug von innen, und Stocker stellte das Gebläse an, als er losfuhr.

In Rosenheim parkte er hinter dem Fußballstadion und ging schnell in die Fußgängerzone. Vor dem Haupteingang von Karstadt blieb er stehen und schaute sich vorsichtig um. Dann betrat er das Kaufhaus, fuhr mit der Rolltreppe in den ersten Stock, ging mit schnellen Schritten auf die andere Seite und fuhr sofort wieder nach unten. Er musterte die Menschen, die ihm auf der anderen Rolltreppe entgegenkamen, dann verließ er das Kaufhaus durch die Parfümerie. Im Lichthof ging er zum Imbiss gegenüber und schaute sich die Speisentafel an. In der Spiegelung der Glasscheibe sah er den Kaufhausausgang.

Stocker kaufte sich einen Kaffee und setzte sich an einen der Bistrotische. Um jemanden gut zu beschatten, brauchte man mindestens drei Personen, vier waren noch besser. Auf der Straße war es schwer, ein gutes Team auszumachen, denn meist ging einer vorneweg, einer circa zehn Meter hinter der Zielperson, und einer oder zwei waren auf der anderen Straßenseite. Aber hier war anscheinend alles okay. Niemand schaute ihn an, keiner verzögerte seinen Schritt, um nach etwas in der Tasche zu suchen, und auch sonst fiel ihm nichts auf.

Am Mittertor setzte er sich kurz auf die Steintreppe links vor dem Durchgang und schaute auf sein Handy. Dabei hielt er es so, dass er damit die Menschen beobachten konnte, die in seiner Nähe waren. Er scannte die Gestalten und Gesichter und verglich sie mit den Bildern in seinem Kopf. Nichts Verdächtiges.

Stocker stand auf und ging den Weg, den er gekommen war, wieder zurück. An der Fußgängerampel an der Prinzregentenstraße wartete er auf Grün, blieb aber dann stehen und wendete sich nach rechts. Vorne an der Ecke bog er wieder rechts ab, ging auf die andere Straßenseite und steuerte auf die Bushaltestellen zu. In der Bäckerei kaufte er sich eine Zeitung, ging nach draußen und schaute sich um.

Langsam wirst du paranoid, dachte er sich, als er wieder in die Prinzregentenstraße einbog und auf das China-Restaurant zuging.

Er drückte die Glastür auf, und eine Welle von Aromen und Gerüchen kam ihm entgegen. Frittiertes Essen, gebratener Fisch, gedämpfter Reis und vieles mehr lag in Duftschwaden in der Luft.

In dem niedrigen Raum gab es Nischen an der hinteren Wand, und der Kommissar saß schon in der ersten, mit dem Gesicht zur Tür. Er trug seinen schwarzen Lederblouson und war um diese Zeit der einzige Nichtasiate im Raum. Die meisten Tische waren besetzt, und die Menschen aßen, lachten und redeten laut in verschiedenen Sprachen durcheinander. An der Wand über der Theke war ein großer Flachbildschirm, der Ton war abgestellt, man sah weiße und braune Windhunde auf einer feuchten Aschebahn um die Wette laufen.

Stocker wich zwei Kellnern aus, die Tabletts mit dampfenden Schüsseln in Schulterhöhe balancierten. Die braunen zerkratzten Küchentüren schwangen hinter ihnen auf und zu, und man hörte vietnamesische Wortfetzen und lautes, meckerndes Lachen.

Stocker zwängte sich in die Nische und lächelte den Mann in der Lederjacke an. »Ich sitze nicht so gerne mit dem Rücken zur Tür. Aber wenn der Oberbulle auf mich aufpasst, kann ja fast nichts passieren.«

KHK Zuckerhahn verdrehte die Augen und legte beide Hände flach auf den Tisch. Stocker schaute ihn genauer an. »Was ist mit deinem Kopf los? Erzähl mir von deinem Unfall. Oder warst du beim Friseur?«

Der Kommissar seufzte. »Ich find den Schnitt gut. Hey,

neben mir saß einer, den hat der Figaro gefragt, ob er ihm die Koteletten stutzen soll. Was denkst du, hat der Kerl gesagt? Er sagte: ›Bei mir heißt das Tofuletten, ich bin Veganer.‹ Verstehst du?«

Stocker verzog keine Miene. Und winkte einem der Ober. Zuckerhahn griff sich die Speisekarte, warf sie aber gleich wieder auf den Tisch.

»Was soll's. Ich hab den Gag gut gefunden. Warum steht hier, was es zum Essen gibt, aber die Fotos sind an der Wand?« Und zum Kellner, der wie hingezaubert plötzlich vor ihnen stand: »Das da. Aber nicht zu scharf, ja?« Damit zeigte der Kommissar auf eines der Bilder von Speisen, die an der Wand der Nische angebracht waren.

Stocker seufzte. »Für mich die sauerscharfe Suppe mit Wantan und dicken Nudeln. Und zwei Tsingtao. Sehr kalt, ohne Gläser. Danke.«

Der missmutige Kellner ging, ohne ein Wort zu sagen.

Zuckerhahn, der trotz seiner neuen Frisur immer noch wie der längst verstorbene Walter Sedlmayr aussah, beugte sich über den Tisch. »Ich bin wegen dir mit Blaulicht über die Autobahn gedonnert. Warum die Eile? Was hast du jetzt wieder verbockt?«

Stocker öffnete den Mund, aber der Asiate kam an den Tisch und stellte die beiden Bierflaschen hart ab. Sie waren nass, eisiges Kondenswasser lief in dicken Tropfen über das grüne Glas und die chinesischen Schriftzeichen auf dem Etikett.

»Skol!«

»Du mich auch.« Der Kommissar stieß mit seiner Flasche gegen die von Stocker und trank.

»Warum bist du jetzt plötzlich bei der OK? Die hatten dich doch im Keller in der Ettstraße versteckt, oder? Ungeklärte alte Fälle und so.«

»Ging ganz schnell.« Zuckerhahn rülpste, fuhr sich mit der flachen Hand über den Mund und sagte: »Da ist irgendwas am

Kochen bei den Rumänen-Clans, und die Kollegen kommen nicht so recht weiter. Die Informanten wissen nichts, oder sie trauen sich nicht, was zu wissen. Deshalb haben sie mich aus dem Keller wieder in den zweiten Stock geholt.«

»Wegen damals?«

Der Kommissar grinste und hob seine Bierflasche. »Genau. Wegen damals. Du warst beim Showdown auf dem Mürzberg in Bernau ja ganz vorne mit dabei.«

»Schon, ja. Aber von der alten Garde lebt doch fast keiner mehr. Und die Jungen, die nachgerückt sind, die habt ihr im Griff, denke ich, mhm?«

»Ahhh, das zischt wieder heute!« Der Kommissar stieß die Luft aus und beugte den Oberkörper zurück, weil der Kellner Teller und Schüsseln auf den Tisch stellte. Stocker hob seine Suppenschüssel vom Tablett und nickte dem Mann zu. Dann zeigte er auf seine leere Bierflasche und hob zwei Finger.

»Hai bia«, brüllte der Kellner, ohne den Kopf zu verdrehen.

»Co duoc no, ban luoi bieng cho!«, schrie der schrankförmige asiatische Glatzkopf hinter dem Tresen zurück.

Stocker lachte, und der Ober ging mit schlurfenden Schritten zur Theke.

»Erzähl mir jetzt nicht, dass du das verstanden hast.« Zuckerhahn trank den Rest aus seiner Flasche und schaute sich im Lokal um.

»Der Kleine hat zwei Bier bestellt, und der Catcher hinter der Bar hat gesagt, er soll sie holen, der faule Hund. Ich war ein paar Jahre in Asien, schon vergessen?« Stocker riss das Papier von seinen Stäbchen und stocherte in der Schüssel, aus der der Geruch von heißer Brühe und den Garnelen stieg, mit denen die kleinen Teigtaschen gefüllt waren. Dann nahm er den ovalen Porzellanlöffel und probierte die Suppe. Die Schärfe trieb ihm das Wasser in die Augen.

Der Kommissar nahm sich gebratene Nudeln aus einer der Schüsseln und legte sie neben das Babi Pangang auf seinen Teller. »Warum weinst du? Hast du Heimweh, oder ist was mit der Suppe? Wenn man bedenkt, wie viel Antibiotika man in die armen Hühner pumpt, dann ist schon klar, dass die Brühe gegen Erkältung und fast alle Geschlechtskrankheiten hilft. Wo waren wir? Ach so, ja: Bei den Rumänen in München geht es zu wie in einem Bienenstock. Die kochen was aus, aber wir haben nicht den Schimmer einer Ahnung, was. Deswegen finde ich es ganz gut, dass wir uns sehen, weil ich denke, dass du mir über deine Kanäle vielleicht ein paar Infos besorgen kannst.«

»Wie das?«

»Na ja. Der Traian und seine Halsabschneider gehen ja zu einem Großteil auf deine Rechnung. Aber jetzt ist die neue Riege am Ball. Und die Prinzen reden von der Rückkehr des Königs. Und von einem gigantischen Ding, das eine arabische oder syrische Terrororganisation plant.«

»Moment, was haben denn die Rumänen mit Terror zu tun?«

»Nichts. Aber über die Brüder kannst du fast alles kaufen, was der moderne und hippe Terrorist braucht, um in der Masse der stumpfen Selbstsprenger aufzufallen.« Der Kommissar nahm dem Kellner ein Tsingtao ab, der Asiate stellte die zweite Flasche etwas heftig vor Stocker auf den Tisch, und ein paar Schaumspritzer tropften auf Stockers Ärmel.

»Dung qua ngu ngoc«, sagte der Ober mit einem falschen Lächeln.

»Bang dau cua ban trong ass cua ban«, knurrte Stocker, während er die Bierspritzer von seinem Arm wischte, lehnte sich zurück und starrte den Mann an. Der erbleichte und verschwand in der Küche.

»Kennt ihr euch?« Zuckerhahn deutete auf die nachschwingende Küchentür.

»Nicht direkt. Der Knabe hat gemeint, ich soll nicht so blöd gucken. Ich habe ihm erklärt, dass ich ihm gleich seinen Kopf ziemlich tief in seinen Arsch schiebe. Also, wer ist die Verbindung einiger Mafiabosse zum IS-Terror?«

»Ebendas würden wir gerne wissen. Kannst du dich mal umhören? Auch über deine spanischen Kanäle?«

»Kann ich schon. Aber eine Hand wäscht die andere. Ich bin im Moment ein bisschen durch den Wind und brauche ein paar ruhige Tage. Irgendwas zum Entschleunigen. Da hab ich mir gedacht, ich geh entweder auf die Fraueninsel ins Kloster oder in die JVA in Bernau. Ich glaub aber, ich tendiere zu Bernau, denn da soll das Essen ja ganz vorzüglich sein.«

Der Kommissar nahm noch mal von den Nudeln. »Stimmt. Die haben eine eigene Metzgerei, die wunderbare Würste und einen himmlischen Leberkäse macht. Der Bäcker ist auch spitze, höre ich. Aber wie willst du da reinkommen?«

Stocker räumte seinen Teller und die Schüsseln vor sich etwas zur Seite und beugte sich über den Tisch. »Timo ist hier. Hier in Rosenheim. Aber das weißt du alles schon, wie ich dich kenne. Er will an sein Erspartes ran, weil er bei einem spanischen Biker-Clan Schulden hatte. Die hat er bezahlt, und jetzt ist er blank. Deswegen muss er ans Eingemachte. Nur kommt er an die Kohle bloß ran, wenn einer seiner alten Vertrauten dabei ist. Tja, der alte Bernbach ist hinter ihm her, und Zeno würde ihn auch liebend gerne in die Finger kriegen. Das ist der aktuelle Stand der Dinge.«

»Klingt schön. Und weiter? Wo komme ich da ins Spiel?«

Stocker schüttelte den Kopf. »Gar nicht. Das regeln wir selber. Du musst mich nur in den Knast bringen. Dort will ich in den Trakt, in dem ein Franzose sitzt, von dem ich nur weiß, dass man ihn den Pastor, den Prediger, nennt. Großer Kerl, Ex-Fremdenlegion. Schlangentätowierung am Hals, Glatze. Reicht das?«

»Mmpf.« Zuckerhahn nickte, schluckte und griff nach der Bierflasche. »Kein Problem. Wie lange willst du einfahren?«

Stocker hob die Schultern. »Eine Woche? Vielleicht mehr, vielleicht weniger. Kannst du das wasserdicht hinkriegen?«

»Null Problemo. Wir machen jetzt einen Deal: Ich bring dich rein, wann immer du willst. Du bist ein U-Häftling, der in einem anderen Knast Randale gemacht hat. Deswegen parken wir dich ein paar Tage bei den schweren Jungs in Bernau, bis du weitergereicht wirst nach Straubing oder Landsberg. Wie klingt das? Wir bringen dich mit Handschellen und Eskorte rein. So was spricht sich da drin schnell rum. Ist es das, was dir vorschwebt?«

Stocker meinte: »Und? Was willst du dafür? Dass ich deinen Rumänen auf den Zahn fühle, schon klar. Was noch?«

»Na, dass du das Essen hier zahlst. Ich bin Beamter und muss mit jedem Euro rechnen. Ach so, ja: Sag bitte deinem Partner Zeno Bescheid, dass wir dich abholen kommen. Der kriegt es nämlich fertig und legt ein ganzes SEK flach.«

»Wann willst du es machen?«

»Mal schauen. Wahrscheinlich übermorgen. Aber ich geb dir vorher Bescheid. Wir haben ja erst vor ein paar Monaten in Rosenheim zugeschlagen, da ging's gegen ein paar Münchner Hells Angels, die sich in Rosenheim versteckt haben. Die Jungs vom SEK, dem Rauschgift-Einsatzkommando vom LKA und ein paar Bullen aus Tirol haben das durchgezogen. Pass auf, ich hab noch eine andere Idee: Wir kriegen einen anonymen Tipp. Die Eingreiftruppe rollt an. In deinem Benz werden anschließend ein paar Tüten mit weißem Pulver gefunden. Bis das alles geklärt ist, kommst du in die Bernauer JVA. Mach einen auf harter Bursche. Ich sorge dafür, dass du in den Trakt kommst, in dem deine Zielperson sitzt. Den Rest musst du selbst erledigen. So weit okay? Welche Version willst du? Eins oder zwei?«

»Eins, das passt besser zu mir. Und lass mich von Ringo abholen, ja? Dann bleib ich erst eine Nacht in Prien, denn ich muss ihn einweihen.« Stocker hob einen Finger und winkte nach der Rechnung.

Der Kommissar trank seine Flasche leer, fuhr sich mit der Hand über den Mund und sagte: »Mehr kann ich nicht für dich tun. Wenn das rauskommt, dann bin ich drin. Im Bau, meine ich. Aber was soll's, ich werd ja eh bald pensioniert.

Ich hab da einen Staatsanwalt, der mir noch einen Gefallen schuldig ist, und der kennt einen Richter, mit dem man reden kann. Na ja, und dem Anstaltsleiter müsste man schon sagen, dass da eine verdeckte Operation läuft. Aber wenn du mit dem Job fertig bist, machst du für mich ein paar Erledigungen. Steht der Deal?«

Stocker grinste und legte einen Fünfziger auf den Tisch. »Ist gebongt. War wie immer ein Vergnügen, mit dir zu essen.«

»Eines schönen Tages bringen dich deine Aktionen um. Ist dir das klar?«

»Eines schönen Tages sterben wir alle. Aber an allen anderen Tagen nicht.«

»Endstation«: »Noch ein Bier?«

»Und das will er machen?« Zeno stellte zwei hochgezapfte kleine Bier auf den Tresen und schaute Stocker mit einem zusammengekniffenen Auge an. »Wenn du mich fragst, wissen dann viel zu viele Leute von der Sache. Im Bernauer Knast herrschen die Russen, die haben Verbindungen bis nach ganz oben. Wenn da was durchsickert, machen die Eintopf aus dir.«

»Komisch, genau das hat unser Kommissar auch gesagt.« Stocker schlürfte den Schaum, der über das Glas quoll. »Wie läuft der Tag im Knast so ab? Ich meine, kann ich da wenigstens ausschlafen?«

»Klar, mein Prinz. Stell mal die Lauscher auf: sechs Uhr fünfzehn wecken, dann ist Anwesenheits- und Lebendkontrolle.«

»Lebendkontrolle, was?«

»Genau. Was denkst du, wie viele da drin morgens wach werden und merken, dass sie tot sind? Halt jetzt mal den Schnabel und hör mir zu. Um sieben ist Frühstück und dann ausrücken in den Arbeitsbereich. Elf Uhr zwanzig dann einrücken ins Gefangenenhaus. Gegessen wird im Haftraum. Um zwölf Uhr dreißig wieder ausrücken zur Maloche. Sechzehn Uhr dreißig ist Feierabend und Hofgang. Da musst du besonders aufpassen. Wenn dir einer an die Wäsche will, passiert das meist beim Hofgang. Die sechs Häuser in Bernau werden auf drei Hofgänge verteilt. Danach ist Aufschluss, das heißt, die Gefangenen können sich frei im jeweiligen Haus bewegen, weil die Zellentüren offen sind. Auch das ist eine brandgefährliche Zeit für dich, wenn dich einer im Visier hat. Einschluss ist so um neunzehn Uhr rum. Danach werden einzelne Gefangene innerhalb des Hauses zu Veranstaltungen oder Spielegruppen gebracht. Also Tischtennis, Schach, Kartenspiele, so was eben. Da dürfen zwar eigentlich nur die braven Jungs hin, aber die Bosse und ihre Bodyguards sind auch immer da. Einundzwanzig Uhr fünfzehn ist kompletter Einschluss.«

»Noch was?« Stocker trank sein Glas aus und reichte es über die Theke.

»Junge, pass besonders auf in der Dusche und in der Wäscherei oder in der Schlosserei. Da haben die Aufseher nicht immer alles im Blick, da passiert dann schnell mal was.«

»Klingt doch ganz gemütlich. War's das?«

Zeno reichte ein frisches Bier über den Tresen. »Ja, fast. Sei vorsichtig, wenn dir einer nahe kommt, der an den Händen tätowiert ist. Besonders, wenn einer Tattoo-Ringe an den Fingern hat oder Tränen auf der Haut zwischen Daumen und Zeigefinger. Das ist dann meist ein Exekutierer. Willst du immer noch da rein?«

»Yepp. Was läuft in der Küche heute Abend?«

Zeno trank, rülpste leise und sagte: »Wir haben eine Sechsergruppe von leicht verhuschten Autorinnen um acht. Denen mach ich eine Morchelcreme-Suppe und dann Teigtaschen mit Maroni und Honig gefüllt, dazu Hühnerfilet-Streifen und eine Rotwein-Honig-Soße mit Chili. Von dem Gulasch und dem Fisch ist auch noch was da. Aber heute wird das nicht so viel, denke ich. Leg dich ein bisschen hin und überleg dir das Ganze noch mal. Ich mach hier unten weiter, okay?«

Stocker nickte und stieg die Treppe zu seinen Zimmern hoch. Auf halber Höhe blieb er stehen und drehte sich um, weil Nellie in den Raum gestürmt kam. »Kein blödes Wort heute, ja? Ich bin nämlich schon bedient, nur dass das klar ist. Und du, Zeno, du kochst dir deinen beknackten Kaffee heute selber, verstanden?«

Zeno hob beide Arme in Schulterhöhe und verdrehte die Augen. Stocker ging die zwei Treppenabsätze wieder runter. »Guten Tag, liebe Nellie, du Stütze unseres bescheidenen Betriebes. Was hat dir mein dämonischer Partner denn getan?«

»Der?« Sie funkelte Zeno an. »Deinem Kumpel hier habe ich gestern nach Feierabend noch einen Kaffee in die Küche gebracht. Sagt er: ›Kann ich etwas Milch haben?‹ Sag ich: ›Ich hab fettarme, ist das okay für dich?‹ Sagt er: ›Das tut mir so was von leid für dich. Kann ich trotzdem Milch haben?‹«

Stocker verzog den Mund, Zeno drehte sich um und putzte an den Zapfhähnen herum, und Nellie knallte ihre Handtasche auf die Theke und sagte: »Mach mir mal einen schönen steifen Gin Tonic, dann sind wir vielleicht wieder Freunde.«

Zeno griff in das Regal und nahm ein hohes Glas. »Bombay oder Beafeater?«

»Bombay. Doppelt. Drei Stück Eis und wenig Tonic. Kannst du dir das merken?«

Zeno nickte, und Stocker ging die Treppenstufen hinunter und stellte sich zu Nellie. »Warum bist du so geladen?«

»Weil ich schon wieder Stress mit meiner Sahneschnitte habe. Mit Frauen hab ich einfach kein Glück. Vielleicht sollte ich es doch mal mit Männern versuchen.«

Stocker und Zeno grinsten, und Nellie sagte: »Nein, nein. Euch beide hab ich damit nicht gemeint. Zeno, was macht denn dein braunhaariges Hühnchen?«

»Die? Die hat mich aus ihrem Leben entfernt. Mit dem Computer. Da war ich platt.«

»Hat sie dir eine Mail geschrieben? Wie stillos!«

Zeno schüttelte den Kopf. »Noch schlimmer. Sie hat mich angerufen und gesagt, bei einem wie mir muss man nur den Laptop einschalten und die Tasten ›Alt‹ und ›Entfernen‹ gleichzeitig drücken. Das war's.«

Nellie nahm ihren Drink, zog einen kräftigen Schluck rein und sagte: »Ahhh. Das hilft der Uschi in die Muschi.« Dann fuhr sie sich mit der Hand durch ihre stoppelkurz geschnittenen hellblonden Haare. »Okay. Das tut gut. Ich hab dir soeben verziehen. Wo ist der Josef eigentlich?«

Stocker schaute sich um, und Zeno deutete nach unten.

»Ich geh mal nach oben, ein paar Telefonate machen. Bis später.« Stocker schwang sich von dem hohen Stuhl.

Nellie nickte und zerkaute einen Eiswürfel, während Stocker die alte Holztreppe hochstieg. Im Wohnzimmer öffnete er eins der hohen Fenster. Oben an der Straße gingen die Laternen an, und der strömende Regen verlieh ihnen einen dunstigen Heiligenschein. Die schweren Tropfen klatschten auf die roten Ziegeldächer der Häuser auf der anderen Seite der Gleise. Das Wasser trug Herbstlaub und Straßenschlamm die Auffahrt herunter, und leichter Sprühnebel zog durch die Bäume. In der kühlen Luft lag der schwere Geruch von feuchtem Laub und Erde. Die Reifen der Autos oben an der Hauptstraße zischten auf der nassen Fahrbahn und zogen einen Schleier von Regenwasser hinter sich her.

Stocker schloss das Fenster wieder und ging zur Kommode. Im Spiegel darüber sah er das Gesicht eines erschöpften Mannes mit hartem Blick, dem eine Menge Gedanken durch den Kopf irrten. Er nahm das grüne Handy des alten Mannes aus der obersten Schublade, drehte sich vom Spiegel weg und dachte: Zieh es durch. Warne sie, und dann warte, bis sie dich holen.

Er wählte Bernbachs Nummer, und als der sich mit dünner, rasselnder Stimme meldete, sagte er: »Ich weiß, ich soll Sie nicht anrufen. Aber ich brauche Gerlindes Nummer. Sie haben sie, da bin ich mir sicher.«

Schweres Atmen kam durch den Hörer, dann sagte die dünne Stimme: »Ich hätte viel darauf gewettet, dass Sie wissen, wo genau sie ist und wie Sie an sie rankommen.«

»Nein.« Stocker fuhr sich mit der Hand durch die Haare. »Geben Sie mir die Nummer. Und ich habe nach wie vor Ihr Wort, dass ihr von Ihrer Seite aus keine Gefahr droht?«

Von Bernbach krächzte ein dünnes Lachen durch den Äther, das in einen Husten überging. Dann sagte er: »Eigentlich erwarte ich eine SMS von Ihnen. Aber ich nehme an, wir sind uns einig und Sie machen den Job. In einer Minute bekommen Sie die Nummer, und mein Wort, das ich Ihnen gegeben habe, das gilt. Und jetzt halten Sie gefälligst das Ihre.«

Die Verbindung wurde unterbrochen, und Stocker starrte

auf das Display des Telefons in seiner Hand. Nach einigen Atemzügen leuchtete es auf, und er erkannte eine lange Zahlenreihe. Er gab die Nummer in sein Nokia ein und hob es ans Ohr.

Rauschen, surren, dann ertönte ein Stakkato von Piepstönen, dem ein Rufton folgte. Es knackte, Stocker hörte jemanden schnell atmen. Er räusperte: »Gerlinde! Leg nicht auf. Ich weiß, wo du bist, aber andere wissen es auch. Vom alten Mann droht dir keine Gefahr. Aber von dem Mann mit der Schlange. Geh einige Wochen in Deckung. Telefoniere mit niemandem. Ich melde mich bei dir, wenn die Lage klar ist. Geh nur ans Telefon, wenn du diese Nummer siehst. Die ist aber ab jetzt auch für einige Zeit nicht erreichbar, okay? Wenn du das verstanden hast, dann leg jetzt auf. Ich vermisse dich sehr.«

Stocker presste das kleine Telefon fest an sein linkes Ohr, und er glaubte, ihre Stimme zu hören, die flüsterte: »Ich dich auch. Danke.« Dann war die Verbindung unterbrochen.

Er nahm die SIM-Karte aus dem Nokia und legte eine andere ein. Dann schaute er das kleine Plastikteil an und kratzte sich hinter dem Ohr.

Als er die Treppe runterging, kamen ihm Lachen und Gesprächsfetzen aus dem Lokal entgegen. Stocker blinzelte einigen Leuten an den Tischen und an der Bar zu und ging durch die dunkelbraune Schwingtür in die Küche. An den blassgelben Wänden standen links Regale mit getrockneten Gewürzen in Gläsern und Kräutern in Blumentöpfen. Er schnappte sich ein paar Petersilienstängel, schob sie in den Mund und sagte zu Zeno, der am Herd stand: »Kommst du klar? Soll ich helfen?«

Zeno winkte ab, und Josef, der in seinem Korb neben dem schrankhohen cremeweißen Kühlschrank lag, knurrte leise. Hinter der Küche lag ein kleiner verglaster Wintergarten mit Terrakotta-Töpfen, in denen Tomatenstauden wuchsen, dazwischen standen zwei verblasste Korbstühle mit hellgrauen Kissen und einem Couchtisch mit einer gesprungenen, milchig trüben Glasplatte. Die Pflanzen und die Sitzgruppe lagen im Dunkeln, während die zwei Gusseisenlaternen draußen auf dem Hinterhof im Regen blass schimmerten.

Stocker ging durch die Tür zur Vorratskammer zur Doppelgarage und sah sich um, bevor er das alte Holztor öffnete. Zenos Lada stand links, rechts im Boden war eine Falltür, an die man aber erst kam, wenn man ein paar ölverschmierte Bohlen hochstemmte und zur Seite legte.

Ursprünglich war dort unten eine Grube für Ölwechsel oder Reparaturen unter dem Auto, aber Zeno und Stocker hatten sie abgedeckt, eine Falltür mit einem Zahlenschloss eingebaut, und für Licht und trockene Luft da unten gesorgt.

In der ehemaligen Grube konnte man stehen. Es war eng hier unten, roch nach Waffenöl und Metall, und die Wände waren mit hellem Holz verkleidet.

An der linken Seite sah man die Waffen, an der rechten Wand die schusssicheren Westen, die Nachtsichtgeräte, gefüllte Ersatzmagazine, einen Beutel mit Handys und diverses Einbrecherwerkzeug.

Stocker löste eins der dunklen Bretter und legte die blaue SIM-Karte in das Fach dahinter. Dann fügte er das Brett vorsichtig wieder in die Wand ein und nahm sich eins der Prepaid-Handys aus dem Beutel, überlegte kurz und legte es dann wieder zurück. Sein Blick streifte nach links. Dort hingen sechs Revolver, ein paar Schalldämpfer, eine Pumpgun, eine Mac-10-Maschinenpistole und zwei Automatikpistolen.

Hoffentlich ist das alles noch da, wenn ich zurück bin, dachte er, dann löschte er die Vierzig-Watt-Birne und deckte die Grube wieder ab.

Sex? Hör mir bloß auf damit!

In der Küche roch es nach gebratenem Huhn und Chili in Rotwein. Stocker klopfte Zeno im Vorbeigehen auf die Schulter und schubste mit dem Fuß die Schwingtür auf. »Ich hol dir ein Bier, ja?«

Zeno nickte, und Josef hob neugierig den Kopf. Hinter dem Tresen stand Nellie und zapfte im Akkord. »Albin, kannst du mal das Tablett mit dem Wein und den Bieren zur Vier bringen?«

Stocker schnappte sich das vollgestellte Blechtablett und hörte Nellie zu einem der Stammgäste sagen: »Sex? Das ist für mich eine Mischung aus Judo und Pilates. Jedes Mal anders, aber wenn du erst mal drin bist, ist es wie zu Hause. Hör mir bloß auf damit! Ihr Kerle habt sowieso keine Ahnung davon. Wie nennt man einen Ehemann, der sich in ein Bordell verlaufen hat? Na? Eine Verpuffung!«

Das Gelächter an der Theke reichte bis zu Tisch vier. Stocker stellte die Biere und den Wein ab und ging zur Ausgabe neben der Bierzapfanlage, als das Telefon unter dem Hirschkopf klingelte. Nellie hob immer noch grinsend ab. »Ja? Hier spricht der Verein ›Lieber ein stadtbekannter Säufer als ein anonymer Alkoholiker‹. Was kann ich für dich tun, Bruder?«

Das Lächeln verschwand aus ihrem Gesicht, als sie Stocker den Hörer reichte. Ihre Lippen formten zwei lautlose Worte: RINGO! ÄRGER!

Stocker klemmte sich den drahtlosen Hörer ans Ohr, schnappte sich ein Bier und ging in die Küche. »Was läuft, alter Freund?«

»Ich bin in fünf Minuten da und soll dich mit auf die Wache nehmen. Du wirst mir alles erklären, hat der Zuckerhahn gesagt. Was zum Teufel ist los, und warum tut der so blöd? Glaubt der, ich bin bescheuert?«

»Da sollten wir jetzt nicht näher drauf eingehen, was der glaubt oder nicht. Ich stehe in fünf Minuten draußen auf dem Parkplatz. Komm unauffällig, ja?«

»Das mach ich doch immer. Jedenfalls sagt meine Frau das. Die meint, ich komme nicht aus Bernau, sondern aus Versehen. Was meint sie wohl damit?«

»Dass sie dich trotzdem liebt. Bis gleich.«

Stocker legte den Hörer auf den Hackstock und bückte sich, um Josef in seinem Korb neben dem Kühlschrank zu streicheln. Dann ging er zu Zeno, der neben der Spüle zwei Schnitzel klopfte. »Alter, ich muss weg. Ringo holt mich gleich ab. In einer Woche oder so bin ich wieder da, denke ich mal. Wenn wer nach mir fragt, erzähl irgendwas von Auszeit oder Urlaub.«

Zeno putzte sich die Hände an einem blau karierten Tuch ab, das er vorne im Hosenbund stecken hatte. Dann wischte er sich mit dem Handrücken über die Schläfe und sagte: »Ich verklickere der Nellie, dass sie den Josef für ein paar Tage nehmen soll. Falls wir hier zur Wolfsstunde Besuch kriegen, will ich den Hund nicht in der Nähe haben. Dass du im Knast bist, wissen bestimmte Leute innerhalb von ein paar Stunden. Und ich könnte mir schon vorstellen, dass da unser gemeinsamer Freund auf dumme Gedanken kommt.« Er nahm Stocker in die Arme, klopfte ihm auf den Rücken. »Pass bloß gut auf dich auf, Mann. Ich erwarte dich hier in ein paar Tagen am Stück und ohne Löcher oder Schnitte im Balg zurück. Ringo soll mich auf dem Laufenden halten, und morgen oder übermorgen bring ich dir genügend Bares und ein Handy rein, das kriege ich schon irgendwie durchgeschmuggelt, okay?«

Stocker nickte und ging durch den Küchenausgang in den Wintergarten und durch die sperrige Glastür links raus auf den Parkplatz. Der Polizeiwagen stand im Halbdunkel unter einer der alten Kastanien an der Straße.

Lieber eine Schwerhörige im Bett ...

»Schnall dich an.«

Stocker griff wortlos nach rechts über seine Schulter und fischte nach dem Gurt. In dem Streifenwagen roch es leicht säuerlich und nach kaltem Rauch und altem Plastik. Ringo startete den Motor, schaute nach links hinten und fuhr an. Oben an der Straße schaltete er die Scheinwerfer ein. »Gut. Was liegt an?«

»Ich muss mir in der JVA einen Burschen zur Brust nehmen, der was weiß, das wir auch wissen sollten. Das ist alles. Der Kommissar hat das eingefädelt, und dafür müssen wir ihm später einen Gefallen tun. Also, alles rein geschäftlich, nichts Persönliches.«

Ringo seufzte und schaute in den Rückspiegel. Keine Autos hinter ihnen. Die Straße glänzte im Licht der Scheinwerfer wie ein nasses silbernes Band. Vor ihnen tauchten die Lichter von Rimsting auf. »An wen willst du ran?«

»Der Bursche wird Pastor genannt, der Prediger. Ist aus demselben Stall wie unser Timo. Also, mit Schlange am Hals und allem, was dazugehört.«

Ringo schüttelte den Kopf, und ein hartes Grinsen grub sich in sein kantiges Gesicht. »Von dem hab ich schon gehört. Der ist in der Russen-Datscha. Viel Spaß.«

»Warum?«

»Pass auf. Wir haben in der JVA Haus eins bis sechs. Vier ist die Russen-Datscha. Eigentlich ist das egal, weil die Russen sowieso alles im Griff haben. Wir hatten mal den Netrow zu Gast, ein legendärer Mafiaboss. Der hatte die Drogen, die Nutten, die Handys und das Rauschgift in zweiundvierzig deutschen Knästen unter Kontrolle. Das hat der alles von Bernau aus gesteuert. Jetzt ist Semov der Boss. Sergei Semov. Das ist so ein schlanker, gut aussehender, drahtiger Bursche mit vielen Tattoos am Oberkörper. Sie nennen ihn Don Semov oder Jesus, und seine Jungs haben alle den Mann am Kreuz auf den Bauch tätowiert.«

»Nett.« Stocker öffnete das Beifahrerfenster.

»Klar, nett.« Ringo schaute zu Stocker herüber. »Weißt du was? Einer von unseren blödgesoffenen Stammgästen hat zu einem der Russen gesagt, das findet er gut, das mit dem Lattenjupp auf dem Bauch. Am nächsten Morgen lag der tot in seiner Zelle. Der hat den sibirischen Gruß bekommen. Der geht so: ein fürchterlicher Schlag in den Bauch. Der Mann kippt nach vorne. Dann kriegt er zwei böse Schläge in die Nieren, das erzeugt einen so unfassbaren Schmerz, dass du keinen Ton rauskriegst. Der Mann richtet sich auf und bekommt jetzt mit der flachen Hand, mit dem Ballen, einen heftigen Schlag aufs Herz. Das war's. Ein Profi macht das in drei oder vier Sekunden. Und die Jungs von Semov sind keine Laienspieltruppe, das kann ich dir sagen.«

»Wie ist der Dienstweg?«

Ringo fuhr durch den Rimstinger Kreisverkehr in Richtung Prien. »Ich bring dich jetzt zu uns ins Café Meineid. Morgen früh holen dich ein paar Jungs von der Rosenheimer Truppe und bringen dich nach Bernau in den Bau.«

»Warum die Rosenheimer?«

»Weil die von dir nichts wissen. Falls die im Knast einer anspricht oder so, dann kann sich keiner verplappern. Sicher ist sicher.«

Stocker drehte den Polizeifunk leiser. »Und? Krieg ich ein Einzelzimmer?«

Ringo pfiff schräg und schaute in den Rückspiegel. »Geht nicht. Wir haben ja nur die zwei Zellen im Keller. In einer ist ein Marokkaner oder so was, der nur randaliert, und in der anderen, in die ich dich gleich stecke, da ist ein Tauber. Da hast du wenigstens deine Ruhe.«

»Wird man jetzt schon weggesperrt, wenn man nicht gut hört?«

Ringo lächelte wieder. »Pass bloß auf. Der Kerl hört zwar nichts, aber der hat es faustdick hinter den Ohren. Der ist mehr im Knast als draußen. Lass dir von dem bloß nichts verkaufen, dann kann gar nix passieren.«

Links schimmerten ein paar Lichter auf dem See, und rechts, zwischen den Bäumen, sah man vereinzelte Häuser. Vor ihnen tauchte das Ortsschild von Prien auf, und Ringo steuerte den Streifenwagen über die Brücke und bog in den Hof der Polizeistation ein. Er drehte den Zündschlüssel und zog ihn ab, dann wandte er sich Stocker zu. »Pass auf, im Knast hab ich keine Kumpel. Ich weiß auch nicht, wer über dich Bescheid weiß und wer nicht. Mir sagt ja keiner was. Da drinnen kannst du keinem vertrauen, die Lage ändert sich immer. Also pass gut auf dich auf und mach keine Experimente. Deine Qualitäten werden noch in deiner Kneipe und am Schlagzeug gebraucht. Ich würde dich sehr ungern vermissen. Hast du noch ein paar letzte Worte? Nein? Gut, ich zähl auf dich, Albin.«

Stocker nickte, und Ringo stieß ihn mit dem Ellenbogen leicht an. »Auf geht's, dann pack ma's.«

Aus der Eingangstür mit dem blauen Polizeischild drüber kamen ihnen zwei Uniformierte entgegen. Beide winkten Stocker zu, und der Kleinere sagte: »Hey, servus, Albin, kochst du heute für uns?«

Ringo schlug ihm auf die Schulter. »Der kocht schon von selber. Stocker ist heute unser Gast in der Eins.«

Die beiden schüttelten den Kopf und gingen schnell zu einem der Kleinbusse.

Ringo ging voraus, nahm sich einen großen Schlüssel aus dem Wandkasten und sagte zum Wachhabenden, der telefonierte und mit der linken Hand eine Leberkässemmel hielt: »Ich bring einen Kunden auf die Eins. Bin gleich wieder da für den Papierkram.«

Der Wärter sprach mit vollem Mund: »Leg deine Pistole ab, ich sperr sie gleich weg.«

»Warum? Dann verkauft mir der unterwegs eine neue.«

Sie stiegen die grün gestrichenen Betonstufen in den Keller hinab. Ringo schob an der massiven Stahltür den Riegel zurück, der mit einem lauten Quietschen einrastete. Dann zog er die dunkelbraune Tür auf, und die beiden traten in einen schmalen Gang vor den zwei Zellen. Ringo schloss die erste Tür auf, und er und Stocker betraten einen schmalen Vorraum. Vor ihnen, in der Gitterwand, war die eigentliche Zellentür. Der Raum dahinter maß vielleicht vier mal drei Meter, mit gefliestem Boden, graugrünen Wänden und zwei gemauerten Bettstellen, die längsseits links und rechts an der Wand waren. In der Ecke sah man ein stahlglänzendes Sitzklo, vor der rechten Bettstelle einen Tisch mit zwei Stühlen, dann waren da noch ein Waschbecken mit einem matten Spiegel darüber und ein dicker roter Knopf an der Wand.

Die Vierzig-Watt-Birne an der Decke war mit einem halbrunden Stahlgitter abgedeckt. Fenster gab es keine.

»Der rote Knopf da, der ist für Notfälle. Wenn da einer zum Spaß draufhaut, dann nehmen wir euch beiden die Kissen und die Decken weg.« Ringo nickte mit dem Kinn zu den braunen verfilzten Stoffklumpen, die auf den Pritschen lagen. Er schloss die Gittertür auf und sagte: »In die Plastikschüssel legst du deine Uhr, Gürtel, Schnürsenkel und alles, was du in den Taschen hast. Normalerweise machen wir das oben, aber jetzt, in der Nacht, sind wir nicht so top besetzt wie tagsüber. Also, her mit den Preziosen.«

Stocker zog seinen Gürtel aus den Schlaufen, legte Uhr, Geldbörse, Handy und seinen Kugelschreiber in den Plastikbehälter. »Schnürsenkel hab ich keine. In den Taschen ist auch nichts mehr. Kann ich die Jacke anbehalten?«

Ringo betrat die Zelle. Auf der rechten Pritsche saß ein kleiner Kerl mit dichten braunen Haaren und dicken Augenbrauen, die hochgekämmt waren, sodass der Bursche ständig einen erstaunten und unschuldigen Gesichtsausdruck hatte.

»Das ist der Alfons«, sagte Ringo. »Ein richtiges Plappermäulchen, gell, Alfons?« Dann trat er nahe an den kleinen Mann heran und sprach langsam und betont: »Das ist der Albin Stocker, ein Massenmörder, also reg ihn nicht auf. Ob der Stocker einen mehr oder weniger umbringt, das ist ihm wurscht, weil er sowieso lebenslänglich kriegt. Hast du mich verstanden?«

Alfons wackelte mit dem Kopf.

Ringo trat einen Schritt zurück, klemmte sich den Plastikbehälter mit Stockers Utensilien unter den Arm und sagte: »So, jetzt hab ich euch vorgestellt, wie es sich gehört. Seid schön brav, Mädels, in ein paar Stunden gibt es ein leckeres Frühstück. Gute Nacht. In zehn Minuten mach ich das Licht aus. Die Notbeleuchtung über der Tür brennt weiter. Ich hab noch ein bisschen Papierkram, also begrüßt euch leise, wenn's geht, ja?«

Die Gittertür knallte zu, Ringo drehte den Schlüssel um und winkte, dann schlug er die äußere Tür zu, und man hörte dumpf seine schweren Schritte, als er die Treppe hochschlurfte.

Stocker ging zur Bettstelle auf der linken Seite des Raumes und setzte sich auf die dünne Matratze. Dann nahm er die zwei grünbraunen verfilzten Decken hoch und roch daran. Eine ranzig-muffige, leicht uringetränkte Duftmischung drang ihm in die Nase. Er warf die Decken zurück auf die Pritsche und sah sich sein Gegenüber an. Alfons saß nach wie vor unbeweglich auf seinen Decken und beobachtete Stocker mit seinen flinken kleinen Augen.

Plötzlich bewegte er seine Hände. Schnell und irgendwie in einer bestimmten rhythmischen Abfolge. Stocker kniff die Augen zusammen. »Ich versteh dich nicht. Ich kapier deine Gebärdensprache nicht. Du bist taub, ja? Aber deine Stimmbänder, sind die okay? Kannst du was sagen?«

Der kleine Mann lächelte und deutete mit seinen zwei Zeigefingern auf seinen Mund. »Büsch tu weklisch e Maschemöde?« Die Worte kamen laut, ohne Betonung und schwerfällig aus seinem Mund.

Stocker hatte große Mühe, ihn zu verstehen, aber er grinste und meinte: »Hey, du bist ja einer von den Nachrichtensprechern aus dem Fernsehen. Jetzt erkenne ich dich wieder!«

Alfons warf den Kopf zurück und lachte. Die Töne, die er aus seiner Kehle presste, klangen aber mehr nach Schmerzenslauten, sodass Stocker zusammenzuckte und die Hand hob. »Bleib ruhig, ich tu dir nichts. Ich bin auch kein Massenmörder.«

Alfons nickte beruhigt, und Stocker sagte: »Masse ist relativ, weißt du. Ein paar Kerben hab ich schon auf der Seele. Aber die, die ich über den Jordan geschickt habe, die haben es alle verdient. Glaube ich jedenfalls. Und du, warum bist du im Käfig?«

Der Taube überlegte einen Moment, dann hob er den linken Arm in Schulterhöhe, öffnete mit einer langsamen Bewegung die Hand und führte mit dem rechten Arm in Höhe seines Kinns eine gleitende, streichende Bewegung aus.

Geige, dachte Stocker, der spielt eine imaginäre Geige. »Du musst aber schon sauschlecht gespielt haben, wenn sie dich deswegen einsperren.«

Alfons lachte wieder sein rachitisches, schmerzerfülltes Lachen und sagte laut und überdeutlich, aber für Stocker trotzdem fast unverständlich: »I kann nua so reden, verstehs? Aba i kann di versteh, wenn du langsam machsd, gud?«

Stocker rückte an den Rand seiner Bettstelle, dann sagte er langsam und jedes Wort betonend: »Ich bin der Albin Stocker. Ich komme morgen in das Gefängnis in Bernau. Wie lange, das weiß ich nicht. Was hast du mit der Geige gemeint? Hast du eine geklaut? Eine wertvolle Geige gestohlen?«

Alfons schüttelte den Kopf.

»Okay, du hast keine gestohlen, ich hab verstanden. Hast du jemanden mit einer Geige erschlagen oder so?«

Alfons lachte kehlig und hob beide Hände in Brusthöhe. Dann sagte er langsam und in einer gleichbleibenden Tonlage: »Wir haben den Geientrick gemachd, aber diesmal war es nit gud.«

»Was ist der Geigentrick?« Stocker beobachtete die Lippen seines Zellennachbarn.

»Du has eine Geie. Du gehs in ein gutes Lokal un iss was Gutes. Dann, wen die Rechnung gommt, sags du, du has zu wenig Gel dabei, du gehs zu Bang. Als Pfa… Pfantt läss du deine Geie da. Die is werdvol, sags du, un du komms gleich wieda. Verstehs du, was ich mein?«

Stocker nickte, und Alfons grinste zufrieden, dann sagte er: »Du gehs aus de Lokal. Dein Komblise gehd dan zum Wird und sag: ›Daf i mal die Geie sehn?‹ Der Wird seigt die Geie, und dein Kumbel sagd: ›Die is gans viel Geld wird, ich geb dir sweidausend dafür.‹ Der Wird guggd und sagd meisdens Nein. Dan sagd dein Kumbel: ›Oge, ich geb dir fünfdausend.‹ Der Wird will nich, der Kumbel gehd. So weid glar?«

Stocker war fasziniert, und Alfons sprach weiter. »Jezd gom i surügg in das Logal. Der Wird sagt: ›Hey, i geb dir dausend für die Geie‹, und du sasd Neee. Er sags: ›I geb dir dreidausend‹, und du sasd: ›Oge, ausnahmsweise.‹ Also gassiersd du die Gohle und haust ab, die Geie war nadülich von Flohmagd für einen Fuffi. Gud, was?«

»Ja, schon, aber wenn das so gut ist, warum bist du dann hier drinnen?«

Alfons rollte betrübt mit den Augen. »Das is ein reiner Lernprosess, verstehs? Du darfs den Drick nie am Mondag mache, da haben viele Wirde Ruhedag und sitze bei andere Wirde. Un an dem Mondag war einer da, bei dem wir den Drick schon mal gemachd haben, der hat die Bolende gehold. Das Leben is ungerechd.«

»Und du kommst auch nach Bernau in den Knast?«

Alfons nickte und grinste wieder. »Jau, das is aber oge. I hab schon einen fesden Job da drinne. Als Galfagdor. Da sehen wia uns vielleicht jeden Dag, wenn du im selben Haus bisd. Gud, was?«

»Warum schreist du eigentlich so?« Stocker hielt sich die Handflächen an die Ohren, lachte aber dabei.

Alfons stieß wieder sein gutturales, tierhaftes Lachen aus. »Weil ich nid hör, wie laud i red, Mann.«

»Schon klar, entschuldige, Alfons.« Stocker sprach langsam und artikulierte jedes Wort. »Geht mich ja nichts an, aber hast du eine Frau?«

Das Fröhliche verschwand aus dem Koboldgesicht, und die flinken braunen Augen wurden starr und stumpf. Er schnupfte und schaute seine Hände an, dann sagte er so leise, dass sich Stocker vorbeugen musste, um ihn zu verstehen: »I hab eine Frau gehabd. Die is dod. Jez habe meine Hände niemand meh, mid dem sie rede könne.«

Damit hielt er Stocker seine geöffneten Hände hin. Aus dem Lautsprecher, der über der Gittertür angebracht war, ertönte ein scharfes Knacken, dann eine leicht verzerrte Stimme. »In einer Minute mach ich das Licht aus. Schlaft gut, ihr zwei. Und, Stocker, denk dran: Lieber eine Schwerhörige im Bett als eine Taube auf dem Dach!« Meckerndes Lachen kam aus dem kleinen cremefarbenen Kasten an der Wand, dann wieder ein Knacken, und in die Stille hinein sagte Alfons: »Was had der gesagd? Das war länger wie sonsd, ich spür nämlich die Schwingungen.«

Stocker klopfte dem kleinen Mann auf die Schulter und antwortete: »Die da oben haben gemeint, wir sollen gut schlafen und uns nicht um die Decken streiten.«

Alfons murmelte und legte sich hin. Dann zog er die muffelige braune Decke hoch bis an die Ohren und grunzte: »Schlaf gud, du bisd scho in Ordnung, glaub i.«

Er drehte sich um, und Stocker legte sich auf den Rücken und verschränkte die Arme hinter dem Kopf. Oben an der Decke mühte sich eine Spinne am Lampengitter ab. Ihre Netze waren leer und bewegten sich in der Wärme der Glühlampe. Mit einem Klacken erlosch die Zellenbeleuchtung, und draußen vor dem Gitter glomm ein kleines blaues Notlicht.

Irgendwann mitten in der Nacht fuhr Stocker hoch und versuchte, sich zu orientieren. Aus der Nebenzelle kamen dumpfe Schreie, und ein Mann schlug gegen die Gitterwand. Die Schreie wurden lauter und höher, aber Stocker konnte die Worte nicht verstehen. Dann war Getrampel zu hören, Männer kamen die Treppe heruntergepoltert, und die Nebentür wurde laut quietschend geöffnet. Etwas oder jemand wurde heftig gegen die Gitterstäbe geworfen, die Schreie verstummten, und das Geräusch von sich entfernenden Schritten war zu vernehmen. Stocker schaute im diffusen, blau getränkten Licht der Notlampe zu Alfons hinüber, aber der lag unter seiner Decke und brabbelte vor sich hin. Dabei zuckte er leicht mit dem Kopf, und Stocker sah, dass sein Gesicht entspannt und fröhlich aussah.

Wahrscheinlich singt er jetzt seiner Frau in einem Land, in dem es egal ist, ob man hört oder nicht, von seiner Liebe vor, dachte sich Stocker und wickelte sich in die penetrant riechende Decke ein.

Hier unterschreiben!

Die Nacht kam ihm wie eine Ewigkeit vor, aber auch eine Ewigkeit hat ihre Zeit. Das Licht ging an, kurz darauf öffnete sich die Stahltür vor der Gitterwand, und ein Uniformierter kam mit einem großen Blechtablett herein. »Aufwachen, meine Grazien. Jetzt kommt der fröhliche Zimmerservice für euch, meine Damen. Darf ich Ihnen unser Fünf-Sterne-Frühstück präsentieren?«

Alfons drehte sich gähnend um und grunzte: »Mia dud alles weh. Der Körper is ein rachesüchtiges Arschloch.«

Stocker richtete sich grinsend auf. »Wer lange jammert, lebt lange. Guten Morgen, Herr Oberförster. Was ist denn die Tagesempfehlung heute?«

Der Polizist schloss die Gittertür auf, stellte das Tablett auf den kleinen Tisch neben dem Waschbecken und meinte: »Da, schauts mal, das ist unser Kreativ-Breakfast. Kaffee, zwei Scheiben Brot, Margarine, Marmelade und Nutella. Toll, was?«

»Und was ist daran so kreativ?«, fragte Stocker.

»Na, ihr«, brummte der Uniformierte. »Es gibt nämlich neuerdings kein Plastikbesteck mehr. Der Irre von nebenan hat gestern Nacht versucht, sich mit einem Plastikmesser die Halsschlagader aufzusägen. Jetzt dürft ihr die Margarine, die Marmelade und die Nutella mit den Fingern auf das Brot schmieren. Das ist doch mal echt kreativ oder vielleicht nicht?«

Dann schlug er die Gittertür hinter sich zu, drehte sich aber noch mal um und sagte zu Stocker: »In ungefähr einer Stunde holen sie dich ab, zwei von den ganz Harten aus Rosenheim. Die bringen dich in den Knast rüber. Den Singvogel da neben dir nehmen sie vielleicht auch gleich mit. Mahlzeit und fröhliches Schmieren, die Damen.«

Die äußere Tür schloss sich hinter ihm, und Alfons grunzte: »Dea is nid nedd. Den mag i ned.«

»Ich auch nicht, Alfons. Magst du meine Nutella?«

Ohne Uhr hat man kein Zeitgefühl, und so konnte Stocker nicht sagen, ob seit dem Frühstück tatsächlich nur eine Stunde vergangen war. Plötzlich waren wieder Schritte zu hören, kurz darauf wurde die Zellentür aufgerissen, und zwei stämmige Männer in dunklen Uniformen kamen zur Gitterwand. »Stocker, Albin? Sind Sie das?«

Stocker nickte, und die Gittertür wurde geöffnet. Einer der Polizisten hatte seine rechte Hand am Pistolenhalfter, der andere betrat mit zwei seitlichen Schritten vorsichtig die Zelle. »Aufstehen. Jetzt mit dem Gesicht zur Wand stellen. So ist gut, ja. Hände auf den Rücken. Nicht bewegen. Sehr gut, dann tut's auch nicht weh.«

Stocker spürte, wie sich die stählerne Acht um seine Handgelenke schloss. Eine Hand packte ihn an der Schulter, und der Polizist schob ihn aus der Zelle. Sein Kollege trat einen Schritt zurück und sagte zu Alfons: »Du kommst auch mit, das geht dann in einem Aufwasch.«

Alfons starrte den Mann verständnislos an, und Stocker sagte über die Schulter: »Der ist taub und harmlos. Sei doch ein bisschen freundlicher mit ihm!«

Auf dem Parkplatz neben dem Revier stand ein dunkelgrüner Kleinbus mit dünnen Gittern vor den Seitenfenstern. Der kleinere der Beamten schob die Seitentür auf und trat dann wieder zurück. »Rein mit euch. Bordservice fällt heute aus.«

Der Wagen rollte vom Hof, bog rechts auf die Hauptstraße ein und fuhr dann durch den Ort, am Rathaus vorbei, in Richtung Bernau. Die JVA sah man schon nach der Autobahnausfahrt Felden zwischen den Alleebäumen. Hohe Gitterzäune, Wachtürme und eine Einfahrtschleuse für Lieferanten. Der Transporter fuhr durch die Allee, am Outlet-Center vorbei, und bog vorne an der Baumannstraße links ab, dann, nach ein paar hundert Metern, wieder links und rollte auf den Gefängnishof.

Alfons und Stocker wurden in die Aufnahme geführt, und nach der üblichen Prozedur bekamen sie die Knastklamotten, Handtücher, Waschutensilien und einen Beutel mit Kleinzeug.

In der großen Vorführzelle setzten sie sich auf eine der langen Holzbänke, und Alfons begrüßte einen Kalfaktor, der mit einem Eimer und einem Besen draußen entlangging. »Hey, Kalle, i bin wieda da. Sag dem Kapo, das i mein Job wieder mach, ja?«

Kalle schaute auf. »Läuft so nicht mehr, Alfons. Jetzt musst du zahlen, wenn du die guten Sachen machen willst. Aber das werden sie dir drinnen gleich verklickern.« Dann ging er mit gesenktem Kopf weiter.

Alfons rief ihm hinterher: »Das red i mit dem Hannes, is der noch da?«

Der Kalfaktor drehte sich um und sagte langsam und deutlich, mit einem traurigen Lächeln im Gesicht: »Der Hannes? Der serviert jetzt dem Chef im Himmel, weil er nicht zahlen wollte. War natürlich ein Unfall. Unter der Dusche. Man sieht sich, Alfons.«

Stocker wurde ins Haus vier gebracht. Zwei kräftige Beamte mit kantigen Gesichtern winkten ihn aus der Zelle, und im Hinausgehen rief ihm Alfons nach: »Mach's gud, Kumpel. Ich schau, dass i di besuchen kann.«

Sie gingen im Gleichschritt durch die Gänge, und der Mann zur Linken sagte: »Warst du schon mal bei uns?«

»Nein«

Der zur Rechten meinte: »Eine Jungfrau, na so was. Hör zu, wir haben hier so an die achthundertfünfzig Gäste. Die sind aus zwanzig Ländern. Das Sagen haben die Russen. Leg dich mit denen an, und du bist so gut wie tot.«

»Na super, und was macht ihr hier drinnen? Urlaub?«

»Ein Spaßvogel, was? Pass mal auf, du Clown, es gibt sechs Häuser, und wir können nicht überall sein.« Der links war offensichtlich schlechter Laune. »In den meisten Fällen können wir einschreiten, aber wir sind viel zu wenige. Also, halt dich an die Regeln. An unsere und an die hier drinnen. Unsere sind einfach, die von den anderen nicht. Aber das wirst du schon noch merken. Wir bringen dich jetzt in ein gemütliches Doppelzimmer, und da kannst du ja deinen Mitbewohner fragen, der kennt sich aus. Los jetzt, die Treppe rauf. Du kriegst ein Zimmer mit Aussicht. Wird dir bestimmt gefallen, hier in unserer Wellness-Oase.«

Stocker schaute sich um. Die Farbe Grau dominierte. Die Böden waren blitzblank geputzt. Metalltreppen schwangen sich bis in den vierten Stock, und im ersten Stockwerk war ein Netz über den Lichthof gespannt. Jedes Geschoss bestand aus einem Umgang, von dem aus eiserne Türen in die nummerierten Zellen führten. In den Türen waren Gucklöcher und Essensklappen ausgespart. Oben, unter dem Dach, verhinderten schräge Milchglasscheiben, auf denen Vogelkot lag, dass man den Himmel oder wenigstens die Wolken sehen konnte.

Die Zellentür schlug hinter Stocker zu, und er schaute sich um. Fünf Schritte vor und vielleicht drei oder vier zur Seite. Die Pritsche links war frei. Auf dem gegenüberliegenden Bett lag ein Typ in blauer Denim-Hose und weißem T-Shirt. Ein großer Kerl, an die eins neunzig, vielleicht hundert Kilo, muskulös, dunkle Haare, Dreitagebart, keine Tattoos. Er hob den Kopf und sagte: »Leg dein Zeug da drüben hin. Das kleine Regal da ist deins. Die Ablage unter dem Spiegel gehört mir. Wenn du da was hinstellst, kriegst du Ärger. Hast du Geld?«

Stocker verneinte. »Warum?«

Der Kerl grinste. »Ohne Moos nix los. Bist du wenigstens Raucher?«

Stocker schüttelte abermals den Kopf, und der große Bursche setzte sich mit einer schnellen Bewegung auf. »Kein Geld, keine Fluppen. Mann, was haben die mir wieder für ein Ei reingelegt. Weißt du was? Du hältst hier drinnen die Bude sauber. Klo putzen und so. Das darfst ab jetzt du machen. Was dagegen?«

Stocker legte seine Utensilien auf das Bett des Kerls und sagte: »Ich liege lieber rechts, weil ich ja auch Rechtsausleger bin. Also, verzieh dich.«

Der Dunkelhaarige schnellte hoch, schoss eine schnelle Rechte ab und hob den linken Arm. Stocker fing den Schlag mit dem linken Ellenbogen ab, umfasste mit Daumen und Zeigefinger seiner Rechten den Kehlkopf des Mannes und drückte zu. »Wenn ich jetzt böse werde, dann überlebst du das nicht, kapiert? Bis jetzt war es Spaß. Nicke, wenn du das genauso siehst!« Der Kerl keuchte, bekam große Augen und nickte krampfhaft.

Stocker sagte: »Ich lass dich jetzt los, dann setzt du dich wieder hin. Und dann tun wir so, als würde ich grad erst reinkommen. Ein Neustart sozusagen, ja? Nicke einfach, wenn du dabei bist.«

Der Bursche keuchte und versuchte, sich zu bewegen, Stocker ließ ihn los und nahm seine Sachen wieder auf. »Ich liege doch lieber links. Wer putzt heute das Klo?«

»Ich«, krächzte der Braunhaarige. »Sag mal, hast du noch mehr von dem Schlitzaugen-Scheiß drauf?«

Und Stocker sagte: »Jede Menge, verlass dich drauf. Und was das Klo anbelangt: auch gut. Dann bist du natürlich morgen und den Rest deines Lebens auch dran, klar? Ach, entschuldige, ich hab mich ja noch gar nicht vorgestellt. Wie unhöflich von mir. Ich bin der freundliche Albin, und du?«

»Fritz. Drei Jahre und sechs Monate wegen Körperverletzung mit Todesfolge. Außerdem leide ich an einem Geburtsfehler: Finger zu lang und Beine zu kurz. Von meinen dreieinhalb hab ich aber schon zwei Jahre abgebrummt. Und du?«

»Schwer zu sagen. Die wollen mich schon seit Langem drankriegen, diesmal versuchen sie es mit Drogenhandel,

Schutzgelderpressung und so weiter. Warum bist du nicht bei der Arbeit?«

»Ist doch fast Mittag. Gleich kommt der Zimmerservice. Der war früher auch schon mal besser. Da konntest du bei der Gelegenheit schon mal eine Bestellung für Sachen von draußen aufgeben. Aber jetzt haben die russischen Hackfressen das Sagen und teilen die Kalfakter ein. Und die geben die Anfragen an die Russkis weiter, und alles ist damit teurer geworden.«

»Was für Anfragen?« Stocker ging zum Spiegel und räumte den Zahnputzbecher und das Kleinzeug von Fritz zur Seite, um seine Sachen hinzustellen.

»Du warst schon lange nicht mehr auf geschlossener Kur, oder? Handys, Mann, oder Dope oder geile Fotos von deiner Alten. So was eben.«

Stocker nickte. Von draußen hörte man das Klappern von Deckeln, und kurz darauf schwang die Zellentür auf. Ein bärtiger, tätowierter Riese kam mit zwei Tabletts in den Händen in den Raum und sagte: »Hier, das Menü. Wenn einer von euch meckert, gibt's was von Anne.«

»Welche Anne?« Stocker schaute an dem Riesen vorbei zur offenen Tür.

»Anne Fresse, Mann. Willste schnell mal 'nen Vorschuss? Hab ich einstecken!«

Fritz nahm sein Tablett entgegen und sagte: »Lass mal, Bimbo. Mit dem Macker da würde ich keinen Stress anfangen.«

Der Tätowierte starrte Stocker an. »Vor dir soll man Angst haben? Wow. Da reden wir beide mal alleine drüber.« Er blinzelte Stocker lächelnd an und marschierte zur Tür.

Stocker rief: »Hey, Bimbo!«

Der Riese drehte sich halb und schaute über seine Schulter. »Was?«

»Ich würde mich ja gerne mit dir geistig duellieren, aber ich sehe, dass du unbewaffnet bist. Und da wäre so was ziemlich unfair, oder?«

»Was?«

»Lass mal, da kommst du noch früh genug drauf.«

Bimbo machte »Pfff« und stapfte aus der Zelle.

Fritz schaute vorsichtig von seinem Teller auf. »So kannst du mit diesen steroiden Mopedfahrern nicht reden. Die haben alle zusammen nur ein Stammhirn, und das liegt irgendwo eingefroren herum. Was essen wir denn heute? Hey, super. Knastpralinen mit Püree. Meine Leibspeise, und die machen die Burschen echt lecker.«

Stocker schaute sich die zwei Frikadellen an und nahm eine Gabel voll, rührte damit in der Soße und kaute langsam. »Die sind wirklich gut. Die Soße ist auch okay, und das Püree ist aus Sieglinde festkochend. Passt. Das kann man lassen.«

Fritz sagte kauend: »Hast du mit Dope gehandelt oder mit Fertiggerichten?«

Stocker grinste. »Junge, ich hab eine Kneipe. In der gibt es ein Essen, dass die Leute von weit her kommen.«

Eine knappe halbe Stunde später kehrte der tätowierte Riese zurück, um das Geschirr abzuholen. Stocker sagte: »Wer ist der Chef-Kalfaktor bei uns im Haus?«

»Igor. Ein Kapo von Semov, warum? Willst du dich über das Essen beschweren? Weißt du, was ein Kannibalen-Koch zu dem Mann sagt, den er im Kessel hat?«

Stocker schüttelte den Kopf, und der Riese fragte: »Würden Sie bitte pfeifen, wenn das Wasser kocht?«

Alle drei lachten, und Bimbo fuhr sich durch seinen Kinnbart. »Was willst du von dem Kapo?«

»Schick ihn einfach, Schwester. Kannst du dir das merken, oder soll ich dir das irgendwohin tätowieren?«

Bimbo starrte Stocker zornig an, und der schaute freundlich zurück. »Hey, Bimbo, wodurch vermehren sich Häftlinge? Na? Durch Zellteilung.«

Als der Mann die Zelle verlassen hatte, sagte Fritz: »Ich glaube, da hast du dir einen neuen Freund angelacht. Der ist bei den Bandidos. Und von denen gibt's noch mehr hier drinnen. Ich denke mal, du wirst bei uns nicht besonders alt werden.«

Draußen auf dem Gang schrie eine Stimme: »Achtung! Gleich ist Ausrücken zur Arbeit.«

Die Tür öffnete sich, und Fritz ging nach draußen. Stocker legte sich auf seine Pritsche und schloss die Augen.

Schto?

Er war eingeschlafen und schreckte hoch, als jemand durch die Tür kam. Ein kräftiger Bursche mit grauen Haaren, einem kurzen grauen Kinnbart und einer dicken Brille auf der Nase baute sich vor ihm auf. Die Knastuniform spannte über seinem mächtigen Bauch.

Stocker richtete sich halb auf und stützte sich auf die Ellenbogen. »Was willst du?«

»Schto? Was willst du, Kolchosnik? Du hast nach mir gefragt. Gut, hier bin ich!« Der Kerl sprach passables Deutsch, aber mit hartem russischen Akzent.

»Du bist der Kapo?«

Der Kerl nickte und strich mit den Fingern über seinen Bart.

»Pass auf«, sagte Stocker. »Ich will zur Essensausgabe eingeteilt werden. Nicht lange, vielleicht für eine oder zwei Wochen, mal schauen.«

»Da, Towarischtsch, willst du sonst noch was? Weiber? Schnaps, Drogen? Oder vielleicht ein Balalaika-Orchester in deiner Zelle? Bist du crazy, oder was?« Der Grauhaarige schüttelte lachend den Kopf und kreiste mit seinem dicken Zeigefinger an seiner rechten Schläfe. »Wenn du was willst, dann werden wir den Glavny … wie sagt ihr? Den Chef fragen. Der sagt, was das kostet, und du bezahlst. Ty ponyal? Capisce?«

»Sag deinem Boss, ich möchte das machen. Geld habe ich. Wann kann ich mit ihm reden?«

Der Kerl überlegte. »Vielleicht heute Abend, vielleicht nicht heute Abend. Wir werden sehen. Komm um sechs in den Hof. Und zeig Respekt. Wie viel Geld hast du?«

»Genug.«

Der Russe sah in an und ging ohne ein weiteres Wort aus der Zelle.

Gegen halb sechs Uhr nachmittags war wieder Geklapper auf den Gängen zu hören. Fritz, der eine halbe Stunde vorher von der Arbeit zurückgekehrt war, meinte: »Abendessen. Nach den Essenzeiten könntest du deine Uhr stellen, wenn du eine hättest.«

Bimbo kam missmutig in die Zelle und stellte zwei Tabletts auf den kleinen Tisch. Es gab Graubrotscheiben, Margarine, Schmelzkäse und ein Stück Wurst. Fritz schnupperte an seinem Teller und sagte: »Schlimme-Augen-Wurst. Die mag ich gar nicht. Willst du tauschen? Wurst gegen Käse?«

Stocker schob ihm seinen Teller hin. »Nimm, ich esse heute nur Brot und Margarine. Vielleicht noch ein bisschen Käse.«

Um sechs ging Stocker in den Aufenthaltsraum runter und schaute sich um. Bimbo saß mit zwei anderen Riesenkerlen an einem Tisch nahe dem Ausgang zum Hof. Als Stocker auf die drei zusteuerte, stieß Bimbo seinen Nebenmann an, der nickte dem bulligen Pferdeschwanzträger gegenüber zu, und alle drei starrten mit finsteren Indianerblicken auf Stocker. Pferdeschwanz fuhr sich grinsend mit dem Zeigefinger quer über seine Kehle, und Stocker zeigte ihm im Vorbeigehen aus der Hüfte den Mittelfinger.

Neben der Tür zum Hof tauchte plötzlich der russische Kapo auf. Er blinzelte Stocker zu und sagte: »Hey du, Kolchosnik, komm mit!«

Dann drehte er sich um und ging raus auf den Innenhof. Der war so groß wie zwei Basketballfelder, mit ein paar langen braunen Holzbänken, die an den Mauern festgeschraubt waren. Gruppen von Gefangenen standen rauchend herum, lachten, redeten oder starrten vor sich hin. An der Westseite des Hofes war eine Eckbank, und auf der saßen drei Männer. Der in der Mitte war schlank, nicht besonders groß, ungefähr vierzig Jahre alt und sah ziemlich gut aus. Wie ein Arzt oder Gelehrter, dachte sich Stocker.

Lebe in Sünde und stirb lachend

In der Südecke des Hofes stand eine dichte Traube von vielleicht fünfundzwanzig Häftlingen im Halbkreis um zwei Männer herum. Ein großer, schlanker Schwarzer mit raspelkurzen Haaren, in blauen Knasthosen und in einem ärmellosen T-Shirt zog eine filmreife Karate-Show ab. Er legte einen astreinen Roundhouse-Kick hin, ging dann seinen Gegner mit rasend schnell geschlagenen Shotokan-Fausttechniken an und bewegte sich dabei geschmeidig wie eine Katze. Sein Gegenüber, ein mittelgroßer, stämmig-muskulöser Weißer, trug graue Arbeitshosen, und sein freier Oberkörper zeigte keine Spur von Schweiß. Auch auf seinem Glatzkopf war von Feuchtigkeit nichts zu sehen. Mühelos wich er den Attacken des Schwarzen aus, griff aber seinerseits nicht an.

Der spielt mit dem Schwarzen, dachte sich Stocker und schaute sich den Weißen im Vorbeigehen näher an. Tänzelnd und lächelnd schlug der mit der Rechten eine Finte und nahm die Linke an den Kopf zurück. Der Schwarze wischte sich den salzigen Schweiß aus den Augen, zog den rechten Fuß hoch und sprang mit dem linken in einer schnellen Körperdrehung vor, um den Kopf des Weißen zu treffen. Der fasste mit seinen beiden Händen blitzschnell nach dem Fuß vor seinem Kopf und drehte ihn um. Mit einem lauten Knacken rissen Sehnen und brachen Knochen. Der Schwarze fiel schreiend zu Boden, und der Weiße beugte sich über ihn, die rechte Faust bereit zum finalen Schlag, als drei Wärter in den Hof stürmten, durch die Sträflingstraube brachen und den Weißen hochzerrten. Sie bogen ihm die Arme nach hinten, und als er ruckartig den Kopf drehte, sah Stocker die Schlange an seinem Hals.

Der Russe brummte: »Glotz nicht, Mann, komm. Der Don wartet.«

Stocker trat vor die Gruppe auf der Eckbank. »Danke, dass Sie Zeit für mich haben. Was wollen Sie wissen?«

Jetzt, aus der Nähe, konnte man sehen, dass der Mann wesentlich älter war. Um die fünfzig, fünfundfünfzig Jahre alt. Die Haare an den Schläfen waren mit grauen Strähnen durchzogen, und unter den Augen und auf der Stirn hatte er Falten, die sich wie Messerschnitte durch sein Gesicht zogen. Er lächelte und sagte in fast aktzentfreiem Deutsch: »Herr Stocker, wie schön, dass ich Sie kennenlerne. Wobei ich aber nicht genau verstehe, was uns die Ehre Ihrer Anwesenheit bei uns verschafft.«

Stocker schaute ihn schweigend an, und der Russe sprach mit ruhiger, fast leiser Stimme weiter: »Ich habe mich natürlich über Sie erkundigt. Leider habe ich in absehbarer Zeit nicht die Gelegenheit, in Ihrem vorzüglichen Restaurant zu essen. Sicher kocht Ihr Partner ebenso gut wie Sie. Wobei ich mich frage, wo und wie er in seiner Zeit bei diversen Elite-Einheiten der deutschen Polizei kochen lernen konnte. Und auf der dunklen Seite des Lebens ist er ja erst seit einigen Jahren. Sie allerdings sind da schon länger. Lebe in Sünde und stirb jung und lachend, nicht wahr?«

Stocker schaute zu den Fenstern im ersten Stockwerk hoch und sah einige Uniformierte hinter den spiegelnden Scheiben. Einer, ein bulliger, breitschultriger Mann mit kurzen aschblonden Haaren, blickte genau auf ihn herunter. Als sich ihre Blicke kreuzten, hob er zwei Finger seiner linken Hand an die Augen und deutete dann damit runter auf Stocker. Der nickte und dachte: »Du mich auch, Junge!«

Der Russe sagte: »Hören Sie mir überhaupt zu, mein Lieber?«

»Was? Natürlich. Entschuldigen Sie. Wie darf ich Sie nennen?«

»Sie wissen doch, wer ich bin. Sie dürfen mich Sergei nennen. Alle anderen Bewohner nennen mich Don. Ich müsste Sie ab jetzt duzen, Sie siezen mich aber weiterhin. Das gehört sich irgendwie hier drinnen, finden Sie nicht?«

»Tatsächlich. Und was, wenn nicht?«

Der Don schnippte mit dem Finger, und der Kerl neben ihm stand auf und ging einen Schritt auf Stocker zu. Semov rasselte ein paar Worte in rasend schnellem Russisch runter, und der Kerl vor Stocker runzelte die Stirn und zog dann sein T-Shirt aus. Sehnige, harte Muskeln und breite Schultern kamen zum Vorschein, und der Oberkörper des Mannes war von Tattoos überzogen.

Semov sagte: »Schauen Sie sich die Bilder an, Stocker. Wissen Sie, was sie bedeuten? Nein? Passen Sie auf: Die Sterne auf der Schulter sagen, dass der Mann in seinem Fach einen hohen Rang hat. Die Madonna unter dem Herzen bedeutet, dass seine Ausbildung bei uns früh begann. Die Kirche mit den vier Türmen bestätigt, dass er Aufenthalte in vier schlimmen Gefängnissen gut überstanden hat, und die Otrizala-Ring-Tattoos an seinen Fingen zeigen Ihnen die Zahl der getöteten Feinde an. Er hat aber an seinen Fingern keinen Platz mehr, deshalb die blauen Tränen unter seinen Augen. Haben Sie das verstanden? Von solchen Leuten stehen mir hier drinnen an die fünfzig zur Verfügung. In allen sechs Häusern. Unser Wolja, der kann Ihnen im Schlaf die Augenlider abtrennen, so schnell, dass Sie erst wach werden, wenn sie weg sind.«

»Warum drohen Sie mir?«

Semov lachte. »Das war keine Drohung, mein Freund, das war nur eine Information. Natürlich werde ich Sie nicht duzen, Herr Stocker, dazu weiß ich viel zu viel von Ihnen und Ihren Freunden. Was kann ich denn für Sie tun?«

»Ich möchte den Job als Essensverteiler haben. Auf dem Stockwerk, auf dem der Kerl wohnt, den die Bullen grade oben rausgeholt haben.«

»Oh, Sie meinen den Pastor? Sind Sie seinetwegen hier bei uns?«

Stocker nickte.

Semov schnippte wieder mit dem Finger, Wolja zog sein T-Shirt wieder an und setzte sich.

»Herr Stocker, mein Freund, das, was Sie wollen, kostet eintausend. Sie werden auch Schutz brauchen, denn wenn wir Bimbo erklären, dass er seinen Job los ist und wer ihn ab morgen macht, dann könnte das Probleme geben. Das kostet Sie, sagen wir, noch mal eintausend, aber pro Woche. Was meinen Sie dazu?«

»Die tausend für den Job kriegen Sie morgen oder übermorgen. Schutz vor den Bikern brauche ich keinen. Ich denke, mit den Burschen komme ich klar. Ich bezahle Ihnen aber trotzdem die eintausend pro Woche, wenn Sie sich aus allem heraushalten, was ich hier mache. Was halten Sie davon?«

Semov lächelte und überlegte und: »Nein, mir fällt da was anderes ein. Wissen Sie was? Ich will Ihr Geld nicht. Wir machen das so: Sie haben ab sofort den Job, den Sie wollen, und wir werden Sie in Ihrer Mission in keiner Weise beeinträchtigen. Im Gegenteil, wenn ich was für Sie machen kann, sagen Sie es. Dafür will ich, wenn Sie hier wieder raus sind, einen Abend in Ihrem Lokal verbringen. Drei oder vier Stunden bei einem hervorragenden Essen, mit gutem Wein und in angenehmer Gesellschaft. Ja, so machen wir das, was meinen Sie?«

Stocker lachte. »Wie stellen Sie sich das vor? Sie können doch bestimmt nicht einfach so aus dem Hotel Gitterstein rausgehen, oder?«

Der Russe zog die Schultern hoch und machte ein erstauntes Gesicht. »Wie? Ich bitte Sie. Sie organisieren das, denn Sie haben die richtigen Freunde draußen, das weiß ich. Wie heißt diese Politikerin gleich wieder? Die mit dem Mann, der Gefängnisarzt ist? Die beiden sind mit einem Dreifachmörder sogar in den Urlaub gefahren oder so. Das stand doch in allen Zeitungen. Die haben den Kerl aus dem Gefängnis geholt, wann immer sie wollten und so lange sie wollten.«

»Kann ja alles sein, aber ich kenne die Politikerin nicht. Und ihren Mann, den Arzt, auch nicht.«

»Aber Sie haben Freunde, die Sie hier reinbringen, Ihre Aktionen decken und Sie dann anschließend wieder rausholen. Respekt, mein Lieber. Also, was ist mit unserem Deal?«

»Okay, wir machen das so. Vertrauen Sie meinem Wort, Herr Semov?«

Der Russe neigte den Kopf, weil ihm der Kerl, der neben ihm saß, erregt ins Ohr flüsterte. Semov hörte zu, lächelte, tätschelte die Wange des Burschen, der wie Andy García aussah, und sagte zu Stocker: »Mein Hauptmann hat große Bedenken. Aber die sind wohl eher sein Problem.«

»Warum?«

»Sehen Sie, die zwei Jahre, die ich hier drinnen verbringe, sorgen die beiden da und noch viele andere für meine Unversehrtheit. Wenn mir was passiert, dann sterben die Familien aller Männer, die mich während meiner Knast-Zeit beschützen sollen. Jeder von ihnen wird also ohne nachzudenken sein Leben für mich opfern. So ist das in unserer Organisation nun mal.«

»Dann müssen Sie ein sehr wichtiger Mann sein.«

»Nein, Herr Stocker, ich bin, wie soll ich sagen, nur so was wie ein Geschäftsführer. Ich vertrete die Interessen unserer Firma. Wie Sie vielleicht wissen, kontrollieren wir fast fünfzig Gefängnisse in Ihrem schönen Land. Das ist eine Industrie wie jede andere auch. Die Umsätze sind enorm, und irgendein Dummkopf versucht immer, sich was davon zu schnappen. Und was Ihre Frage anbelangt: Natürlich vertraue ich Ihrem Wort. Sie können jetzt gehen. Morgen früh um sechs Uhr fünfzehn wird Sie jemand abholen.«

Stocker nickte den dreien zu und schlenderte über den Hof. Bimbo und seine Biker-Kumpel standen nahe der Tür. Lässig mit dem Rücken an die Wand gelehnt, schauten sie Stocker entgegen. Pferdeschwanz schnippte seinen Stummel in einem weiten Bogen direkt vor Stockers Füße und grinste.

Bimbo stieß sich von der Mauer ab und kam auf Stocker zu, baute sich breitbeinig auf und sagte: »Dead man walking. Ein toter Mann, der aber noch gehen kann. Das bist du, Macker. Genieße deine letzten Atemzüge.«

Stocker schaute ihm in die Augen, so lange, bis er blinzelte und zu seinen Freunden zurückging. Stocker drehte sich um und bemerkte, dass Wolja ein paar Meter hinter ihm stand.

Noch wer ohne?

»Spielst du Backgammon?« Fritz saß auf seinem Bett und hielt einen braunen Holzkasten hoch.

»Nein. Ich spiele auch nicht Karten oder Schach oder sonst was. Ich dachte immer, in den Zellen gibt es Fernseher.«

»Na ja, manche mit Beziehungen haben einen, aber das sind die, die Beziehungen und Kohle haben, aber das hast du wahrscheinlich beides nicht, oder? Einen Fernseher musst du dir nämlich genehmigen lassen, und dann musst du das Dingens bei einer bekannten Firma bestellen.«

»Na so was. Was kann man hier bis zum Einschluss machen?«

»Tja, du kannst runter in den Innenhof, in einem Nebenraum ist eine Tischtennisplatte. Die haben aber die Asiaten im Griff. Unter der Treppe wird um Geld und Zigaretten Schach gespielt. Das kontrollieren die Russen. Mit denen verstehst du dich aber ganz gut, wie ich gesehen habe.«

»Das war bloß eine Verwechslung«, sagte Stocker. »Der Obermacker von denen hat gedacht, ich wäre einer, mit dem er mal was gemacht hat. Das hat sich aber schnell aufgeklärt. Ich bin ja froh, dass der nicht geglaubt hat, ich wäre ihm was schuldig oder so. Kennst du die Brüder?«

»Nein. Aber stell dich gut mit denen, wenn du keine ernsthaften Probleme haben willst. Die kontrollieren den gesamten Knast und so ziemlich alle Geschäfte hier drin.«

»Ehrlich? Ich schau mal noch ein bisschen in den Hof. Bis gleich.«

Stocker ging die Treppen runter, an Männern vorbei, die ihn von oben bis unten musterten. Viele von ihnen rochen ein bisschen streng, ein alter Bursche bot ihm eine Zigarette zum Kauf an. Unten im Innenhof standen zehn oder zwölf Kerle in einer geordneten Schlange vor dem Münzfernsprecher an.

Ein kleiner Bursche mit flinken Augen und russischen Tattoos auf Armen und Hals kassierte von jedem in der Schlange einen Schein, dann setzte er sich auf die Treppenstufen und zählte sein Geld. Aus der Brusttasche seines hellblauen Knasthemdes fischte er eine dicke Rolle, die durch einen Einmachgummi zusammengehalten wurde. Er streifte sich den Gummi mit einer schnellen Bewegung bis über das Handgelenk und sortierte die neuen Scheine ein. Ein paar Stufen über ihm stand ein weiterer Russe, der die Männer am Telefon und die in der näheren Umgebung beobachtete.

Stocker schaute sich nach Aufsehern um. Zwei standen neben der geschlossenen Tür zum Hof und waren in ein Gespräch vertieft. Bestimmt haben die jede Menge Kameras hier überall, dachte er sich. Rechts waren drei größere Nebenräume, die Türen waren zu, aber man sah durch die Glasscheiben. Im ersten Raum standen diverse Fitnessgeräte, Hanteln in allen möglichen Größen, und drei fleckige braune Sandsäcke hingen von der Decke.

Männer, die gebaut waren wie Kleiderschränke, mühten sich dort ab. Muskelbepackte, schweißnasse Oberkörper bewegten sich wie zu einer unhörbaren Musik.

Im mittleren Raum las jemand aus einem großen schwarzen Buch, und zehn oder zwölf Häftlinge lümmelten auf Plastikstühlen im Halbkreis vor ihm und hörten gebannt zu.

Der dritte Raum war fast leer. Drei Männer saßen um einen kleinen Tisch und spielten mit Karten. Alle drei rauchten, was eigentlich verboten war. Vor der Tür stand Wolja, und links neben dem Fenster lehnte Andy García und grinste Stocker lässig an.

In einer Ecke war eine Gruppe von Knackis um einen Typen geschart, der auf sie einredete. Stocker ging näher. Der Mann, der lebhaft auf die Kerle einsprach, war der Prediger. Die Schlange rechts oben an seinem Hals stach deutlich von seiner blassen Haut ab.

Ein paar Meter weiter saß ein kleiner Kerl auf einem Hocker und spielte, den linken Arm in Schulterhöhe von sich gestreckt, eine imaginäre Geige. Alfons hatte die Augen geschlossen und bewegte seinen rechten Arm und seinen Oberkörper zu einer Melodie, die nur er hörte.

Stocker tippte ihm auf die Schulter, und der kleine Mann riss erschrocken die Augen auf. Dann verzog sich sein Gesicht zu einem fröhlichen Lächeln, und er sprach mühsam: »Hey, hasd du mich aba erschregd. Wie gehd es dia?«

»Danke, mir geht's gut, Alfons. Sag mal, tust du nur so, oder kannst du wirklich Geige spielen?«

»Haha, wen man den Geiendrigg machd, dann muss man auch gud spiele gönnen. Schdell dia voa, der Wird sagd: ›Is die Geie wirklich so werdvoll? Zeig mal.‹ Dann mussd du was machen. Ich gann den ›Hummelflug‹ so schnell schbiele, da wird jeder Hummel schwindlig, bis sie gozd. Aber ich hab geine Geie. Un meinen Job als Galfagdor hab ich auch nicht begommen, den had mia eina weggeschnabbd.«

Der kleine Mann blickte Stocker von unten herauf an, und mit seinen dicken hochgezogenen Augenbrauen sah er aus wie ein unglückliches Erdmännchen.

Stocker schaute sich um und sagte: »Ich will mal überlegen, was ich da für dich machen kann. Geige hab ich auch keine, aber vielleicht kann ich dir schon bald einen Traumjob vermitteln. Vertrau mir einfach, ja?«

Alfons schloss die Augen. »Ich glaub dir das, weil du ein guda Mensch bisd, auch wenn du jezd hier drinne sein musd.«

Stocker klopfte ihm auf die Schulter und ging zurück zur Treppe, dann drehte er sich noch mal um und marschierte zurück zu Alfons. »Sag mal, kannst du russische Stücke?«

»Logo, dea ›Hummelflug‹ is ja von einem Russgi, vom Gorsagov, ich gann auch den ›Nussgnagga‹, Sachen aus ›Schwanensee‹, das ganse Zeug. Warum?«

»War nur so eine Idee von mir. Bis morgen, Alfons, lass dich nicht ärgern, ja?«

Stocker schlenderte zu der Gruppe um den Prediger, aber

bevor er die Männer erreichte, legte sich eine Hand auf seine Schulter. Er fuhr herum, und Andy García trat schnell einen Schritt zurück und hob beide Hände in Schulterhöhe. »Wow, wow, ganz ruhig. Der Chef will mit Ihnen reden. Kommen Sie mit.«

»Sag mal, du siehst nicht wie ein Russe aus, wo kommst du her?«

»Warum wollen Sie das wissen?«

»Es gibt einen bekannten amerikanischen Schauspieler, dem siehst du sehr ähnlich. Der kommt aber aus Kuba. Andy García, schon mal gehört?«

Der Schwarzhaarige schüttelte den Kopf. »Nie gehört, den Namen. Ich bin Russe. Andy García, was? Klingt cool. Nennen Sie mich Petr oder von mir aus Andy.« Dann hielt er Stocker die flache Hand an die Brust. »Warten Sie da, ich gehe rein, und wenn der Don Zeit für Sie hat, dann hole ich Sie, okay?«

Stocker sah sich um und lehnte sich an die hellgraue Wand neben der Tür. Nach etwa einer Minute erschien erst Petr und dicht hinter ihm Semov. Er zog Stocker an der Schulter ein paar Schritte zur Treppe, Petr blieb in einem Abstand von vier oder fünf Metern breitbeinig stehen und musterte die Kerle im Hof und auf der Treppe.

Semov schaute nach oben und sagte dann: »Ich habe mich noch einmal gründlich über Sie erkundigt, mein Freund. Sie haben sehr gute Verbindungen zu einer mächtigen Gruppe in Spanien, und auch hier sind Sie bestens vernetzt. Deshalb freue ich mich, Sie hierzuhaben. Bestimmt können wir uns gegenseitig nützlich sein. Wer weiß, vielleicht ist das sogar der Anfang einer guten Geschäftsbeziehung, nicht wahr?«

»Wer hat diese Informationen innerhalb der Mauern noch?«

»Niemand. Selbst meine Brigade weiß nicht viel, nur, dass Sie mein Schützling sind und dass Ihr Leben während Ihres Aufenthaltes in diesem netten Haus genauso wertvoll ist wie meines. Entsprechend werden sie auf Sie aufpassen. Zufrieden?«

Stocker schaute in die graugrünen Augen des Don. »Deswegen haben Sie aber nicht Ihr Kartenspiel unterbrochen, nur um mir das zu sagen, oder?«

Semov lächelte. »Nein. Wir haben ein Problem mit Ihrer Zielperson. Der Mann möchte Schaukämpfe abziehen. Ein Hunderter pro Kampf für jeden, der eine Minute gegen ihn aufrecht stehen kann. Wenn der Gegner schneller fällt, muss der die einhundert Euro bezahlen. Und natürlich nimmt man außerdem noch Wetten an. Ein gutes Geschäft, gefällt mir.«

»Der kann doch in den Gemeinschaftsräumen keine Boxkämpfe veranstalten. Wie soll das denn ablaufen?«

»Oh, das ist ganz einfach. Er und sein Gegner gehen in den Kraftraum. Die anderen, die, die wetten oder nur zusehen wollen, stehen drinnen vor dem Fenster und verdecken so die Sicht für die Aufseher. Und so ein Kampf, der ist in zehn oder zwanzig Sekunden vorbei. Die einzige Regel ist: Es gibt keine Regeln.«

Stocker dachte an das, was ihm sein Nahkampf-Ausbilder bei den Feldjägern eingebläut hatte: »Mach keine Spielchen. Der erste Schlag zählt. Tritt ihm ein Kniegelenk durch oder brich ihm das Schlüsselbein. Dein Gegner muss innerhalb einer halben Sekunde kampfunfähig sein, dann überlebst du!«

»Gut«, sagte er zu Semov. »Und wo ist das Problem?«

Der Russe breitete lächelnd die Arme aus. »Das Übliche, würde ich sagen. Er will uns nicht beteiligen. Er zahlt nichts an uns, sagt er. Also wird er seine Lektion bekommen, und zwar schon bald. Das Schlimmste, was mir hier passieren kann, ist, dass meine Autorität in Frage gestellt wird. Das ist wie bei einem Wolfsrudel. Wenn der Leitwolf Schwäche zeigt, wird er von den anderen Wölfen totgebissen.«

»Was hat das mit mir zu tun?«

»Viel, mein Freund, sehr viel sogar. Sie haben nur einen Tag

Zeit, um Ihr Problem mit ihm zu klären. Danach gehört der Prediger uns. Verstehen Sie?«

»Schon klar. Ich werde mich bemühen. Da fällt mir ein, Herr Semov, dass ich Sie fragen wollte, ob Sie Geigenspiel mögen.«

»Äh, was?«

»Geige. Mögen Sie den Klang einer schön gespielten Geige?«

Semov runzelte die Stirn, schaute zu Petr hinüber und sagte zu Stocker: »Was soll das denn jetzt?«

»Sehen Sie den kleinen Burschen da drüben auf dem Schemel? Der so tut, als würde er ein Streichinstrument spielen?«

Stocker deutete auf Alfons, und Semov dreht sich halb und reckte den Kopf. »Ach, der taube Mann. Ja, ich sehe ihn, aber ich verstehe immer noch nicht ...?«

Stocker lächelte. »Ich möchte Sie um einen Gefallen bitten, Herr Semov. Besorgen Sie meinem kleinen Freund eine Geige. Dann hat er ein Instrument, und Sie haben zwei Augen mehr.«

»Ist er gut?«

Stocker nickte. »Er sagt, er hat die ganzen russischen Klassiker drauf. Und ich bin sicher, wenn man ihm die Noten Ihrer Lieblingslieder besorgt, spielt er auch die. Was meinen Sie, können Sie da was machen?«

Semov schob die Unterlippe vor, dann lachte er und schlug Stocker auf die Schulter. »Sie kennen die russische Seele, mein Freund, das muss ich Ihnen lassen. Der kleine Mann hat morgen seine Geige. Aber er muss für uns spielen, wenn wir hier nebenan unser Kartenspiel machen, meine Freunde und ich. Und natürlich möchte ich, dass er zu besonderen Anlässen in meiner Zelle spielt.«

»Das wird er sicher gerne.«

»Ist er ein Freund von Ihnen?«

»Nein, ich kenne ihn erst seit gestern. Aber er hat mir von sich erzählt. Wissen Sie, er war immer zur falschen Zeit am falschen Ort, und das Leben hat ihn schlimm umhergetrieben.

Mit einer Geige und ein paar Menschen, die ihm zuhören, könnte man Licht in seine Seele bringen.«

Semov fuhr sich mit der Hand über das Kinn. »Einer unserer großen Dichter hat einmal gesagt, dass jeder Mensch wie eine halb offene Tür ist, die in einen großen Raum führt, in dem wir uns irgendwann alle einmal treffen. Zu einer anderen Zeit und an einem anderen Ort könnten wir bestimmt gute Freunde werden, Herr Stocker. Glauben Sie das nicht auch? Ich muss wieder zurück zu meinem Kartenspiel. Gehen Sie zu dem kleinen Mann und sagen Sie ihm, dass man ihm morgen Nachmittag eine Geige in die Zelle bringt. Mein Lieblingskomponist ist übrigens Chatschaturjan.«

Der Russe drehte sich um und ging weg. Stocker schlenderte zu Alfons, der immer noch mit geschlossenen Augen vor sich hin fiedelte. Als ihn Stocker antippte, erschrak er und schaute sich um. »Was is?«

Stocker beugte sich vor und sagte langsam und betont: »Schau mich an, Alfons. Du bekommst morgen eine Geige in die Zelle gebracht. Wann genau, das weiß ich nicht. Und du bekommst Noten von einem Chatscha… irgendwas. Um sechs Uhr kommst du mit deiner neuen Fiedel runter und gehst in das Zimmer da drüben.«

Stocker zeigte mit dem Daumen über die Schulter, und Alfons machte einen langen Hals. »Da, wo die drei Gerle Garden spielen?«

»Genau. Der mit den kurzen grauen Haaren, der schenkt dir die Geige. Dafür musst du spielen, wann immer er es will. Hier unten und auch manchmal in seiner Zelle. Hast du das verstanden?«

Alfons schaute zu den drei Männern, die man leicht verschwommen hinter der Glasscheibe sehen konnte. Aus ihren Mündern stieg Zigarettenrauch, der sich zu den Neonröhren an der Decke hochkräuselte wie in Watte getauchte Dezemberluft.

»Isd dea schwul?«

Stocker lachte. »Nein, viel schlimmer. Das ist der russische Boss der Obermacker, der Mann, der das Sagen hat. Und die anderen sind seine Freunde. Wenn denen deine Musik gefällt, dann hast du ein sehr gutes Leben während deiner Knastzeit. Hast du das kapiert?«

Alfons nickte ernsthaft. »Glar, mach ich. Dange, Schdogge. Warum dusd du das füa mich?«

»Weil ich für ein paar Tage deinen Kalfaktor-Job mache. Den hab ich dir weggenommen. Aber jetzt sind wir quitt, okay?«

Die Augen des kleinen Mannes wurden feucht, und Stocker sagte: »Wenn du jetzt heulst, dann hau ich dir gleich ein paar rein. Das tut dann fünf Minuten lang weh. Wenn du aber nicht gut Geige spielst, dann sind wir beide am Arsch. Kann ich mich auf dich verlassen?«

Alfons lachte und schrie: »Ich bi der besde Geier weid und breid!«

Stocker grinste und legte den Finger auf seine Lippen. »Und schrei nicht immer so. Du bist nämlich der Einzige, der taub ist. Mach's gut. Bis morgen.«

Kann ich die Nutella haben?

Fritz lag auf seiner Pritsche und las in einem Buch. Er schaute kurz auf, als Stocker reinkam. »Einer von den Kapos war da. Der holt dich morgen früh um Viertel nach sechs ab. Er hat gefragt, wer der zweite Mann am Wagen ist, und ich habe gesagt, dass ich das mache. Ist das okay für dich?«

»Nein, überhaupt nicht. Du hast doch schon einen Job, oder?«

»Ja, schon.« Fritz legte sein Buch zur Seite und setzte sich auf. »In der Schreinerei. Aber da ist es laut und staubig. Und mit zwei von den Idioten da unten hab ich immer Stress.«

»Das ist ja nun echt nicht mein Problem, oder?«

»Nein, nein«, sagte Fritz. »Hör mal, ich würde gerne den Wagen für dich schieben. Das Ganze ist mehr so ein gesundheitliches Problem bei mir, und der Job würde mich mental und körperlich ganz schön nach vorne klopfen.«

»Warum? Was hast du für gesundheitliche Probleme?« Stocker stellte sich vor Fritz und schaute zu ihm hinab.

»Akuten Vitaminmangel. Na ja, wir kriegen zum Frühstück immer so eine kleine Portion Nutella. Und so ein kleiner Plastikfingerhut voll, der hat so wenig Vitamine, dass man viele davon essen muss. Und eben die könnte ich mir besorgen, wenn ich bei der Austeilung dabei bin. Ist doch logisch, oder?«

»Du leidest also unter Nutella-Vitamin-Mangelerscheinungen, verstehe ich dich da richtig?«

Fritz strahlte. »Genau! Man merkt, dass du ein gebildeter Mann bist, Stocker!«

»Nenn mich Albin. Und Fritz: Übertreib's nicht, ja?«

Fritz legte sein Buch auf die braune Decke, Stocker nahm es auf und schaute auf das Cover. »Karl Marx. Da hast du dir aber ganz schön was vorgenommen, Alter.«

Fritz schüttelte den Kopf. »Das kannst du gerne haben.

Weißt du, als Kind hab ich fast alle dreißig oder wie viele Bände von dem gehabt. Und ich dachte, hoppala, das hier, das kenn ich noch nicht. Aber ich bin schon auf Seite fünfundzwanzig, und es ist noch kein einziger Trapper oder Indianer drin aufgetaucht. Nimm es ruhig, für mich ist das nichts.«

Stocker legte das Buch auf seine Pritsche und zeigte auf ein Stück Papier, das auf dem Kissen neben Fritz lag. »Was schreibst du da auf?«

»Das? Das ist meine persönliche Hitparade.« Er griff nach dem Blatt und las vor: »›The Wanderer‹ von Dion. Denn das erinnert mich an meine wilden Jahre. Nummer zwei ist von Status Quo, ›Rockin' All Over the World‹. Ich war nämlich mal Steward auf einem Kreuzfahrtdampfer. Die Drei ist von den Beatles, ›Eight Days a Week‹, die Vier vom Boss, Bruce, du weißt schon: ›Summer of '69‹. Und so weiter. Was wären denn deine All-time-Hits?«

Stocker schloss kurz die Augen, dann sagte er: »Warte mal. Ja, ich nehme ›Mr Bojangles‹ von Robbie Williams, vielleicht solche Sachen wie ›Paperback Writer‹, ›Needles and Pins‹, ›City of New Orleans‹, ›Sultans of Swing‹. Ich bin ja Drummer, und in meiner Kneipe ist zweimal im Monat Live-Mucke angesagt. Da spielen wir das Zeugs rauf und runter.«

»Ehrlich? Mann, da ich krieg ich innen und außen Ausschlag vor Aufregung. Wenn ich raus bin, dann komme ich dich besuchen. Würd dir das recht sein?«

Stocker grinste. »Fritz, wenn du raus bist, bist du raus. Dann musst du nur schauen, dass du nicht schnell wieder reinkommst. In der Zwischenzeit kannst du machen, was du willst. Klar, komm vorbei. Mein Laden heißt ›Endstation‹ und ist in Atzdorf. Und mein Partner Zeno, das ist ein toller Bursche, der wird dir gefallen.«

Aus dem kleinen Lautsprecher über ihnen ertönte ein Gong und dann eine barsche Stimme: »In fünf Minuten ist das Licht aus. Gute Nacht, Männer.«

Curaçao? Soll schön sein

Es dauerte lange, bis Stocker in einen unruhigen Dämmerschlaf verfiel. Fritz schnarchte ganz erbärmlich, und Stocker stand zweimal auf und legte ihn auf die Seite. Das half aber nur kurz, dann ging die Sägerei weiter. Irgendwann stopfte er sich feuchtes Toilettenpapier in die Ohren und schlief endlich ein.

Im Traum sah er sich an einem Strand, unter schief gewachsenen Palmen in einer Hängematte. Die Sonne ging glutrot wie eine riesige Pampelmuse im Meer unter, und im warmen Wind schaukelte die Matte. Aus der Ferne hörte er leise den sanften Klang von Steeldrums, die erstaunlicherweise einen Wiener Walzer intonierten: »Wiener Blut«.

Aus dem Meer kam eine Gestalt auf ihn zu. Eine Frau mit halblangen blonden Haaren in einem cremefarbenen Bikini. Ihre Haut war weiß, und sie hatte strahlend blaue Augen und weiß blitzende Zähne. Die Frau setzte sich vor der Matte in den warmen Sand und sagte: »Albin, ich war jeden Abend hier und habe nach dir gesucht, weil ich dir was sagen muss. Ich war das, der dich ein paarmal nachts angerufen hat. Da wollte ich dir erzählen, wie sehr ich dich vermisse. Aber jetzt musst du was anderes wissen. Du bist in großer Gefahr. Jemand will dich töten. Jemand, den du schon gesehen hast. Und es wird bald passieren. Ich sage dir, wer es sein wird, es sind …«

Die Stimme wurde undeutlich, das Gesicht der Frau verschwamm, und Stocker fühlte einen Druck auf seiner Schulter. Er riss die Augen auf, sah eine gebückte Gestalt über sich und schlug instinktiv mit der rechten Faust nach dem Kerl.

»How, how, how, ruhig, Mann, ich bin's, der Fritz. Ist alles okay mit dir?«

Stocker rieb sich über das Gesicht. »Was ist? Was machst du da? Geh erst mal einen Schritt zurück, ja?«

Fritz hob beide Hände in Brusthöhe und setzte sich auf

seine Pritsche. Im Halbdunkel der blauen Notlampe konnte Stocker nur seine Umrisse erkennen. Die Gestalt sagte: »Du hast geschrien, Mann. Erst einen Frauennamen, der sich wie Gertrud oder Gerlinde angehört hat, und dann einen Haufen wirres Zeug hinterher. So kann ich nicht schlafen. Du solltest froh sein, dass ich nicht schnarche, also schrei hier nicht rum. In ein paar Stunden ist die Nacht vorbei.«

»Was habe ich denn noch gesagt?«

Fritz überlegte. »Irgendwas von Curaçao. Hey, das ist so ziemlich die einzige Karibikinsel, auf der ich noch nicht war. Da soll es aber schön sein, auf Curaçao. Was sprechen die da für eine Sprache? Spanisch?«

Stocker hob den Kopf. »Nein, ich glaube Holländisch, weil das ja lange holländische Kolonie war. Aber sicher bin ich mir nicht, weil ich da auch noch nie war.«

»Also kein Spanisch, was? Ist ja auch egal. Hey, weißt du, wie man einen Spanier ohne Auto nennt? Nee? Pass auf: Carlos!«

Fritz schlug sich auf die Schenkel und legte sich wieder hin. Bevor er sich umdrehte, sagte er noch: »Schau zu, dass du wieder einschlafen kannst. Aber schnarch nicht, ich bin nämlich sehr hellhörig.«

Irgendwann um sechs Uhr rum ertönte ein lauter Summton. Stocker riss die Augen auf und versuchte sich zu orientieren. Auf der anderen Pritsche drehte sich Fritz um und furzte. Dann sagte er: »Meine Damen und Herren, das war die Morgengymnastik. Los, hoch mit uns. Willst du dich zuerst waschen? Dann mach hin. Du hast zehn Minuten.«

Stocker gähnte und erhob sich ächzend. »Was passiert eigentlich, wenn man einfach liegen bleibt? Und wie sieht's mit Duschen aus?«

Fritz sagte: »Das Gedusche kannst du nach der Arbeit machen. Die Duschen sind im Keller unten, neben der Wäscherei. Und zu Frage zwei: Wenn du liegen bleibst, bekommst du kein Frühstück, so einfach ist das. Jetzt putz dir das Elfenbein und hau dir Wasser in die Visage. Wenn der Kapo schlecht drauf ist und an dir was rumzumeckern hat, dann wischt er die Wand mit dir, das ist kein Scheiß jetzt!«

Stocker beugte sich über das Waschbecken und fuhr gleich wieder hoch. »Mann, das ist ja alles total versifft. Pass auf, Kollege, ich organisiere ein paar Gebissreiniger, du weißt schon, diese weißen oder blauen Tabletten. Mit denen kriegst du auch das Klo sauber. Da kann sich ja keiner draufsetzen, Mann!«

Die Zellentür flog auf. »Lebendkontrolle! Alles klar, Mädels?«

Fritz warf dem Beamten einen Handkuss zu, und Stocker nickte mit dem Kopf und spülte sich die Zahnpasta aus dem Mund. Kurz nachdem er sich angezogen hatte, kam der Kapo rein und wedelte mit der Hand. »Der Frühstückswagen steht vorne. Kommt mit, ich hab nicht den ganzen Tag Zeit.«

Sie gingen hinter ihm her, und er sagte über die Schulter: »Ich geh vor euch her und schließ die Futterklappen auf. Du …«, damit deutete er mit seinem linken Daumen auf Fritz, ohne seine Geschwindigkeit zu verringern oder sich umzudrehen, »… du zeigst ihm …«, damit war Stocker gemeint, denn der rechte Daumen des Kapos tauchte über seiner rechten Schulter auf, »… jeweils ein oder zwei Tabletts an. Das steht auf der Liste, die du gleich von mir kriegst, ob die Zellen mit einem oder zwei Scheißern belegt sind. Ihr redet mit keinem, ihr nehmt nichts aus den Zellen an, und ihr gebt nichts außer dem Frühstückstablett hinein, okay?«

Stocker und Fritz sagten fast gleichzeitig: »Jawoll!«

Vorne am Aufzug stand der große vierrädrige Metallwagen, wie man ihn aus Krankenhäusern kennt. Die Frühstückstabletts, vielleicht fünfzig oder sechzig an der Zahl, waren einem Schienensystem zu entnehmen. An der hinteren Schmalseite, an der die Schiebegriffe waren, hing eine Liste mit den Zellennummern und den Zahlen eins oder zwei dahinter.

»Hier, das ist der Verteiler«, grummelte der Kapo. »Noch Fragen?«

Stocker und Fritz schüttelten die Köpfe, und Fritz schob den Wagen bis zur ersten Zelle. Futterklappe auf, Fritz bremste, Stocker schaute ihn an, und Fritz hob zwei Finger. Also zwei Tabletts. Der Kapo, der vorausging, ohne sich umzusehen, bekam nicht mit, wie Fritz mit einer Hand den Wagen schob und mit der anderen die Deckel der Tabletts anhob, jeweils die Nutella abgriff und in seinen Taschen verschwinden ließ.

Sie arbeiteten die rechte Zellenreihe ab und kamen auf die andere Seite. In der dritten Zelle war der Pastor. Stocker spähte durch die Futterluke und sah, dass der Kerl mit dem Rücken zur Tür stand, mit nacktem Oberkörper, und schnelle Links-rechts-Kombinationen schlug. Die Schlange an seinem Hals schien lebendig zu sein. Schweiß lief über seine muskulösen bleichen Schultern, sammelte sich in den vielen kleinen und großen Narben zu kleinen Bächen und rann träge neben der Wirbelsäule ab. Seine graue Jogginghose wies einen breiten, feuchten Streifen im Gürtelbereich auf.

Die einen tragen ihre Narben in ihrer Seele, der da trägt sie außen, auf seinem Körper, dachte sich Stocker und sagte: »Hey, Pastor, dein Frühstück!«

Der Mann wirbelte blitzschnell um seine eigene Achse und hob die Fäuste in Brusthöhe. Dann ließ er sie sinken und grinste. »Bonne magie du matin, kenn ich dich?«

Stocker schaute nach links, aber der Kapo sprach mit einem Kerl, der drei oder vier Zellen weiter auf der anderen Seite der Frühstücksklappe stand. Die beiden lachten laut, und keiner achtete auf ihn. Fritz war damit beschäftigt, weitere Nutella-Portionen von den Tabletts zu nehmen und sie blitzschnell in einer seiner Taschen verschwinden zu lassen. Seine rechte Hosentasche war schon verdächtig ausgebeult.

Stocker hob das Tablett durch die kleine Luke und sagte: »Nein. Aber wir sollten mal miteinander sprechen. Ich kann dir ein gutes Angebot machen.«

»Etes-vous gay ou quoi? Willst du gegen mich kämpfen, Kleiner? Das kostet einhundert. Wenn du gewinnst, bekommst du zweihundert von mir, ja?« Der Pastor blinzelte Stocker zu und machte einen Kussmund.

»Da wär ich mir nicht so sicher, Pastor. Nein, ich will dir viel Geld geben, und du musst nichts dafür tun. Nur verschwinden, wenn du aus dem Bau raus bist. Verstehst du, was ich sage?«

»Aber ja, mon cher.« Ein gemeines Lächeln schlich sich in das Gesicht des Mannes, dann veränderten sich sein Blick und seine Körperhaltung. Er schlug mit der Faust gegen die eiserne Klappe und zischte: »Merde, jetzt erkenne ich dich. Du bist der Salaud, der mit dem Ex-Bullen die Kneipe hat. Du stehst schon auf meiner Liste, Mann. Wenn ich hier raus bin, ist mein erster Weg der zu dir. Und für dich mache ich es dann schön langsam, lentement, oui?«

Den Schlag hatte auch der Kapo gehört, der schnell zurückkam und Stocker auf die Schulter schlug. »He, du! Kein Gequatsche, haben wir gesagt. Los, weiter, mach hin!«

Er machte die Futterklappe zu und schob Stocker von der Zellentür weg. Missmutig blieb er bis zum Ende der Frühstücksrunde neben dem Wagen. Dann brachte er Stocker und Fritz zu ihrer Zelle zurück. Als Fritz an ihm vorbeiging, sagte der Kapo: »Sag mal, entweder hast du früh am Morgen schon einen Riesenständer, oder das ist was ganz anderes, das ich da unten sehe. Hast du von den Tabletts geklaut? Nee, oder?«

Fritz senkte den Kopf, aber der Kapo stieß ihn an die Wand, presste ihm die linke Hand flach an die Brust und versenkte seine Rechte in Fritzens Hosentasche. »Was haben wir denn da? Klemmt der Kerl doch glatt die Nutella vom Teller. Wo gibt's denn so was?«

Fritz wurde bleich, und der Kapo knurrte: »Pass auf, du gibst mir die Hälfte, und wenn sich wer beschwert, dann sag ich, heute war nix mit Nutella, okay? Oder, zweiter Vorschlag, du darfst das alles behalten, ich mache eine offizielle Meldung und sage außerdem den Knaben in den Zellen, dass du was abgefischt hast. Na?«

Fritz sagte mit flacher Stimme: »Nimm dir so viele du willst. Kannst auch gerne alle haben.«

Der Alte strahlte und holte sich die kleinen Plastikbehälter aus den verschiedenen Taschen. Fünf oder sechs davon gab er Fritz zurück, klopfte ihm auf die Schulter und sagte: »Sehr gut, mein Junge. Morgen klaust du für uns ein paar Scheiben Wurst, ja?«

Fritz nickte trübsinnig mit dem Kopf und verschwand in der Zelle. Stocker schaute dem Kapo im Vorbeigehen in die Augen, der zog die Brauen hoch. »Was ist? Was glotzt du so, hmh?«

»Nichts. Wann holst du uns für das Abendessen?«

»Das macht ein anderes Team. Befehl vom Direktor. Damit will er verhindern, dass die Knastis morgens was bestellen und abends geliefert bekommen.« Er lachte. »Willkommen im Tal der Naiven. Wenn du was brauchst, dann sag es mir. Es gibt fast alles, wenn du genug Kohle hast. Bis morgen früh, Mann.«

Ich bin dann mal duschen, ja?

»Dann geh ich mal. Jetzt, um diese Uhrzeit, sollte da unten in der Dusche eigentlich nicht viel los sein, sind ja alle auf Arbeit. Kommst du mit?«

Fritz senkte den Kopf. »Ich krieg heute Vormittag wahrscheinlich Besuch von meinem Anwalt. Nimm die Kernseife und ein Handtuch mit. Nee, warte, lass deine Klamotten da, bind dir ein Handtuch um deinen Bauch und nimm ein zweites mit. Hier im Bau klauen die wie die Raben. Viel Spaß und denk dran: Der liebe Gott sieht alles. Auch wie du deinen Pinsel wäschst, weil öfters wie dreimal flott gewaschen ist schon Onanie.«

Stocker ging kopfschüttelnd aus der Zelle, mit einem ehemals weißen, jetzt gräulichen Badetuch um die Hüften. In der Hand hielt er ein großes elfenbeinfarbenes Stück Kernseife und ein hellblaues Handtuch.

Hinter einigen Trockenrauchern ging er die Treppe runter und sah durch das Maschengitter in den Lichthof hinunter. Bimbo und seine zwei Kumpel standen unten neben dem Geländer und starrten zu ihm hoch. Pferdeschwanz sagte was, und die drei lachten. Stocker hörte einen kurzen Pfiff und schaute nach oben. Am Treppenanfang stand Wolja und hob den Daumen.

Unten im Innenhof lungerten einige Kerle herum, in der Ecke saß ein Uniformierter und las in der Bild-Zeitung. Die drei Biker grinsten zu Stocker rüber, und der zeigte ihnen im Vorbeigehen in Brusthöhe den Mittelfinger, dann stieg er in den Keller hinab.

Er ging an sieben oder acht verschlossenen Türen vorbei und betrat einen feucht riechenden Vorraum mit braunen Holzbänken und stumpf glänzenden Haken an den weiß gefliesten Wänden. An den langen Bänken vorbei, um eine Ecke, lag der Duschraum. Stocker zählte vierundzwanzig Duschköpfe an drei Wänden. Der Boden war hellbraun gefliest, mit vier vergitterten Abflüssen. Die Wände waren ebenfalls weiß, manche der matten Fliesen hatten Sprünge, und es roch leicht säuerlich. Acht Neonröhren verbreiteten ein ungesundes, sehr helles Licht.

Stocker suchte sich einen Duschkopf in der Mitte der Rückwand aus, drückte auf den tropfenden Knopf in Bauchhöhe und merkte schnell, dass man den permanent festhalten musste, sonst stoppte der Wasserzufluss. Das Wasser war erst kalt, dann aber schnell angenehm warm.

Er seifte sich mit einer Hand den Kopf und die Haare ein und hielt mit der anderen Hand den Wasserknopf fest. Das heiße Wasser lief über seinen Körper, er atmete den Dampf ein und kniff die Augenlider fest zusammen.

Dann spülte er sich den Seifenschaum von der Haut, trocknete sich ab und legte die Seife in das hellblaue, jetzt feuchte Handtuch, nahm es an den Enden wie einen Tragebeutel und schwang es in der linken Hand. Das gräuliche Badetuch hatte er in der Rechten, und so betrat er den Raum mit den Bänken und Kleiderhaken.

Pferdeschwanz stand lässig, mit einer Hand an einem der Haken, links. Bimbo saß auf der Bank genau vor ihm, und der Dritte lümmelte mit vor der Brust verschränkten Armen hinten an der geschlossenen Tür.

»Na so was, wen haben wir denn da?« Bimbo stand, über das ganze Gesicht grinsend, langsam auf und kam auf Stocker zu. In seiner linken Hand hielt er ein spitz zugeschliffenes, messerähnliches Eisenstück mit vielleicht zehn Zentimeter sichtbarer Klinge.

Pferdeschwanz stieß sich von der Wand ab und stellte sich neben Bimbo. »Freust du dich denn gar nicht, uns zu sehen?«

Stocker schaute zu dem Dritten, aber der lehnte an der Tür, betrachtete seine Fingernägel und summte vor sich hin.

Stocker war barfuß, Pferdeschwanz, Bimbo und der Türsteher hatten Flipflops an den Füßen. Nicht einmal Jackie Chan hätte mit Flipflops an den Füßen vernünftig kämpfen können.

Stocker dachte wieder an die Worte seines Ausbilders: »Es passiert alles im Kopf. In jeder Situation bist du irgendwann da, wo du überlegst: Wie weit bin ich bereit zu gehen? Oder andersrum: Wie weit muss ich gehen, um da jetzt rauszukommen? Und so, wie euer Kopf euch das sagt, so müsst ihr handeln.«

»Du hast meinen Frühstücks-Verteiler-Job, hab ich gehört. Da kann ich gar nicht drüber lachen. Und damit ich wieder fröhlich bin, machen wir jetzt ein Tänzchen. Weißt du was? Wenn wir mit dir fertig sind, werden die da oben Mühe haben, festzustellen, wer du einmal gewesen bist.«

»Genau.« Pferdeschwanz lächelte und holte mit der linken Hand ein kurzes Stück schwarzen Gummischlauch aus seiner Tasche, das er klatschend in seine rechte Handfläche schlug. »Der Kleine hier ist mit Stahlkugeln gefüllt. Das haut rein, kann ich dir sagen!«

Stocker schaute zu dem Kerl an der Tür. Der zog einen spitz zugeschliffenen Schraubenzieher aus dem Hosenbund und hob ihn in Schulterhöhe. Bimbo, der sich halb umgedreht hatte, sagte zu Stocker: »Der Bruder dahinten wird dir dann die Äuglein ausstechen. Schön langsam, eines nach dem anderem. Aber erst sind wir dran, ja? Bist du so weit?«

Stockers Vorsatz, erst mal vernünftig mit ihnen zu reden, endete abrupt. Die drei oder ich, dachte er. Wo zum Teufel war sein Aufpasser? Egal. Er räusperte sich und sagte, so ruhig er konnte: »Gut, dann geht's jetzt los. Aber bitte gleich. Denn wenn ihr erst rumlabern müsst, bis euch Eier wachsen, dann leg ich mich vorher noch ein bisschen hin, ja? Oder ihr haltet eure dämlichen Schnauzen und fangt endlich an!«

Die Ansage schien die Jungs zu treffen, denn Bimbo stürmte wie ein Bulle schnaubend auf ihn zu. Er hatte den Messerarm weit vorgestreckt und schwang die Klinge in Gürtelhöhe. Pferdeschwanz kam seitlich angetänzelt, aber der dritte Clown lehnte immer noch an der Tür und reinigte sich die Fingernägel mit dem zugespitzten Schraubenzieher.

Stocker drehte sich leicht, verlagerte sein Gewicht auf den linken Fuß und hob sein rechtes Bein etwas an, sodass nur noch die Zehen den Boden berührten. Dann wich er einer schnell geführten Finte Bimbos aus und traf ihn im exakt richtigen Moment, legte seine ganze Kraft in den Tritt, ein zugegebenermaßen hinterhältiger Angriff von der Seite. Bimbo fiel wie von einer Sense gefällt, und Stocker spürte, wie sein Knie zerbrach. Es war ein fleischiger, nasser Knall, als die Sehnen und Knorpel nachgaben und das gesamte Gelenk auseinanderflog. Schwingend vollendete er seine Drehung und sah, wie Bimbo schreiend zu Boden ging.

Pferdeschwanz flog heran und verpasste Stocker einen heftigen Schlag mit dem stahlgefüllten Schlauch auf die linke Schulter. Stocker merkte, wie der Schmerz seinen Oberkörper lähmte, und versuchte, auf den Beinen zu bleiben. In der linken Hand hatte er immer noch die Seife im Handtuch. Wie einst David gegen Goliath schwang er das nasse Tuch aus der Hüfte und erwischte Pferdeschwanz mit dem Seifenstück an der Schläfe. Er hörte, wie das schwere Stück Kernseife auf den Schädel des Mannes traf und ihn schwanken ließ. Aber dann wurde er von Pferdeschwanz schwer am Ohr getroffen. Glühender Schmerz schoss durch seinen Schädel, und ihn ergriff eine Wut, ein Urinstinkt, ein reißender Fluss aus Nervenströmen, so wie eine blutrote Flut.

Er wich einem entgegenkommenden Schlag mit dem Schlauch aus, platzierte einen linken Haken, spürte, wie er das Auge des Gegners touchierte, bekam seinen Unterarm zu fassen und setzte einen Armhebel an. Dann drückte er den massigen Mann nach unten und riss das rechte Knie hoch.

Bei präziser Ausführung konnte der Tritt die Nasenknochen des Gegners direkt durch die Nebenhöhlen in das Gehirn treiben. Stocker zog voll durch, merkte aber, dass er ein klein wenig zu weit unten getroffen hatte.

Er konnte spüren, wie die Vorderzähne des Mannes zerbrachen, spürte, wie sein eigenes Knie in die zerbrochenen Zahnstümpfe schnitt. Der Kopf mit dem langen Pferdeschwanz dran flog zurück, dunkles Blut spritzte nach allen Seiten, Zähne klackerten auf den Fliesenboden.

Stocker verlor das Gleichgewicht und fiel auf den wimmernden Bimbo, der in lautes Geschrei ausbrach. Im Liegen trat Stocker das linke Standbein des Pferdeschwänzigen weg. Der Mann knallte auf ihn, Stocker setzte einen Würgegriff an seinem Adamsapfel an und drückte fest zu. Der Kerl verdrehte die Augen und spuckte würgend und heftig schnaufend Blut, das aus den Resten seiner Nase und der gespaltenen und aufgeplatzten Oberlippe kam.

Es wurde bis auf das Wimmern von Bimbo still im Raum, dann hörte Stocker schnelle Schritte. Der dritte Mann kam über eine Bank gesprungen und rannte auf sie zu. In seiner Hand hielt er den mattschwarzen Schraubenzieher in Brusthöhe. Er versuchte, in eine günstige Ausgangsposition zu gelangen, und Stocker dachte, das war's dann wohl.

Pferdeschwanz lag ohnmächtig halb auf ihm. Stocker versuchte, seine Beine freizubekommen, stieß aber gegen Bimbo, der die Augen aufschlug und mit beiden Händen nach Stockers rechtem Fuß fasste und ihn festhielt.

Die nadelscharfe Spitze des Schraubenziehers schoss auf sein Gesicht zu, und Stocker nahm alles wie in Zeitlupe wahr. Bilder aus seinem Leben tauchten vor ihm auf. Er sah sich in seinem Pool in Spanien sitzen, sah seinen schwarzen Riesenschnauzer mit einem Stück Baguette in der Schnauze triumphierend vorbeirennen, verfolgt von einem kläffenden Dackel. Dann sah er sich nachts aus dem Meer steigen, mit einer abgesägten Schrotflinte in der Hand. Gleich darauf kam die Szene, in der El Tiburon, von der 12er-Ladung voll getroffen, rückwärts durch das Panoramafenster flog, begleitet von Tausenden kleinen Glasscherbenkrümeln, die wie Diamanten im Scheinwerferlicht der Außenbeleuchtung glänzten. Und der tote El Tiburon sah aus wie ein König in rot gesprenkelter Robe, der zusammen mit seinem Schatz in den Hades fliegt. Dazu hörte man »Power Of Love« von Huey Lewis.

Die Bilder in seinem Kopf verschwammen, denn er hörte ein trockenes Knacken und riss in Erwartung des tödlichen Stichs die Augen auf. Der Kerl vor ihm starrte mit erstauntem Gesichtsausdruck ins Nichts. Aus seiner rechten Schläfe ragte der rote Holzgriff des Schraubenziehers. Der Bursche blieb noch eine Sekunde in dieser merkwürdigen Stellung, dann kippte er zur Seite, und Wolja stand grinsend hinter ihm.

Mit bebender Brust, brennendem Schmerz im Gesicht und besprenkelt mit dem Blut des Pferdeschwänzigen wollte sich Stocker aufrichten. Wolja reichte ihm die Hand und zog ihn hoch. »Dobry den', moy drug, bist du okay?«

Stocker bewegte die Arme und Beine und spürte, dass mit seinem Knöchel etwas nicht stimmte. Hoffentlich nur eine Verstauchung, dachte er. Bimbo wimmerte vor sich hin und begann zu würgen. Wolja setzte Stocker auf eine Bank, ging mit zwei schnellen Schritten zu Bimbo, beugte sich hinunter und versetzte ihm einen Schlag an die Schläfe.

Über die Schulter knurrte er zu Stocker: »Hey, schlafen kannst du in deiner Zelle. Wenn du gehen kannst, dann verschwinde. Gleich wird hier mächtig was los sein. Jetzt schnell, geh!«

Stocker rang nach Luft und fühlte, wie sich sein Puls langsam wieder in einem Bereich zwischen Presslufthammer und Schneebesen normalisierte.

Wolja warf ihm die beiden Handtücher zu und machte ein Zeichen, damit das Blut abzuwischen. Stocker nickte und rieb sich ab. Dann band er sich das schmutzig graue Tuch um die Hüften, nahm das andere in die Hand und suchte seine Schuhe, die er irgendwo abgestellt hatte. Nach einem kurzen Blick auf seinen Oberkörper ging er schnell und mit gesenktem Kopf zurück in seine Zelle.

Fritz las in einer Illustrierten, und Stocker ließ sich auf seine Pritsche fallen und schloss die Augen. Dann atmete er tief ein und sagte: »Hey! Leg das Käseblatt weg und schau meinen Körper an, ob du irgendwo Wunden siehst. Wenn ja, bring mir einen nassen Lappen. Mach schon!«

»Was? Willst du vielleicht auch noch eine Thai-Massage mit Happy Ending?«

Stocker drehte den Kopf und öffnete die Augen. »Pass mal auf, du Flachmann. Gleich ist überall der Teufel los. Und dann sind unsere neuen Traumjobs auch wieder weg. Und du kannst dir anstatt Nutella dann Katzenkacke aufs Brot schmieren. Los jetzt!«

Fritz sprang auf, ging vor Stockers Pritsche auf die Knie und hob dessen linken Arm hoch, dann den rechten. Dann brummelte er was vor sich hin und sagte: »Dreh dich mal um, nimm vorher das Badetuch weg.«

Er murmelte wieder: »Hmhm, hier ist nichts, dahinten ist was. Tut da was weh?«

»Nein.«

»Na ja, das sieht nach Fremdblut aus. Bleib so, ich wisch das weg. Vorne ist alles okay, bis auf das Knie. Da hat's dich erwischt, ist aber nichts Schlimmes. Zwei, drei Risse, die sind aber nicht tief.«

»Hör mir jetzt genau zu, Fritz, und merke dir, was ich sage: Wenn die gleich kommen und mich holen, hältst du die Klappe. Wenn dich später einer fragt, wo ich die letzte halbe Stunde war: Ich war hier bei dir in der Zelle. Das wirst du schwören, klar? Wenn du das tust, dann hast du was gut bei mir. Wenn du das nicht tust, dann passiert dir das, was vorhin in der Dusche mit ein paar Kerlen passiert ist. Sind wir im Geschäft?«

Fritz nickte, und Stocker schloss wieder die Augen. Dann stand er ächzend auf und zog sich an.

Beim Leben meiner Mutter!

Es dauerte keine zehn Minuten, und zwei Uniformierte betraten die Zelle und bauten sich vor Stocker auf. »Mitkommen.«

»Haben Sie einen Termin?«

Der Kleinere griff nach seinem Knüppel und schwang ihn zweimal über die Finger. »Los, komm, du Spaßvogel. Wir können dich auch betäuben und tragen, wenn du willst!«

Sie nahmen Stocker in die Mitte und gingen schnell durch das Treppenhaus. Die Häftlinge, die sie passierten, drehten den Kopf weg, aber einige machten Stocker das V-Zeichen oder streckten den Daumen hoch.

Im Büro des Direktors war es wärmer als in der Zelle. Dem Gummibaum in der Ecke tat dies aber nicht so gut. Der Mann hinter dem Schreibtisch schaute auf, klappte die Akte zu, in der er gelesen hatte, und sagte zu den beiden Beamten: »Danke. Warten Sie bitte draußen, bis ich Sie rufe.« Und zu Stocker: »Nehmen Sie Platz.«

Dann lehnte er sich in seinem Chefsessel zurück, brachte seine Hände in Merkel-Pose. »Wir haben eine Absprache mit dem Mann von der Kripo, die besagt, dass Sie hier für ein paar Tage unser Gast sind, weil Sie undercover ermitteln. Wenn Sie aber meinen Häftlingsbestand weiterhin in diesem Tempo dezimieren, sind wir in ein paar Wochen so weit, dass wir mühelos eine größere Menge Asylanten aufnehmen können. Unseren zuständigen Landrat und die Rosenheimer Oberbürgermeisterin würde das bestimmt sehr freuen. Mich hingegen eher weniger. Sehen Sie das da? Da habe ich Ihre Akte, die keine Akte ist. Schon irgendwie merkwürdig, oder? Also, erzählen Sie mir doch bitte was, das ich noch nicht weiß.«

Stocker beugte sich vor und legte einige Kulis und Bleistifte auf der Schreibtischplatte akkurat nebeneinander. »Wird das, was wir jetzt sprechen, aufgenommen?«

Der Direktor schüttelte den Kopf.

»Gut. Ich war in der Dusche, aber ich hab die drei Kerle nicht getötet. Lassen Sie auf den Leichen nach Fremd-DNA suchen und vergleichen Sie die Spuren, dann kommen Sie von selber drauf, wer das war. Ja, ich war da, und ja, ich hab mich mit zweien von denen geschlagen. Aber die haben angefangen. Drei Kleiderschränke gegen einen wie mich? Glauben Sie im Ernst, ich würde so was provozieren? Und wo wir schon davon reden, wo sind denn Ihre Überwachungskameras? Das würde doch eine interessante Diskussionsgrundlage geben, wenn ich wieder draußen bin. Aber zurück zum Thema: Es kam Gott sei Dank ein Kerl rein, den ich aber nicht kenne, und der hat mich rausgeschoben und gesagt, er regelt das mit den drei Burschen.«

»Wer war der Kerl? Einer von den Russen? Warum frage ich so naiv? Natürlich einer von den Russen. Jetzt wird mir so einiges klar. Sie sind hinter Semov her, deswegen auch das Theater mit der Geige. Die bekommt er übrigens heute noch. Aber wissen Sie was? Es hat überhaupt keinen Sinn, wenn Sie Semov was anhängen wollen. Er ist ja nicht nur so was wie ein Geschäftsführer hier drinnen und leitet die Filiale Bernau. In fast jedem deutschen Knast sitzt ein Sergei Semov oder wie die alle heißen. Und die arbeiten für den Obermotz, der von Moskau aus alles steuert. Aber unser Semov, der ist was Besonderes. Ein Vorstandsmitglied, könnte man sagen.«

Stocker versuchte zu lachen, aber die rechte Gesichtshälfte tat ihm weh. »Von Semov wollen wir nichts. Unser Mann ist ein anderer, aber je weniger Sie darüber wissen, desto besser. Ich möchte Sie bitten, meinen Zellengenossen holen zu lassen. Der wird mir ein Alibi geben. Die Ergebnisse der DNA-Untersuchung sind sowieso nicht so schnell da, und bis dahin sieht es für mein Image unter den Betschwestern ganz gut aus, wenn die anderen alle denken, ich hätte das getan. Aber mal ernsthaft: Was ist nun mit den Aufnahmen der Überwachungskameras? Da sehen Sie doch glasklar, wie das Ding abgelaufen ist, und ich bin aus dem Schneider.«

»In der Dusche haben wir keine, im Vorraum sind zwei. Aber die sind seit ein paar Tagen außer Gefecht. Wir vermuten, dass die Russen da ihre Hände im Spiel haben, denn in der Wäscherei und in der Bäckerei fallen die Kameras auch oft aus. Das sind so die Handelsplätze für Zigaretten, Dope, Pornos und solches Zeug.«

»Und? Kann man da nichts machen?«

Der Direktor lachte freudlos. »Doch, sicher. Aber erstens fällt denen sofort was Neues ein, und zweitens sorgt Semov mit seinen Leuten für eine gewisse Grundordnung. Wir haben unter unseren Gästen alle Hautfarben und ethnischen Schattierungen aus fünfundzwanzig oder dreißig Ländern dieser schönen Welt. Außerdem zehn verschiedene, zum Teil sehr radikale Religionsgruppen und viel zu wenige Beamte. Einer wie Semov führt ein straffes Regime. Es gibt keine Aufstände, keine Massenschlägereien, wenig Vergewaltigungen und so weiter. Tja, so ist das.«

Er drückte seufzend auf einen Knopf unter der Schreibtischplatte, und einer der beiden Uniformierten schaute in das Zimmer.

»Holen Sie mir bitte den Mitbewohner von unserem Herrn Stocker.«

Fünf Minuten später schlurfte ein grinsender Fritz in den Raum und blieb vor dem Schreibtisch stehen. Hinter ihm warteten die beiden Beamten.

Der Direktor bot Fritz keinen Stuhl an, sondern klopfte mit einem Kuli auf die Tischplatte. »Wo war Ihr Mitbewohner, Herr Stocker, in den letzten beiden Stunden?«

»In der Zelle, Herr Direktor. Der Gummibaum da in der Ecke hat zu wenig Wasser, Herr Direktor.«

Der Mann hinter dem Schreibtisch verdrehte die Augen und schaute zur Decke. »Hat Herr Stocker in der besagten Zeit die Zelle verlassen, für eine Viertelstunde oder so?«

Fritz überlegte, fixierte den Gummibaum und sagte: »Nein.

Ja, doch, warten Sie. Er ist vor die Tür gegangen, weil ein Typ mit einer Zeitung vorbeitrabte, und Stocker wollte wissen, ob er später die Zeitung haben kann. Wegen der Bundesliga und so.«

»Und sonst?«

»Sonst geht's mir ganz gut, Herr Direktor. Danke der Nachfrage.«

Der Direktor schloss die Augen und sagte: »Wissen Sie was? Wir machen hier keine Späße. Ich frage Sie jetzt ein letztes Mal, und wenn ich mit der Antwort nicht zufrieden bin, dann gehen Sie für ein paar Tage in verschärfte Einzelhaft, klar?«

Fritz nickte eifrig und schaute mit treuen Augen. »Ich schwör Ihnen aber, genau so war's. Das schwör ich Ihnen beim Leben meiner Mutter. Die Oma ist leider schon tot.«

Der Direktor atmete einmal tief ein und wieder aus, dann drückte er auf einen Knopf auf der Gegensprechanlage. »Sonja? Ja, bitte bringen Sie mir die Akte von Herrn ...?« Dabei schaute er Fritz mit hochgezogenen Augenbrauen an.

»Raumlinger, Fritz, 17.5.69, Herr Direktor, zu Befehl!«

Aus dem kleinen schwarzen Kasten kam eine Frauenstimme: »Hab's gehört, Chef, ich geb's Ihnen gleich auf den Monitor, ja?«

Der Mann brummte und sagte zu niemand Bestimmtem in dem Raum: »Auf den Monitor. Wie ich das liebe. Was ist nur aus den guten alten Aktenordnern geworden?«

Dann tippte er auf die Tastatur und starrte auf den Bildschirm. »Der da drüben, da ist er. Raumlinger, genau. So, wo haben wir es denn? ... Papp ... papp ... papp, siehste, ich hab's ja gewusst, und da steht's: Raumlinger, Beate, Mutter, gestorben vor fast genau vier Jahren. Sie hatten sogar Freigang, damals waren Sie in unserem Gitterhotel in Straubing. Erinnern Sie sich? So viel zu Ihrem Schwur. Also?«

Fritz klatschte sich mit der Hand auf die flache Stirn und sagte: »Ja klar. Meine arme Mama. Vier Jahre ist das jetzt schon wieder her, ehrlich? Da können Sie mal sehen, wie die Zeit vergeht. Aber wissen Sie, Herr Direktor, hier drinnen«, damit klopfte er sich mit der Faust auf die Brust, »hier drinnen lebt sie für immer weiter. Deswegen der Schwur. Trotzdem, der Albin, und das kann ich beschwören, der war bis auf die besagten dreißig Sekunden immer in der Zelle.«

»Gut, danke. Haben Sie noch was?«

Fritz nickte. »Ja. Was meinen Sie, können wir die Zeitung irgendwie bekommen? Wegen der Bundesliga, Sie wissen schon.«

Zurück in der Zelle legte sich Fritz wieder auf sein Bett und fragte: »He, Albin, was hat der Kerl mit der Schlange am Hals eigentlich heute früh zu dir gesagt? Ich meine, irgendwas muss ihn doch aufgeregt haben, weil er an die Zellentür gedroschen hat.«

»Nichts Besonderes. Er hat gemeint, dass er mich umlegen will.«

»Wow, und jetzt?«

Stocker kratzte sich am Ohr und setzte sich auf seine Pritsche. »Weißt du, das haben im Lauf der letzten Jahre fünf oder sechs Kerle probiert. Aber mit denen verstehe ich mich jetzt bestens.«

»Ah ja, ihr habt euch dann doch irgendwie geeinigt, oder?«

Stocker grinste. »Das kann man so sagen, ja. Sie sind tot.«

Fritz öffnete einen der kleinen Nutella-Behälter und fischte das braune Zeug mit dem Zeigefinger raus.

»Meinst du nicht, dass du von der Schokoschmiere langsam, aber sicher fett wirst?«

Fritz schüttelte den Kopf und leckte seine Finger ab. »Von Nutella wird man nicht fett, auch wenn es vielleicht so aussieht. Es ist so, das habe ich nämlich in einem wissenschaftlichen Buch gelesen. Da stand, dass sich ein Körper bei Hitze ausdehnt, weil er die Wärme aufnimmt. In der Zelle ist es warm, und ich bin hier drin. Also bin ich nicht fett, sondern nur ständig heiß, und da dehnt man sich halt ein bisschen aus. Logo, oder?«

Fritz suchte auf dem kleinen Beistelltisch neben dem Bett nach seinem Schreibblock, dann kramte er in der Schublade herum, bis er seinen Kuli gefunden hatte. »Gerade sind mir noch ein paar von meinen All-time-Hits eingefallen. Hör mal: ›Hotel California‹ von den Eagles. Die hab ich dreimal live gesehen. Einfach irre. Da nehm ich gleich noch ›Tequila Sunrise‹ dazu, auch Eagles. ›Sweet Home Alabama‹ in der Fassung von Kid Rock. Und natürlich ›Viva Las Vegas‹ in der ZZ-Top-Fassung. Gib du mir mal Songs an, ohne groß nachzudenken.«

»›Tulsa Time‹ vielleicht«, sagte Stocker. »Oder ›Eye in the Sky‹, aber weißt du was? Ich glaub, ich hab Hunger. Ich geh mal zum Essen runter. Kommst du mit?«

Fritz kam stöhnend auf die Beine. »Das Mittagessen ist gut, meistens jedenfalls. Aber es gibt eine rekordverdächtige Anzahl von gleichfarbigen Eintopf-Variationen. Schnitzel und Pommes oder Braten und Püree kriegst du nur am Wochenende. Das Essen hat bei mir in den ersten Wochen zwei Stuhlgang-Varianten ausgelöst: Totalsperrung oder Polen-Kracher. So gesehen ist bei den vielen Neuzugängen eigentlich jeden Tag Silvester-Böllerei. Ist ja auch so, dass wir Exemplare aus den verschiedensten Kulturen hier haben. Und von denen ist nicht ein jeder Fan der bayerischen Küche.«

Sie gingen die Treppe zum Innenhof runter und dann rechts nach hinten in den Speisesaal. Im Vorbeigehen warf Stocker einen Blick in den Kartenraum der Russen. Semov fläzte in einem weißen Lacoste-Trainingsanzug auf seinem Stuhl und ließ sich von Petr einen Fisch filettieren. In der Ecke hockte Alfons und sortierte Notenblätter. Als er Stocker sah, lachte er und winkte. Semov schaute Stocker kurz an und lächelte. Petr blickte wachsam auf, und plötzlich trat Wolja aus der Tür. Er erkannte Stocker und ging ihm nach. In seiner rechten Hand hatte er einen orthodoxen Rosenkranz, mit dem seine tätowierten Finger spielten.

Im Speisesaal waren fast alle Stühle besetzt. Fritz schaute sich um und hob den Arm. »Dahinten, unter dem dritten Fenster, da ist noch was frei. Ich geh schon mal hin und besetze zwei Stühle. Bringst du mir was mit?«

Stocker nickte und stellte sich in die Reihe der Wartenden vor der Essensausgabe. Nach ein paar Metern kam er zu dem Stapel mit den Tabletts, und fünf Minuten später war er an der Ausgabe. Der Kerl vor ihm nahm seinen Teller in Empfang und sagte zu dem Kalfaktor auf der anderen Seite: »Was zum Teufel ist das?«

Der Bursche schaute Stocker fragend an, der hob zwei Finger zum Peace-Zeichen. »Frag mich nicht. Ich bin neu im Hotel.« Der Kerl vor Stocker sagte maulend zum Kalfaktor: »He, ich hab dich was gefragt. Was ist da drin? Das sieht ja aus wie schon mal gegessen!«

Der Ausgeber erwiderte, ohne den Mann anzusehen: »Gemüse. Kartoffeln. Fleisch. Wenn du dich beschweren willst, geh zum Direktor.«

»Die merkwürdigen unsinkbaren Stücke da sollen Fleisch sein?«

»Hoffentlich!«

Der Kerl roch an seinem Teller. »Du hast recht. Das ist sogar Schweinefleisch. Ich hab's ja geahnt. Ich bin Vegetarier, Mann!«

»Das war das Schwein bestimmt auch, Kumpel. Mach hin, da sind noch eine Menge hungriger Mädels hinter dir.«

Stocker nahm zwei Teller in Empfang, und der Kalfaktor schaute dem Vegetarier kopfschüttelnd nach und sagte zu Stocker: »Vegetarier ist eigentlich ein altes indianisches Wort. Es heißt übersetzt: ganz schlechter Jäger.«

Dann reichte er vier Stücke Brot rüber. »Nimm. Wenn du noch was willst, komm vorbei.«

Stocker balancierte das volle Tablett über der Schulter und schlängelte sich durch die Reihen kauender, redender, lachender und gestikulierender Männer, die in dichten Reihen an den langen Tischen saßen.

Ein braunhäutiger breitschultriger Mann erzählte von einem Berg und hob den Arm über den Kopf. Stocker schob ihn zur Seite, um sein Tablett zu schützen. Der Kerl schaute über die Schulter, sprang auf und griff nach Stocker. In weniger als einer halben Sekunde tauchte Wolja hinter ihm auf, bog mit der Linken den Arm des Mannes nach hinten und stieß ihm den Zeigefinger der rechten Hand hinter das Ohr, genau über dem Kieferabschluss. Der Bursche sackte in sich zusammen und jaulte auf.

Wolja flüstere ihm was ins Ohr und ließ ihn los. Dann schloss er zu Stocker auf und sagte: »Der Don möchte Sie im Kartenzimmer sprechen, wenn Sie fertig gegessen haben. Werden Sie kommen?«

Stocker nickte und schaute zu dem Braunhäutigen zurück, der halb ohnmächtig mit dem Kopf in seinem Teller lag.

Wann sagt ein Chinese »Guten Appetit«?

Fritz roch an seinem Teller und verzog das Gesicht. »Was ist das?«

Stocker verteilte die Löffel und das Brot. »Komisch, du bist schon der zweite innerhalb von fünf Minuten, der das fragt.«

»Ist ja gut. Hey, wann sagt ein Chinese ›Guten Appetit‹?«

»Wenn's ihm schmeckt?«

»Nein. Wenn er Deutsch gelernt hat. Was war ein chinesischer Exportschlager in die ehemalige DDR?«

»Bananen?«

»Wieder falsch. Der Fluchtsalat!«

Stocker probierte seinen Eintopf. Gut. Kräftig gewürzt, frisches Gemüse, gute, festkochende Kartoffeln und mageres Fleisch. Kann man nicht meckern, dachte er sich.

Fritz kaute eine ganze Weile schweigend vor sich hin, dann wischte er seinen Teller mit einem Stück Brot aus und schaute über die Schulter. »Was war denn da los, vorhin?«

»Wo?«

»Na ja, warum hat der Russe den bescheuerten Finn betäubt?«

»Der Typ heißt Finn? Ich dachte, der wär Spanier oder so was.«

»Nein, der ist zur Hälfte ein Finne, drum nennen sie ihn hier drinnen Finn. Aber keiner kann den Macker leiden, weil er irgendwas mit Kindern gemacht hat. Also, was war?«

»Keine Ahnung. Der und der Russe, die mögen sich wohl nicht besonders. Ich hab das nicht so richtig mitgekriegt. Holst du uns den Nachtisch?«

»Yau.« Fritz stand auf und schnappte sich das Tablett und die leeren Teller. Als er bei dem Braunhäutigen vorbeikam, der sich das Ohr rieb, sagte er so laut, dass Stocker es auch hören konnte: »Entschuldigung! Darf ich ein kurzes Gedicht aufsagen? Ja? Passt auf: Sechs Knackis tragen einen Sarg. Außer Finn, der liegt nämlich drin!«

Die Männer, die das mitbekommen hatten, grölten und klatschten. Fritz deutete eine Verbeugung an und ging zur Ausgabe.

Stocker schlenderte an der Warteschlange vor der Essensausgabe vorbei zum Ausgang. Plötzlich stellte sich ein Kerl vor ihn. Hinter ihm baute sich auch einer auf, und rechts von der Seite kam der Pastor lässig angeschlendert und blieb vor Stocker stehen. Er kaute auf einem Zahnstocher, den er im linken Mundwinkel hatte. »Bonjour, mon ami. Ich habe heute Abend meinen ersten Kampf. Es hat sich zwar schon einer fest angemeldet und bezahlt, aber ich würde lieber gegen dich antreten. Ich biete dir fünfhundert, wenn du gewinnst. Dein Einsatz ist einhundert. Na, was meinst du, mon cher?«

»Klingt gut. Soll ich dir sagen, welche Muskeln ich bei dem Kampf am meisten beanspruchen würde?«

Der Pastor schüttelte den Kopf, und Stocker sagte: »Meine Lachmuskeln.«

Die beiden Kerle vor und hinter ihm rückten näher zu ihm, aber in dem Moment tauchte Wolja wie aus dem Nichts auf und stellte sich vor den Pastor. »Geh mit deinen Hündchen pissi-pissi machen. Wir sehen uns später. Der Mann da wird erst mit dir kämpfen, wenn ich mit dir fertig bin. Wenn dann noch was da ist, das man bekämpfen kann. Geh jetzt, Towarischtsch.«

Der Pastor schaute erst zu Wolja, dann zu Stocker und sagte: »Wir sehen uns, mein Russenfreund.« Dann nickte er seinen beiden Begleitern zu und drehte sich um.

Wolja bewegte seinen Kopf nach links und rechts, sodass die Gelenke knackten, und sagte zu Stocker: »Herr Semov wartet nicht gerne. Können wir jetzt gehen?«

Schlecht fürs Geschäft

»Was soll das? Die Ansage eben? Warum kann ich nicht mit dem Pastor kämpfen?«

Semov seufzte und schaute Wolja an. Der rückte einen Stuhl für Stocker zurecht und bedeutete ihm, Platz zu nehmen. Stocker sah sich in dem Kartenraum um. An den Wänden hingen großformatige Fotos der russischen Tundra, dann eines von einer orthodoxen Kirche mit einem bärtigen Popen davor und Bilder einer kleinen Stadt, über der eine glutrote Sonne hing.

»Der Pope auf dem Bild ist Georgi Gapon«, sagte Semov, der Stockers Blicken gefolgt war. »Der hat den Mumm gehabt, den Zaren zu exkommunizieren. Allerdings war er dummerweise auch ein Agent provocateur der Ochrana, der damaligen russischen Geheimpolizei. Was glauben Sie, warum ich dieses Foto an der Wand hängen habe?«

Stocker schaute ihn an, und er sagte: »Weil in jedem Russen zwei Seelen und zwei Charaktere stecken, und das begreift ihr Leute im Westen einfach nicht. Unsere Denkweise, meine ich damit. Schauen Sie, der Pastor will hier seinen eigenen Fight-Club aufziehen, ohne mich an dem finanziellen Überschuss zu beteiligen. Das geht nicht. Deswegen habe ich jetzt genau zwei Möglichkeiten. Nummer eins, ich kann ihn machen lassen und ihn unter Druck setzen, dann wird er spätestens nach dem dritten oder vierten Kampf bezahlen. Oder Nummer zwei, ich setze ihm unseren Wolja vor die Nase, wette über Dritte viel Geld auf den Pastor, und zwar so, dass alle denken, er ist der absolute Favorit. Einige Sekunden vor dem Kampf setze ich aber zehnmal so viel auf meinen Wolja. Der Buchmacher wird die Wette noch annehmen müssen, alle werden es mitbekommen, verstehen Sie?«

»Ja klar. Und dann?«

»Dann wird Wolja den Mann töten. Blitzschnell und spektakulär. Glauben Sie mir, wir erleben so was nicht zum ersten Mal. Gut, der Kampf ist vorbei, der Pastor ist tot, und der Buchmacher schuldet mir so viel Geld, dass er in Zukunft nur noch das macht, was ich ihm sage. So geht das Spiel. Nehmen Sie es also nicht persönlich, das alles hat mit Ihnen überhaupt nichts zu tun. Sehen Sie mich als einen Geschäftsmann, der die Interessen seines Bosses vertritt. Das bin ich nämlich. Nicht mehr und nicht weniger, und das hier …« Semov breitete die Arme aus. »Das, was du siehst, das ist mein Büro.«

Stocker sagte: »Das ist also Ihr Büro? Sehr gut. Und so gemütlich. Aber wo ist denn dann das Telefon?«

»Sie wollen telefonieren, mein Freund? Aber gerne, bitte.« Semov streckte die rechte Hand aus, und Wolja reichte ihm ein Mobiltelefon. Semov zeigte auf Stocker, Wolja gab ihm das Handy, und Semov sagte: »Das ist ein Crypto CP 500. Absolut abhörsicher. Sie können also anrufen, wen Sie wollen, und sagen, was Sie wollen. Ich glaube, nicht einmal Ihre Bundeskanzlerin hat eines, das so modifiziert ist wie dieses Modell. Die Einzigen, die mithören, das sind Wolja und ich. Damit müssen Sie leben. Ist das okay für Sie?«

Stocker nickte und gab Zenos Nummer ein. Der meldete sich nach dem dritten Signalton. »Wo bist du?«

»Immer noch drin. Aber das Hotel ist doch nicht so komfortabel, wie ich mir das vorgestellt habe. Vor allem die Matratzen sind eine Katastrophe. Ruf bitte unseren Freund in München an und sag ihm, dass ich morgen Mittag raus sein will.«

»Kannst du reden?«

»Klar, du verstehst mich doch, oder? Und stubenrein bin ich auch. Hast du sonst noch Fragen?«

Zeno schnaubte. »Blöder Hund. Erzähl, hast du den Pastor geknackt?«

»Nein. Und das werde ich auch nicht. Er ist meinen russischen Freunden im Weg. Da zahlt keine Krankenkasse mehr. Hol mich hier raus, ich bin kein Star.«

»Okay, morgen Mittag bist du wieder auf dem Planeten Erde. Hast du Stress da drinnen?«

»Es geht. Nicht mehr als sonst auch. Ich erzähl dir alles, wenn ich wieder bei euch bin, okay?«

»Gut. Bis morgen.«

Stocker schaute Semov an, der blickte auf Wolja, und Stocker reichte dem Leibwächter das Mobiltelefon.

Semov sagte: »Hinter wem sind Sie eigentlich her? Der Pastor ist doch nicht Ihre Zielperson, oder?«

»Nein, ist er nicht. Aber jemand, für den er arbeitet, der braucht ihn, um an viel Geld zu kommen. Deswegen wollte ich ihm einen Deal vorschlagen oder ihn … wie soll ich sagen … sanft überzeugen. Aber das ist ja nun nicht mehr möglich, nicht wahr?«

Semov zündete sich eine Zigarette an und stieß den Rauch in Form eines perfekten Ringes aus. Dann sagte er: »Lassen Sie mich doch mal meine Ressourcen einsetzen. Um was geht es hier eigentlich?«

Stocker erzählte ihm von Timo alias Luc Telchen. Von dem, was er mit Zeno gemacht hatte, und von dem Geld, das in Rosenheim irgendwo in einem Weltkriegsbunker unter dem Hauptbahnhof versteckt lag.

Semov drückte seine Zigarette aus. »Geben Sie mir eine möglichst exakte Beschreibung von Luc Telchen und sagen Sie mir, wo er Ihrer Meinung nach sein könnte, wer ihm hilft und wo wir die Helfer finden.«

Stocker zählte auf, was er wusste. Semov schaute ihm dabei ununterbrochen in die Augen, nickte ab und zu, machte sich aber keinerlei Notizen. »Gut, dann werden wir den Ablauf des Kampfes etwas abändern. Es wird so sein: Wolja wird den Pastor möglicherweise schwer verletzen, aber er wird ihn nicht töten. Der Pastor liegt nach dem Kampf auf der Krankenstation. Die haben wir voll unter unserer Kontrolle, auch die Ärzte. Ich werde Ihnen die gewünschten Informationen besorgen. Sie bekommen Ihren Mann, Timo, und wir bekommen das Geld oder was auch immer da unten in dem Bunker liegt. Ist das für Sie ein Geschäft, mit dem Sie leben können?«

Stocker schob die Unterlippe vor, kratzte sich am Kopf und sagte: »Das wäre für uns völlig in Ordnung. Ich verlasse Sie aber morgen. Wie soll es weitergehen?«

»Sie haben mich ja zu einem guten Essen in Ihrem Restaurant eingeladen. Das nehme ich gerne an, sagen wir, in ungefähr einer Woche. Bis dahin habe ich alles, was Sie interessieren könnte. Und wenn es so weit ist, werden Leute von uns vor Ort sein, die Ihnen sagen, wie die Sache abläuft. Ihren Timo fassen wir nicht an, der gehört Ihnen. Der Pastor wird auf der Krankenstation nach der Befragung unerwartet seinen Verletzungen erliegen. So bekommen alle, was sie verdienen. Was meinen Sie, wollen wir das so machen?«

Stocker erhob sich und streckte Semov seine Hand entgegen. Der nahm sie, schaute Wolja an. »Bleiben Sie bitte in Ihrer Zelle. Lassen Sie Ihren Zimmergenossen den Kampf beobachten. Er wird Ihnen berichten, wie es abgelaufen ist. Wir beide werden uns wahrscheinlich nicht mehr sprechen, aber ich rufe Sie im Lauf der nächsten Woche an, okay?«

»Gut. Was möchten Sie essen, wenn Sie uns besuchen?«

»Überraschen Sie mich, Herr Stocker. Das gelingt Ihnen doch bestimmt noch einmal, oder? Hat mich gefreut, Sie kennenzulernen. Auf bald!«

Semov sagte ein paar Worte auf Russisch, und Wolja nickte.

Stocker ging in den Innenhof, der Russe war ein paar Schritte hinter ihm. Die Häftlinge im Hof und auf den Treppen beobachteten die beiden schweigend. Im zweiten Stock stand Petr am Geländer und grinste runter.

Ich zähle bis drei ...

In der Zelle sagte Wolja: »Setzen Sie sich bitte hin und zeigen Sie mir Ihr Knie.«

»Bitte?«

»Das ist keine Bitte, sondern ein Befehl vom Don. Ich soll mir Ihr Knie anschauen und den Arzt holen, wenn was gemacht werden soll. Also, bitte tun Sie, was ich gesagt habe.«

Stocker setzte sich auf sein Bett und krempelte das rechte Hosenbein hoch.

Wolja beugte sich über das Knie, betastete es. »Das sollte richtig desinfiziert, genäht oder getaped werden. Ich lass den Doc kommen.«

»Nein, ich –«

Der Russe hob lächelnd den Kopf. »Mein Freund, ich habe Dutzende solcher Verletzungen überall am ganzen Körper gehabt. Glauben Sie mir, Vorsicht ist die Mutter von irgendwas. Ich vergesse den Spruch immer.«

»Porzellankiste!«, rief Fritz, der auf seiner Pritsche lag und die beiden beobachtete.

Wolja schaute ihn über die Schulter an, und Fritz hob beide Hände in Schulterhöhe. »Immer schön flauschig bleiben und nicht aufregen, Kamerad. Ganz ruhig, ja?«

Der Russe sagte: »Du! Du bist nach dem Abendessen in der Wäscherei und schaust dir den Kampf an. Damit du unserem Freund hier erzählen kannst, was passiert ist. Und wenn du wetten willst, dann mach das. Ich habe noch nie einen Fight verloren, okay?«

Fritz nickte. »Alles klaro, Genosse.«

Wolja verließ die Zelle. Stocker schaute ihm nach und sagte zu Fritz: »Warum ziehen die das in der Wäscherei auf?«

»Na ja, die Kameras dort sind seit Tagen defekt, höre ich. Und man kann den Raum gut abschotten. Du stellst ein paar

Mann vor die Tür, und keiner kriegt mit, was da drinnen passiert.«

Kurze Zeit später kam ein schlanker, älterer Herr in Häftlingskleidung in die Zelle. Er legte eine ALDI-Tragetasche auf den kleinen Tisch und fragte: »Wer ist Stocker?«

Fritz deutete auf Albin, und der Mann: »Ich bin Dr. Karpov. Machen Sie Ihr Knie frei.«

Stocker krempelte das Hosenbein wieder hoch. Der Arzt setzte eine Brille auf und kramte in seiner Plastiktüte. »Ich werde die Wunden jetzt reinigen und desinfizieren. Dann werde ich sie mit Kleber verschließen und ein Pflaster darüberlegen.«

»Verkleben?« Stocker schaute sein Knie und dann den Arzt an. Der sagte: »Ja, mit einem CA-Kleber. Sie kennen ihn als Uhu, er riecht auch so. Man darf aber nur die mit Cyanacrylat nehmen. Ich will das nicht nähen, weil ich glaube, dass diese Wunden, wenn sie verklebt werden, schneller heilen. Sind Sie einverstanden?«

»Ja, machen Sie.«

Der Arzt arbeitete schnell und präzise. Nach ein paar Minuten richtete er sich auf und sagte: »Ruhen Sie sich jetzt eine halbe Stunde aus und legen Sie das Bein hoch. Die nächsten Tage nichts Schweres heben, keine Kämpfe, kein Sport. Nach einer Woche oder so ist Ihr Knie wieder wie neu. Auf Wiedersehen.«

Dann packte er seine Utensilien in die ALDI-Tüte und ging.

Fritz schaute ihm nach und meinte kopfschüttelnd: »Da kannste mal sehen, was das ausmacht, wenn man Privatpatient ist.« Er schwang sich von seinem Bett. »Ich dreh noch schnell eine Runde vor dem Essen, es ist ja bald Futterzeit. Und ich schau, dass ich etwas schneller kaue, damit ich bei der Show einen guten Platz bekomme. Soll ich für dich wetten?«

Stocker hob sein rechtes Bein auf das Bett und verzog das Gesicht. »Nein, passt schon. Wenn ich dir einen Tipp geben darf: Setze alles, was du übrig hast, auf den Russen.

Und wenn eine Zeitwette angeboten wird, dann setze auf eine Kampflänge von unter zehn Sekunden.«

Fritz grinste und ging aus der Zelle. Draußen auf dem Gang schlenderten Häftlinge vorbei. Manche schauten verstohlen zu Stocker herein, andere schlurften mit abgewendetem Gesicht oder schauten auf den Boden.

Unten in der Wäscherei befanden sich schon ein Dutzend Männer. Der Buchmacher ging zwischen ihnen hin und her und nahm Wetten an. Fritz zog ein dünnes Bündel Geldscheine aus der Tasche, zählte kurz durch und sagte zu dem Buchmacher: »Hey, Wiesel, komm mal her. Ich habe hier einhundertfünfundvierzig quicklebendige Euronen. Die setz ich auf den Russen. Wie ist die Quote?«

Der kleine dunkelhaarige und dickliche Mann, den alle nur »das Wiesel« nannten, schaute auf seinen Zettel und sagte: »Im Moment sieben zu eins auf den Pastor. Willst du auch eine Zeitwette? Da steht's vierzehn zu eins für den Pastor, dass er den Russki in unter zehn Sekunden weghaut.«

Fritz schaute sich in dem großen, weiß gekachelten Raum um. An einer Wand standen zehn oder mehr mannsgroße, stählerne Waschmaschinen mit runden Bullaugen an der Frontseite, in Abständen von einem Meter. Dazwischen sah man Rollwägen mit Wäschekörben, Gitterwägen mit Bettwäsche und Eimer mit Waschmitteln.

In der Mitte des Raumes standen die Bügelmaschinen, daneben die riesigen Heißmangelrollen und überall kleine oder größere Berge mit Schmutzwäsche. Es roch nach Sauberkeit und kaltem Dampf. Die Bügelmaschinen waren etwas zur Seite geschoben worden, sodass ein circa dreißig Quadratmeter großer freier Platz entstanden war, auf dem mit gelber Kreide ein Kreis mit einem Durchmesser von etwa drei Metern auf die grauen Fliesen gezeichnet wurde.

Mehr und mehr Männer drängten in den Raum, und das Wiesel stieß Fritz mit dem Ellenbogen an. »Hey, Macker, ich hab nicht den ganzen Abend für dich reserviert. Was ist jetzt? Oder hast du kalte Füße bekommen?«

Fritz sagte: »Entschuldige. Ich hab grad noch überlegt. Ich setze die Kohle auf den Russen und auf eine Kampfdauer von unter zehn Sekunden, okay?«

Das Wiesel schüttelte seufzend den Kopf und schnappte sich die Scheine. »Alter, es ist dein Geld, das den Bach runtergeht. Ich habe das so notiert. Bis dann!« Er trat schnell zu einer anderen Männergruppe, nahm Geld in Empfang und notierte sich die Zeitwetten.

Kurz vor sieben kam der Pastor in den Raum. Ein Raunen ging durch die Menge. Fritz schaute sich um und versuchte, die Köpfe zu zählen. Bei dreißig gab er auf, weil sich manche der Männer ständig in Bewegung befanden. Der Pastor zog sein T-Shirt aus und warf es auf eine der Waschmaschinen.

Die Männer bildeten eine Gasse für ihn und schauten ehrfurchtsvoll auf die Narben auf seinem Oberkörper, die sich wie kleine Bäche, Weiher und Flüsse von unterhalb des Schlüsselbeins bis zur Gürtellinie zogen. Vorbei oder mitten durch die Tattoos, die über beiden Handgelenken bis hoch zu den Schultern und über seinen gesamten Oberkörper blau und rot im Licht der Neonröhren glänzten. Über allem ringelte sich die Schlange über der rechten Schulter, vom Schlüsselbeinende an der Halsschlagader entlang, fast bis zum Kieferknochen hoch. Das Tierabbild war eine künstlerische Meisterleistung. Die bösartigen roten Augen schienen zu leben und die Umstehenden zu fixieren.

Der Pastor stelle sich in die Mitte des Kreidekreises, bewegte den Kopf in einer mahlenden Bewegung und rotierte mit den Armen. Dann schaute er sich um. Die Männer wichen seinem Blick aus und bildeten eine neue Gasse für Wolja, der, gefolgt von Petr, aus dem Nebenraum kam. Woljas Augen schauten abwesend in eine andere Welt und strahlten eine dunkle Kälte aus, die kochendes Wasser zum Gefrieren hätte bringen können. Petr war noch bleicher als sonst, und sein

Haar hatte die Farbe einer regennassen Straße in einer Vollmondnacht. Die beiden Männer umgab eine solche Aura von roher physischer Gewalt, dass keiner der umstehenden Männer laut zu atmen wagte.

Wolja trat in den Kreis und zog sein Hemd aus. Unter seinem Herzen, zur Brustmitte hin, war zwischen der Basilika und den Kreuz-, Tier- und Dollarzeichen-Tattoos auch ein Totenkopf zu sehen. Aus den Augenhöhlen stiegen blaue Flammenzungen, und zwischen den Kiefern sah man ein rot blutendes Herz.

Der Russe grinste den Pastor an und legte zwei Finger seiner rechten Hand auf den Totenschädel, dann deutete er damit auf seinen Gegner.

Der Kreis der Männer schloss sich wieder, und das Wiesel schob sich durch die Menge. Der kleine dickliche Mann blieb außerhalb des Kreidekreises zwischen den beiden Kontrahenten stehen und zog eine Münze aus seiner Hemdtasche. Er öffnete den Mund, um etwas zu sagen, doch einer der Männer, den man in der Menge aber nicht sehen konnte, schrie: »Hey, Wiesel, ich habe vor ein paar Wochen deine hässliche Alte gefickt!«

Die Männer lachten und johlten. Der Kerl, den sie »Wiesel« nannten, schaute regungslos auf, dann sagte er mit einer Stimme, die klang, als würde er auf einer rostigen Fahrradkette kauen: »Schön für dich. Ich muss, weil ich mit ihr verheiratet bin. Aber warum tust du dir das an?«

Die Männer lachten, schrien und pfiffen, und das Wiesel hob die Hand mit der Münze über den Kopf. »Ruhe! Ich lasse jetzt die Münze fallen. Wenn sie auf den Boden aufschlägt, beginnt der Kampf. Wer den Kreidekreis überschreitet, hat verloren. Wer zuerst kampfunfähig auf der Erde liegt ... und so weiter. Achtung! Jetzt!«

Er wirbelte die Münze hoch und trat einen Schritt zurück. Der Pastor schluckte trocken, und die Schlange an seinem Hals wand sich wie lebendig an seinem Kehlkopf. Dann senkte er die Augen, um die Münze zu beobachten.

Wolja rollte mit den Schultern und schaute den Pastor an. Petrs Augen folgten dem Flug der Münze, und als sie kurz vor dem Aufprall war, zischte er kurz.

Der Pastor schlug eine rasend schnelle Rechte gegen Woljas Kehlkopf, und Fritz konnte den Mittelfinger sehen, der wie ein Dorn aus der Faust hervorragte. Wolja trat flink wie ein Schatten einen halben Schritt nach links, umfasste mit der rechten Hand die anfliegende Faust und zog sie im Schwung nach rechts.

Dann, in dieser blitzschnellen, tanzartigen Bewegung, hob er den linken Ellenbogen in Brusthöhe und zerschmetterte damit das Armgelenk des Pastors mit einem krachend-schmatzenden Geräusch.

Ohne den gebrochenen Arm seines Gegners loszulassen, glitt er hinter den Pastor und hieb ihm den Ellenbogen von oben ins Genick. Der Mann ging schreiend zu Boden, und Wolja traf ihn im Fall mit dem rechten Knie mitten im Gesicht.

Schwer atmend stand er über dem zuckenden, halb bewusstlosen Mann, dem das Blut aus Ohren, den Überresten der Nase und über die zerplatzten Lippen lief und der ungläubig auf seinen rechten Unterarm starrte, der in einem unwirklichen Winkel vom Ellenbogen abstand.

»Fünf Sekunden«, sagte das Wiesel in die atemlose Stille, »Auszahlung ist in einer Stunde. Haut jetzt alle ab, gleich ist der gesamte Schützenverein hier!«

Die Männer gingen, immer noch benommen von der Heftigkeit des Kampfes, so schnell sie konnten aus dem Raum. Fritz drängte sich durch eine Gruppe von Albanern und war schon an der Treppe, als er die Trillerpfeife und die Rufe eines Wärters hörte: »Alarm! Achtung, alle in die Zellen! Holt den Arzt!«

Gleich darauf ertönte der durchdringende schnarrende Summton der Alarmanlage, und eine blecherne Stimme kam aus den Lautsprechern: »Alle in ihre Zellen. Ich wiederhole:

Alle in ihre Zellen. In drei Minuten ist automatischer Einschluss!«

Der Summton verfolgte Fritz bis hinauf in seine Etage. Er trabte in die Zelle, setzte sich auf seine Pritsche und versuchte, seinen stoßweisen Atem unter Kontrolle zu bekommen. Er schluckte ein paarmal, dann sagte er: »Der Russe hat ihn weggehauen. In fünf Sekunden. So was habe ich noch nie gesehen.«

»Ist der Pastor tot?«

Fritz schüttelte den Kopf und fuhr sich mit der Hand über das schweißnasse Gesicht. »Nein. Nicht ganz jedenfalls. Der Russe hat ihn zweimal schwer getroffen. Einmal im Genick, einmal an der Schläfe. Und sein Ellenbogen sieht aus wie ein gemischter Gemüseteller. Mann!«

»Und? Hast du gewettet?«

Fritz schaute Stocker an, dann schlich sich ein breites Grinsen auf sein Gesicht. »Klar doch. Jetzt kommt's mir erst: Ich bin reich, Junge, ich bin reich!«

Soeben unerwartet verstorben

Mit einem Summen glitten die Zellentüren zu, gefolgt von dem scharrenden Geräusch der zuschnappenden Schlösser. Von draußen hörte man gedämpfte Kommandos. Stocker ging zum Fenster und hangelte sich hoch. Durch die fleckige Scheibe sah er zu den Wachtürmen hinüber. Uniformierte hinter den Glasscheiben suchten das Gelände mit Ferngläsern ab, andere telefonierten. Dann rannten ein paar Aufseher über den Hof. Man konnte förmlich spüren, dass Anspannung in der Luft lag.

Stocker legte sich auf seine Pritsche und schloss die Augen. Fritz, der immer noch in seinem Adrenalinschub war, redete ohne Punkt und Komma. »Hoffentlich machen die dann die Zellen wieder auf. Das Wiesel will in einer Stunde auszahlen. Ich hab alles gesetzt, was ich hatte. Einhundertfünfundvierzig Mäuseschwänze. Sieben zu eins und dann auf vierzehn zu eins. Das sind … warte mal … also ungefähr, grob über den Daumen gerechnet … Hey, Albin, wie viel ist das? Ich war in der Schule immer lange krank.«

»Ungefähr zweitausenddreißig. Kannst du dann mal fünf Minuten die Klappe halten?«

Fritz schloss die Augen und stöhnte auf. »Mann, ehrlich? Kein Scheiß? Weißt du was? Ich kauf uns bei den Russen eine Flasche Wodka und eine Dose Kaviar. Magst du Kaviar? Oder möchtest du Schinken? Sag, was du willst. Du bist mein Glücksbringer. Wünsch dir was!«

Stocker öffnete die Augen. »Dann wünsche ich mir, dass du die Klappe hältst.«

Aber Fritz war nicht zu bremsen. Er stand auf und tänzelte in der Zelle umher, machte Bewegungen wie ein Schattenboxer. »Bam, bam. Und zack, so hat er ihn umgedroschen. Und dabei hat er sich bewegt wie ein Breakdancer!«

Er blieb vor Stockers Bett stehen und schaute schmunzelnd auf ihn hinab. »Albin, weiß du überhaupt, wie der Breakdance entstanden ist? Nein? Die Waldorfschüler haben den erfunden. So haben die sich gegenseitig Beleidigungen vorgetanzt.«

Stocker seufzte und setzte sich auf. »Wer war denn der Schiedsrichter?«

»Das Wiesel. Aber da gab's nichts zu schiedsrichtern. Der Russe hat den Pastor zerlegt wie ein Suppenhuhn. Das hättest du sehen sollen!«

»Wer ist das Wiesel?«

Fritz kratzte sich am Ohr. »Der? Der heißt eigentlich Moreno oder so und ist Italiener, genau genommen Südtiroler. Man sagt, er ist von einem Mafiaclan. Das Wiesel ist sein zehn Jahren im Knast. Irgendwie hängt er in einer Sache drin, die mit dem italienischen Rennradler zusammenhängt. Du weißt schon, der, der 1998 die Tour de France vor Jan Ullrich gewonnen hat. Ich hab den Namen vergessen, aber die Sache war so, dass der tot in einem Hotelzimmer aufgefunden wurde. Der Knabe war bis obenhin voll mit Kokain.«

»So was soll es geben. War das nicht irgendwas mit Doping?«

Fritz setzte sich zu Stocker auf die Pritsche und schüttelte den Kopf. »Nein, nein. Es war ja so, dass man erst an Selbstmord geglaubt hat. Dann hat aber die Familie von dem Radler so lange Druck gemacht, bis das Verfahren wieder aufgenommen wurde. Später sind neue Beweise aufgetaucht, dass ihm das Kokain eingeflößt wurde. Es ist eher so, dass ihn die Wettmafia umlegen ließ, weil er viel über das Dopingsystem wusste und aussagen wollte. Drei kleine Drogendealer hat man eingelocht und denen den Mord in die Schuhe geschoben. Das Wiesel ist einer davon. Die anderen beiden sitzen in anderen Gitterhotels.«

»Was hat die Wettmafia mit Doping zu tun?«

Fritz breitete die Arme aus. »Wie naiv ist das denn? Die Bosse der Wettmafia reden ein gewaltiges Wörtchen mit, wer was wo gewinnt. Und die Leute von den Doping-Syndikaten bestimmen, welche Ärzte welche Dopingmittel bekommen. So läuft das, Junge.«

»Und woher weißt du das alles so genau?« Stocker richtete sich auf und schaute Fritz an.

»Weil ich ein Computerfreak bin. Gib mir was zu hacken, und ich mach das. Es gibt wohl ganz wenige Sicherheitssysteme, die ich nicht knacken kann.«

»Weißt du was? Ich glaube, wir beide sollten in Verbindung bleiben, wenn das hier vorüber ist. Wie lange hast du noch?«

»Fünfzehn Monate, siebzehn Tage, vierzehn Stunden und ein paar Minuten. Warum?«

»Vielleicht kann ich was für dich machen. Mal schauen.«

Mit einem zischenden Geräusch und einem lauten Knacken öffnete sich die Zellentür um einige Zentimeter, dann ertönte die blecherne Stimme wieder aus dem Lautsprecher: »Der Einschluss ist beendet. Die Insassen, die den Spiele- und Sportgruppen angehören, können ihren gewohnten Aktivitäten nachgehen. Der Nacht-Einschluss erfolgt wie üblich um einundzwanzig Uhr fünfzehn. Das Betreten der von den Gruppen nicht genutzten Räume ist strengstens untersagt. Verstöße werden entsprechend geahndet. Ende der Durchsage.« Mit einem Klacken verstummte der Lautsprecher.

Stocker schwang seine Beine über die Bettkante. »Ich geh schnell mal runter in den Innenhof. Kommst du mit?«

Fritz schlug ihm grinsend auf die Schulter. »Klaro, Mann. Ich geh und greif meine Kohle ab. Wir sind doch jetzt reich, oder?«

Im Treppenhaus und unten im Innenhof standen Männer in kleinen Gruppen zusammen und redeten. Die Uniformierten auf den verschiedenen Etagen wirkten nervös und schauten wachsam umher.

Stocker bog unten an der Treppe rechts ab und ging zum

Kartenraum. Durch die Scheibe sah er Semov mit drei anderen Männern lachend am Tisch sitzen. Alfons saß auf einem Hocker in der hinteren linken Ecke des Raumes mit geschlossenen Augen und geigte leise vor sich hin. Einer der Männer stand halb über den Tisch gebückt, um Semov Feuer zu geben. Vor der Tür lehnten Wolja und Petr an der Wand und rauchten.

Stocker schaute die beiden fragend an, Petr hob eine Hand und ging in den Raum. Stocker sah, wie er sich über Semov beugte und ihm was ins Ohr flüsterte. Semov blickte zu Stocker, lächelte und wedelte mit der Hand, die seine Papirossa-Zigarette hielt. Das lange, flach gekaute Pappmundstück glänzte feucht im hellen Neonlicht.

Petr kam zurück zur Tür. »Kommen Sie rein, Herr Stocker. Sie haben vorhin einen guten Kampf verpasst. Hatten Sie zu tun?«

Stocker zuckte mit den Schultern und ging an den Tisch. Semov strahlte und winkte nach einem Stuhl. Stocker setzte sich, und Semov beugte sich vor. »Guten Abend, mein Freund. Schön, dass Sie mich besuchen kommen. Meine Geschäftsfreunde hier wollten sowieso gerade gehen.«

Die drei Russen sahen sich erstaunt an, nickten aber mit den Köpfen und schoben scharrend ihre Stühle zurück. »Dobry vecher, schuf«, murmelte der Älteste, und die anderen beiden verbeugten sich leicht und verließen schweigend den Raum.

»Möchten Sie einen guten Wodka, mein Freund?«

Ohne Stockers Antwort abzuwarten, schnippte Semov mit dem Finger, Petr kam herbeigeeilt, und Semov sagte: »Wodka, Woda, Lemon, Eis.«

Petr nickte und verschwand. Semov lächelte Stocker an. »Wissen Sie, das Klischee, dass wir Russen ständig Wodka trinken, das stimmt tatsächlich. Und wenn wir keinen speziellen Grund dafür haben, dann erfinden wir eben einen. Es ist wichtig, dass man einen Grund und einen Trinkspruch hat, denn Trinken ohne Trinkspruch ist Sauferei ohne Kultur. Aber heute haben wir einen Grund, oder?«

Wolja kam mit einem Aluminiumbehälter, in dem Eiswürfel klirrten, in den Taschen seines Hemdes hatte er zwei kleine und zwei größere Gläser. Hinter ihm erschien Petr mit einer eisgekühlten Flasche ohne Etikett, von der Kondenswasser tropfte. Ein Kerl, den Stocker noch nie gesehen hatte, kam mit einer Wasserkaraffe, dunkelgrünen Limonen und einem Tablett an, auf dem Brot und ein fast schwarzes längliches Stück Fleisch lagen.

Nachdem die Männer gegangen waren, ordnete Semov die Gläser, schenkte Wodka aus der vereisten Flasche und schnitt eine Limone in Scheiben. Dann reichte er Stocker ein randvolles kleines Glas. »Wir trinken den Wodka so, wie er aus der Flasche kommt. Eiskalt und schnell. Aber wenn Sie Limone oder Wasser dazu möchten, bedienen Sie sich. Budim zdarowy!«

Stocker schaute ihn fragend an, und er sagte: »Das heißt: Darauf, dass wir gesund sind. Mögen Sie Bisonfilet-Schinken? Der ist über Birkenholz aus der Tundra geräuchert. Den bekomme ich jede Woche frisch aus Moskau.«

»Von Ihrem König, oder wie soll ich ihn nennen?«

Semov lachte, und die Laute kamen tief aus seiner Brust. Dann wurde sein Gesicht nachdenklich, er trank, rülpste kurz und sagte: »Ja, doch. Er ist ein König, das könnte man so sagen. Aber wissen Sie was, mein Freund? Wir, seine Prinzen, wir können ruhig schlafen. Ein König kann das nicht. Denn sobald er ganz oben am Gipfel der Macht ist, sammeln sich unten im Tal schon die Prinzlinge, die auch König werden wollen. Deswegen hat ein König einen unruhigen und leichten Schlaf, er muss nachts jedes Knarren der Dielen und jedes Quietschen einer Tür hören, denn auch seine Leibwächter könnten überredet worden sein, ihn zu töten.«

Der Russe zog ein Finnenmesser mit einem geschnitzten vergoldeten Horngriff aus der Tasche und schnitt mit der rasiermesserscharfen Klinge hauchdünne Scheiben von dem geräucherten Fleisch ab. Er schob Stocker den Teller über den

Tisch und sagte: »Nehmen Sie bitte, Sie sind mein Gast. Wissen Sie, was die Kaiser im alten Japan gemacht haben? Waren Sie schon einmal in Kyoto, in der alten hölzernen Burg Nijo? Nein? Dort führt ein langer, schmaler Gang zu den Schlafgemächern des Kaisers. Der Dielenboden ist nicht ganz eben, und unter den Dielen sind Nägel in den Boden eingelassen, die Quietschgeräusche erzeugen, wenn man über die Dielen geht. Der Nachtigallen-Flur, so hat man den Gang genannt. Nun, geholfen hat es wohl nicht viel, denn die meisten Kaiser und Kronprinzen wurden vergiftet.«

Stocker, der genussvoll an einem Schinkenstück kaute, blickte mit fragenden Augen über den Tisch. Semov lachte wieder, diesmal so sehr, dass er Tränen in den Augen hatte. »Heiliger Sankt Peter, Sie sollten Ihr Gesicht sehen. Oh Gott, nein!« Er wischte sich die Tränen aus den Augen und sagte: »Ihnen wird nichts geschehen, zumindest nicht, so lange Sie mein Gast in unserem schönen Hotel sind. Das habe ich Ihnen doch versprochen, oder? Genießen Sie dieses köstliche Fleisch und geben Sie mir das Brett rüber. In meiner Kultur isst der Gastgeber erst, wenn sein Gast versorgt ist. Bitte, geben Sie mir die Ehre und bedienen Sie sich.«

Semov schob sich ein paar der rauchschwarzen Fleischstücke in den Mund und zerbrach das Weißbrot in vier Teile.

»Haben Sie so was wie … wie soll ich sagen … Urlaub? Ich meine, Sie haben doch bestimmt eine Familie in Russland, oder?«

»Ja. Ich habe eine Frau und drei Kinder. Die leben außerhalb von Moskau, in einer Siedlung, in der nur hochrangige Politiker und Oligarchen ihre Paläste haben. Die gesamte Security für dieses Gebiet ist übrigens von uns. Wollen Sie wissen, warum?«

Stocker nickte kauend.

»Weil nahezu der komplette Polizeiapparat korrupt ist. Doch auch wir haben Feinde, mächtige sogar. Soll ich Ihnen erzählen, was mir in einem Heimaturlaub passiert ist?«

Stocker schaute den Russen an und goss Wodka in die beiden Gläser. Semov zündete sich eine von seinen übel riechenden Papirossi an, sog den Rauch tief ein und blies ihn dann zu den Neonröhren hoch. »Der König hat mich zu einem exklusiven Abendessen eingeladen, nur wir beide und natürlich einer von meinen Leuten und einer von den seinen. Wir waren im ›White Rabbit‹, das dürfte eines der besten Restaurants in ganz Moskau sein. Stellen Sie sich vor, Sie sitzen an einem Tisch an der Glasfront eines gigantischen Wintergartens hoch über der Stadt. Edle Kristallgläser, die Bestecke von Christofle, das Porzellan aus Meißen. Der Barkeeper kennt Ihre Vorlieben bei Drinks und Weinen, der Koch kommt an den Tisch und erklärt das Angebot. Draußen funkeln die Lichter der schönsten Stadt der Welt. In der Ferne sieht man die Zwiebeltürme des Kreml, ein paar hundert Meter von Ihrem Tisch entfernt läuten die Glocken der großen Kathedrale, und links von Ihnen schimmern die Laternen der Schiffe, die auf der Moskwa dahingleiten. In so einem Ambiente wird man schnell eingelullt und vergisst seine Instinkte. Glauben Sie mir das? Können Sie sich das vorstellen?«

»Ja. Was ist vorgefallen? Es muss ja was passiert sein, wenn Sie mir das so stimmungsvoll erzählen, nehme ich an.«

Semov produzierte ein paar perfekte Rauchringe und sagte: »Das Menü war göttlich, die Gespräche geistreich und humorvoll. Kein Wort über Geschäfte oder deutsche Gefängnisse. Gut. Wir gehen aus dem Haus, rechts zum Smolenskaja-Platz, Wolja war ein paar Schritte vor mir, der Mann des Königs hinter uns. Wolja hat einen dunkeln Skoda gesehen, der von links auf uns zukam. Eines der Rückfenster war schon heruntergekurbelt, hat er mir später erzählt. Da wollte er nicht warten, bis der Lauf einer Maschinenpistole auftaucht, meinte er. Wolja packte mich an der Brust und ließ sich hinter dem nächsten parkenden Auto fallen. Ich lag unter ihm und habe heftig geflucht, das weiß ich noch. Dann packte mich dieser verrückte Kerl am Kragen meines Jacketts und robbte los, mit mir im Schlepptau. Die Kugeln klatschten gegen die andere Seite des Autos, hinter dem wir krochen, wie … wie soll ich sagen … wie wenn jemand einen großen Kübel mit Walnüssen dagegengekippt hätte. Und dann die Patronenhülsen, die mit einem metallischen Scheppern auf den Boden fielen und umherkullerten. All das habe ich unter dem Auto gesehen. Die Schüsse trafen natürlich auch das Gebäude hinter uns. Funken wie von einem Feuerwerk stoben durch die Gegend. Querschläger pfiffen durch die Luft, und die Scheiben der Autos platzten und ließen einen Schauer aus kleinen Glasbröseln auf uns herab, so, als ob es Diamanten regnen würde. Wolja drückte meinen Kopf am Kragen nach unten und robbte und robbte, bis wir links in einen dunklen Hauseingang kamen. Verstehen Sie, was ich meine? Dieser Todeshagel, diese glühend heißen Kugeln, die nach allen Richtungen abprallten und uns umschwirrten wie eine Horde von verrückt gewordenen Hornissen. So was raubt auch einem Mann wie mir die letzten Nerven, das können Sie mir glauben. Da vergisst man, wie man heißt und wo man ist. Und mein Wolja? Wissen Sie was? Der hat von den Querschlägern einen leichten Streifschuss abbekommen und sagt so nebenbei zu mir: ›Die ganzen Reifen und Scheiben, die dieser Idiot kaputt macht, wer zahlt das bloß alles?‹«

Semov lachte rau und prostete Stocker zu. »Na sdarowje, mein Freund. Wo war ich? Ach so, ja. Dann war plötzlich eine Ruhe, die war so laut, dass ich meinen Herzschlag wie die Glocken einer Kirche hörte. Wolja drückte mich immer noch in den Dreck des Gehweges und schrie: ›Entweder das Arschloch lädt seine Kalaschnikow nach, oder der Mistkerl ahnt, wo wir sind, und taucht gleich auf.‹ Dann rief er nach hinten: ›Eh, lebt ihr?‹ Der Leibwächter des Königs schrie irgendwas, und Wolja fuhr ihn an: ›Nimm deinen Patron und versteckt euch in der Gasse da links. Nimm meinen Chef auch mit. Wenn dem was passiert, bist du tot!‹ Dann sagte er zu mir: ›Wir sehen uns gleich, Don Semov. So leicht werden

Sie mich nicht los.‹ Dann nahm er seinen 44er-Colt, küsste den schwarzen Lauf, drückte sich vom Bürgersteig ab und rannte zwischen den zerschossenen Autos vorbei mitten auf die Straße hinaus. Meine Lungen brannten, und mein Herz drohte zu explodieren. Der Leibwächter des Königs kroch an mir entlang, in der linken Hand hatte er den König am Arm, mit der Rechten packte er mich und schleppte uns beide auf Knien in die Gasse. Mein Wolja, der verrückte Hund, trat auf die Straße, stellte sich breitbeinig wie auf dem Schießstand hin und jagte sechs Schuss in die Frontscheibe des Skoda. Dabei schrie er: ›Wenn ihr noch einen Furz lassen wollt, dann macht das schnell!‹ Dann kam er zurück zu uns und sagte: ›Chef, sind Sie okay? Wo trinken wir jetzt noch was?‹«

Stocker atmete tief durch und hob die Wodkaflasche. Semov nickte und drückte seine Zigarette aus.

»Wer waren die Kerle?«

Semov zuckte mit den Achseln und nahm sich eine frische Papirossa aus der Schachtel. »Die in dem Auto? Keine Ahnung, aber die trugen Polizeiuniformen. Und der Skoda sah aus wie ein Polizeiwagen, mit Blaulicht, Polizeifunk und dem ganzen Kram. Wolja war sich absolut sicher, dass das waschechte Polizisten waren, die man auf uns angesetzt hat. Das waren sie vielleicht. Aber sie waren nicht kugelfest. Und wir haben nie herausgefunden, ob der Anschlag dem König oder mir gegolten hat. Ich vermute, dem König, denn ich bin nur ein kleiner Prinz unter vielen in seinen Diensten. Und wenn die es auf mich abgesehen hätten, dann würde auch meine schöne Königstheorie nicht mehr stimmen, nicht wahr?«

Stocker schüttelte den Kopf und nahm die Wodkaflasche. »So was wäre bei uns schlecht machbar, glaube ich.«

Semov sagte lachend, durch eine blaue Rauchwolke hindurch: »Bei uns ist vieles anders. Ihre Bundeskanzlerin treibt sich ja auch nicht mit Rockerbanden rum.«

»Was passiert mit dem Buchmacher?«, fragte Stocker.

»Wie heißt der Kerl doch gleich wieder? Ah ja, das Wiesel.

Nichts passiert, was soll ihm passieren? Er wird Probleme haben, mir meinen Wettgewinn auszuzahlen. Aber das ist schon in Ordnung. Er kennt ein paar Leute draußen, mit denen ich auch gerne mal reden will. Na ja, und jetzt muss er alles tun, was wir ihm sagen. Das weiß er aber, so sind nun mal die Regeln.«

»Gut. Und der Pastor? Wie geht's mit dem weiter?«

»Er ist am Leben, nicht wahr? Ich habe mein Versprechen gehalten.« Semov spülte ein Stück Schinken mit Wodka hinunter und nahm sich eine Scheibe Brot. »Unser Arzt wird sich um ihn kümmern. Sobald er erzählt hat, was er weiß, werden wir Ihnen die Informationen zukommen lassen. Das wird noch heute Abend sein, vertrauen Sie mir.«

»Woher wollen Sie wissen, dass er die Wahrheit sagt?«

Semov blinzelte Stocker mit einem Auge zu. »Er wird nicht anders können, mein Freund. Ob er das will oder nicht, das spielt keine Rolle. Aber lassen Sie uns doch von etwas anderem reden, ja? Greifen Sie zu! Essen Sie bitte.«

Stocker nahm Fleisch und Brot, kaute, dann sagte er: »Wie lange sind Sie schon hier drinnen?«

»In Bernau? Fast zwei Jahre. Noch ungefähr ein halbes Jahr, dann werden meine engsten Mitarbeiter und ich wieder versetzt.«

»Wie, versetzt?«

»Na ja, vor dem Gästehaus Bernau waren wir in Lingen, das ist in Norddeutschland. Kennen Sie die Gegend?«

Stocker überlegte kauend, und der Russe sprach weiter: »Ich auch nicht, nur die JVA dort, aber die kenne ich in- und auswendig. Stellen Sie sich vor: ungefähr neunzigtausend Quadratmeter, aber nur zweihundertdreißig Insassen. Das war ein Kinderspiel für uns. Allerdings ist das Gefängnis aus den sechziger Jahren, und das Essen hat nicht den guten Geschmack und die Qualität, die es hier hat, aber die Anstalt ist sehr liberal geführt.«

»Was haben Sie da gemacht?«

»Nun, es gab da einen italienischen Clan. Die haben die Geschäfte im Bau übernommen, und das konnten wir nicht zulassen. Die deutschen Gefängnisse sind für uns wir eine wertvolle Perlenkette, und wenn eine Perle entnommen wird, dann sieht man das. Mit den wenigen Insassen waren lukrative Geschäfte zu machen, denn es gab viele Freigänger, die tagsüber rausdurften und nur in der Anstalt geschlafen haben.«

»Wie kann man mit solchen Leuten Geschäfte machen?«

Semov lachte wieder. »Schauen Sie, die Insassen haben von draußen das gebracht, was wir wollten, nämlich Geld. Und wir haben ihnen das gegeben, was sie wollten und was draußen weitaus schwieriger zu kaufen und überdies teurer ist. Heroin und Kokain mit der höchsten Reinheitsstufe. China White, achtzigmal so stark wie Heroin. Da konnten die Italiener nicht lange mithalten. In Lingen war ich deshalb nur ein knappes Jahr.«

»Warum erzählen Sie mir das alles?«

»Warum nicht? Wem sollten Sie diese Dinge weitererzählen? Ihrem Polizeikommissar in München? Der weiß das schon lange, davon können Sie ausgehen. Und noch was: Ich habe Ihnen mein Vertrauen geschenkt, ich beschütze Sie. Wenn Sie mich dennoch hintergehen, kann ich nicht mehr weiter für Ihre Sicherheit sorgen, egal, wo Sie sind und wer um Sie herum ist.«

Semov nahm die Wodkaflasche und ließ die farblose Flüssigkeit über die Eiswürfel in ihren Gläsern laufen. »Jetzt schauen Sie nicht so. Das war nicht persönlich gemeint, das wissen Sie doch, oder? Na sdarowje, mein Freund.«

Er trank und lachte wieder. »Ach, diese Italiener. Die haben sich für ganz harte Burschen gehalten und sind rumgelaufen wie Tony Soprano und seine Truppe. Aber Wolja und Petr und ein paar weitere Mitarbeiter von mir, die haben denen schnell gezeigt, wie das Spiel läuft, glauben Sie mir.«

Wie auf ein unhörbares Stichwort kam Petr in den Raum, beugte sich über Semov und flüsterte in sein Ohr. Semov hob die Hand und nickte. Petr ging zwei Schritte zurück, verschränkte die Arme hinter dem Rücken, und Semov sagte: »Unser Doktor ist bei dem Pastor. Petr sagt, wir wissen schon einiges, aber Karpov wird jetzt mit seiner Spezialbehandlung beginnen. Wie sieht der Mann aus, für den der Pastor arbeitet?«

Stocker beschrieb Timo, so genau er konnte. Semov hörte zu und schaute dann zu Petr. Der verließ den Raum. Semov sagte: »So markant, wie der aussieht, sollte man den doch gut finden. Einäugig, groß, schlank, Glatzkopf, tätowiert. Und Sie glauben, dass der Mann in Rosenheim ist?«

»Nach dem, was wir in der letzten Woche gehört haben, ja.«

Semov schaute auf seine goldene Uhr. »Gleich ist Einschluss. Unser Doktor wird heute wohl nicht mehr zu Ihnen kommen, aber morgen früh beim Frühstück haben wir bestimmt das, was wir wissen wollen. Mit etwas Glück stöbern meine Leute Ihren Timo auf. Ich habe da so eine Vermutung, wo er stecken könnte, und Petr ist schon am Telefon und gibt meine Anweisungen nach draußen. Schlafen Sie gut, Herr Stocker. Niemand wird Ihre Ruhe stören.«

Stocker stand auf, rückte seinen Stuhl zurecht und reichte Semov die Hand über den Tisch. Der Russe lächelte, schüttelte sie und fragte: »Wollen Sie den Wodka mitnehmen?«

»Nein, danke, sehr freundlich von Ihnen. Ich wünsche Ihnen ebenfalls eine ruhige und gute Nacht, Herr Semov. Bis morgen.«

Die Monster sind immer die anderen

Der erste Summton, der den automatischen Einschluss ankündigte, ertönte, als Stocker in die Zelle trat. Fritz saß auf seinem Bett und schaute auf. »Na, das ist aber auf den vorletzten Drücker. Hast du ein Mädel hier drin?«

Stocker klopfte ihm auf die Schulter, setzte sich auf seine Pritsche und sagte: »Kann man ein Crypto-Handy knacken, was meinst du?«

Fritz kratzte sich am Kopf. »Ich hab noch nicht gehört, dass das je einer geschafft hat. Die vom Geheimdienst können das vielleicht, aber einer wie ich? Vielleicht. Vielleicht auch nicht. Warum?«

»War nur so eine Idee. Ich putz mir mal die Zähne und hau mich dann hin. War ein ereignisreicher Tag heute, meinst du nicht auch?«

Fritz nickte und griff nach seinem Buch. Der Summton dröhnte erneut durch die Lautsprecher, gleich danach kam die Durchsage, und die Zellentür schloss sich mit einem dumpfen Schmatzen.

»He, Fritz, hast du eigentlich eine Frau oder Freundin?« Stocker stand mit seiner Zahnbürste im Mund vor dem Spiegel.

Fritz legte sein Buch weg und starrte seine Fingernägel an. »Nein, so was brauch ich auch nicht.«

»Keine Beziehung, keine lockere Bekanntschaft, so für ab und zu mal in die Kiste und so?«

»Geschlechtsverkehr ist die Kunst der Unbegabten und wird im Allgemeinen schwer überschätzt. Meine letzte Beziehung, das war mein letzter Auftrag. Und meine nächste Beziehung, das wird mein nächster Auftrag, verstehst du?«

Stocker spuckte in das Waschbecken und spülte sich den Mund aus. »Nein, das versteh ich nicht. Du bist ja ein Monster.«

Fritz grinste. »Hey, Alter, bleib jetzt mal ganz geschmeidig. Die Monster, das sind immer die anderen, und ich werde dafür bezahlt, dass ich sie finde oder irgendwas, womit man sie jagen kann.« Er schaute vor sich hin und sagte dann leise: »Ich hatte schon mal was. Also mit einer Frau, meine ich. Das hat aber nicht geklappt.«

»Warum?«

Schulterzucken. »Weiß ich jetzt auch nicht mehr so genau. Das ist schon so lange her. Aber weißt du, was komisch ist? Wie sie aussah, das weiß ich noch so gut, dass ich sie zeichnen könnte. Witzig, was? Die Dinge, die wir am liebsten vergessen würden, an die erinnern wir uns am besten. Was rede ich überhaupt? Ich will jetzt schlafen. Lass mich in Ruhe.«

Stocker blieb noch lange, nachdem das Licht verloschen war, wach. Er lag auf dem Rücken, hatte die Arme hinter dem Kopf verschränkt und hörte auf das unmelodiöse, stöhnende Gegrunze und Schnarchen von Fritz. Die Schatten der Scheinwerfer von den Wachtürmen zeichneten Figuren an die Decke, die ein absurdes Schattenfiguren-Schauspiel aufführten.

Der Doc kam nicht mehr, und irgendwann schlief Stocker ein. Seine letzten Gedanken waren bei dem Pastor. Dann kam der Traum und holte ihn in die Zwischenwelt.

Die grelle Spätsommersonne versteckte sich hinter zinnfarbenen Wolkenfladen, die rasend schnell über den Himmel zogen. Stocker stand am Seeufer in der Nähe der Schafwaschener Bucht im saftigen Gras und schaute die Wolken an. Die Sonne verfärbte sich von Dottergelb in Rot und dann in Blau. Der Wind glitt durch das Schilf und machte ein Geräusch wie leise flüsternde Schulmädchen. Stocker wollte gehen, seine Beine bewegten sich aber nicht. Er schaute an sich hinab und sah, dass sich zwei Hände um seine Knöchel geschlossen hatten. Die Hände waren dicht hinter den Gelenken abgetrennt, und die Schnittflächen bluteten. Stocker schaute wieder auf und sah Zeno, seinen Partner, der plötzlich lächelnd vor ihm stand. Aus seinem Mund kamen Schmetterlinge, und mit einer dumpfen, verzerrten Stimme sagte er: »Jetzt musst du die Kartoffeln schälen, weil du meine Hände hast.«

Mit dem Stumpf seiner rechten Hand zeigte er auf einen kleinen Erdhügel, mitten in der braungrünen Wiese. »Da vorne haben sie mich eingegraben, weißt du noch? Du bist erst gekommen, als ich schon fast tot war. Die anderen haben sowieso gesagt, das schaffe ich nicht.«

Stocker wollte reden, sich rechtfertigen, aber sein Mund öffnete sich nicht. Zeno schaute gütig lächelnd, aber seine Augen waren grau und tot. Stocker hatte diesen Blick mehr als ein Dutzend Mal bemerkt und zugesehen, wie die Blicke anderer erloschen waren, wie die Flamme einer Kerze, die sich nur widerwillig ausblasen lässt.

»Und weißt du was? Ich war tot. Glaube ich jedenfalls.« Zeno sprach sehr langsam und mit dieser tiefen, fast unverständlichen Stimme, während weiterhin Schmetterlinge und mottenähnliche Tiere aus seinem Mund kamen. »Und da war keiner, der auf mich gewartet hat. Ich habe einen alten Mann auf einem Stein beobachtet, der hat mit einem Wolf geredet. Der alte Mann schaute dann mich an und sagte: ›Du glaubst bestimmt, Gott wohnt hier oben. Das tut er aber nicht. Gott ist überall, und er hat viele Namen. Er wohnt in den Steinen, in den Tropfen der Seen und des Meeres. Er bewegt sich in der Gischt und mit den Sternen.‹ Ich hab gefragt: ›Warum tut er das?‹ Und der Alte und sein Wolf, die beiden haben gegrinst, dann hat der Mann gesagt: ›Einfach weil er es kann. Weil er Gott ist.‹ Albin, verstehst du, was ich meine?« Zeno streckte ihm seine Armstümpfe entgegen, und Stocker schrie … schrie …

»Hey, Alter, hey, komm, werd wach!« Stocker schlug um sich und fuhr hoch. Fritz stand im fahlen Licht der Notbeleuchtung vor ihm. »Ho, ho, ho, ganz ruhig. Ruhig, Mann. Du hast geschrien wie am Spieß!«

»Was?« Stocker fuhr sich mit den Händen über sein schweißnasses Gesicht und blinzelte Fritz an. »Was?«

»Keine Ahnung, was. Jetzt beruhige dich und schau, dass du wieder einschläfst, ja? Und bitte nicht mehr schreien. Versuch doch zu singen, wenn du wieder was träumst.«

Plaudertropfen

Fünf Uhr neunundfünfzig: Wecken, Anwesenheits- und Lebendkontrolle. Der Schließer trat mit drei schnellen Schritten in die Zelle und sagte zu Fritz: »Dreh dich an die Wand und halt dir die Ohren zu!« Dann beugte er sich über Stocker und flüsterte: »Herr Semov will, dass du mit ihm frühstückst. Sei um acht Uhr bei ihm unten in seinem Raum.« Er richtete sich auf und rief mit lauter Stimme: »Los, hoch mit euch Tunten. Macht hier nicht einen auf Wasserleichen!« Dann ging er grinsend aus der Zelle.

Fritz schaute ihm nach. »Was wollte der von dir? Der ist doch gar nicht aus unserer Abteilung, oder?«

»Ich werde heute entlassen und soll dann runtergehen und so weiter. Das kennst du doch von früheren Hotelaufenthalten, Junge.«

Der Kalfaktor kam verwundert mit zwei Tabletts in den Händen rein. »Warum ist eure Türe offen? Die anderen sind noch alle zu.«

Fritz zeigte auf Stocker und sagte: »Der Mann hat eine Türenallergie. Die ist jetzt endlich ärztlich anerkannt worden. Heute Nacht darf er in der Gärtnerei bei der Petersilie schlafen.«

Der Alte schüttelte den Kopf und stellte die Tabletts ab. »So einen Schmarren hat es zu meiner Zeit nicht gegeben. Die Welt wird immer verrückter. Guten Hunger, Jungs.«

Stocker schob sein Tablett an das von Fritz ran. »Kannst du alles haben, wenn du willst. Ich hab heute früh überhaupt keinen Hunger.«

Fritz nickte und schnappte sich den kleinen Becher mit Nutella. »Super, danke. Den Rest hebe ich mir auf. Kommst du dann mit? Ich soll mich in der Bibliothek vorstellen, die haben da einen ruhigen Job für mich.«

Stocker stand auf und schlug Fritz auf die Schulter. »Nee, lass mal. Ich geh runter und verabschiede mich von ein paar Leuten, und dann werden die mich eh holen für das Auschecken. Falls wir uns hier drinnen nicht mehr sehen: Wenn du draußen bist, komm in die ›Endstation‹ in Atzdorf. Kannst du dir das merken?«

»Mann, ich kann sämtliche Stellungen des Kamasutra auswendig. Da werde ich mir doch eine Kneipe merken können, was?«

Die anderen Zellentüren auf der Etage öffneten sich mit einem elektrischen Brummton, und Stocker ging hinaus auf den Gang, lehnte sich an das Geländer und blickte nach unten.

Kurz vor acht stieg er die Stufen zum Innenhof hinab. Semov war bereits im Kartenraum und griente Stocker durch die großen Glasfenster zu. Wolja stand breitbeinig, die Arme hinter dem Rücken verschränkt, vor der Tür. Petr kam mit einem Servierwagen um die Ecke und grinste Stocker an. »Guten Morgen, kommen Sie doch mit rein, bitte!«

Semov bot Stocker mit einer Armbewegung den Stuhl auf der anderen Seite des Tisches an. Gedeckt war für zwei Personen, mit Vorlegebesteck, Porzellantellern, Kristallgläsern und einem abgedeckten silbernen Champagnerkühler, der mit Eiswürfeln gefüllt sein musste, weil von dessen matter Außenseite das Kondenswasser lief. Petr hob die Plastikabdeckungen von den Tellern und Schüsseln und stellte alles in die Tischmitte.

Semov sagte lächelnd: »Ich denke, Sie kennen unser typisches Moskauer Frühstück noch nicht. Schauen Sie: Da haben wir Kascha, das ist ein Brei aus Buchweizen mit Butter, Zucker und Milch. Das da in der roten Schüssel, das sind eingelegte Früchte für den Brei. Hier drüben haben wir Kraut und Pilze. Dort, in dem blauen Glas, das ist Kaviar, das da bei mir sind Blinis und Piroggen, und hier sind Eier mit Würstchen und Bratkartoffeln. In der Karaffe ist frisch gepresster Orangensaft.

Mögen Sie Kaffee oder Tee? Ich trinke gerne indischen Tee, aber in der silbernen Kanne ist Kaffee. Da im Kühler haben wir kleine Flaschen mit Champagner. Mögen Sie ein Glas?«

»Danke, ich brauch keinen Alkohol, um peinlich zu sein. Das kriege ich auch so hin. Zum Beispiel mit der Frage: Was ist mit dem Pastor?«

Semov schüttelte lächelnd den Kopf, winkte Petr zu, der sich entfernte, und nahm sich Rühreier mit Würstchen und Bratkartoffeln. Dann schaute er Stocker an und sagte: »Das ist ein Problem mit euch Deutschen. Ihr kommt immer gleich zur Sache. Aber gut, wenn Sie so wollen …«

Er griff hinter sich und zog ein kleines schwarzes Gerät aus einem Beutel. Das legte er neben Stockers Teller. »Nehmen Sie. Das ist ein Philips 388. Gute deutsche Ware. Ungefähr dreißig Minuten von den Plaudereien des Pastors sind auf dem Band. Er hat unserem Doktor sehr viel mitgeteilt. Mehr oder weniger freiwillig, möchte ich betonen. Der Doc hat nur mit einem kleinen Stich nachgeholfen.«

»Eine Gedächtnisspritze, Plauderdrogen?«

Semov nickte kauend. »Pentothal. Das gibt es schon seit 1938, haben Sie das gewusst? Gut, im Dämmerzustand sagt der Befragte auch einen Haufen Blödsinn, Phantasien, Wunschbilder, Angstvorstellungen, Sinnestäuschungen und so weiter. Aber ein guter Vernehmer oder ein guter Arzt weiß zu unterscheiden, was der Sache dienlich ist und was nicht. Und unser Dr. Karpov ist eine Kapazität auf dem Gebiet, das dürfen Sie mir glauben. Er hat die ganze Nacht an den Aussagen gearbeitet und das Band auf das Wesentliche für Sie zusammengeschnitten.«

»Und?«

»Was meinen Sie mit ›und‹? Wir haben alles, was Sie wissen möchten, und noch ein großes Stück mehr. Natürlich hat Pentothal ein paar Nebenwirkungen, zum Beispiel Atemdepression bis zum Atemstillstand. Aber alles hat seine dunklen Seiten, nicht wahr?«

Stocker nahm das Aufnahmegerät und wog es in der Hand. »Ist da alles drauf, was er gesagt hat?«

»Fast. Wir haben ihn auch nach ein paar anderen Dingen gefragt, von denen er vielleicht wissen könnte, und siehe da, es war auch für uns was in der Wundertüte. Damit möchte ich Sie aber nicht belasten. Alles, was Sie interessieren könnte, das haben Sie nun.«

»Gut, danke. Aber den Rest möchte ich auch gerne wissen. Ich habe Ihnen alles erzählt, auch, was Timo mit meinem Partner gemacht hat. Also seien Sie bitte auch offen zu mir, ja?«

Semov seufzte, nahm sich einen Moët-Piccolo aus dem Alukühler und goss den eiskalten Champagner in zwei hochstielige handgeschliffene Gläser. »Lernen Sie, öfter mal zu lächeln, Herr Stocker. Schauen Sie uns Russen an: Wir lächeln oft, aber wir verzeihen nie. Das eine schließt das andere nicht aus, verstehen Sie?«

Stocker hob sein Glas. »Danke für Ihre Ratschläge. Aber was passiert jetzt?«

»Die Zeiten ändern sich, die Menschen jedoch nie. Das ist auch ein russisches Sprichwort. Ich will Ihnen was erzählen: Vor vielen Jahren war ich in Peru. Oben, in den Anden, da haben einige von den alten Bergvölkern noch den Glauben an ›Limatsch Kani‹. So klingen die Wörter phonetisch. Wie sie geschrieben werden, weiß ich nicht. Wohl aber, was es bedeutet. Wissen Sie, was Limatsch Kani ist?«

Stocker trank. »Nein, was denn?«

»Das heißt, mal grob gesagt, dass die Leute dort die besten Kleider eines Verstorbenen nach sieben Tagen an einer heiligen Stelle auslegen, damit der Tote sich für seine letzte und lange Reise entsprechend anziehen kann. Manche von diesen Bergvölkern legen auch noch Seife und Wasser und Lebensmittel dazu, aber das eigentliche Ding, das sind die Bekleidungsstücke, verstehen Sie?«

»Nein.«

Semov leerte sein Glas in einem Zug. »Ahhh, das hebt den

Kreislauf. Gut, es ist so: Der Pastor hat uns die Koordinaten von Timos Versteck gegeben. Woher der sie hatte? Von einem Kerl aus Telchens Ex-Team. Natürlich fehlen die genauen Angaben, wo das Geld untergebracht ist – das weiß nur Luc Telchen oder Timo, wie Sie ihn nennen. Also haben wir den Pastor gebeten, einen imaginären Anruf für uns aufzunehmen, und natürlich um die dazugehörige Telefonnummer. Sobald Sie, Herr Stocker, dieses gemütliche Haus hier verlassen haben, warten wir zwei Tage. Dann rufen wir die Kontaktnummer an und spielen die Botschaft des leider zu früh verstorbenen Pastors an Luc ab. Darin werden Luc Telchen ein Tag und eine Uhrzeit genannt, um gemeinsam die Sachen aus dem Bunker zu holen. Der Pastor sagt, er ist verwundet und muss verschwinden. Ein Alternativtermin kommt also nicht in Frage. Können Sie mir so weit folgen, ja?«

Stocker nickte. »Luc ist schlau wie ein Wolf. Warum holt er seinen Kram nicht alleine? Warum hat er jemanden eingeweiht?«

Semov roch an seinem Glas und nahm einen Schluck. »Ahhh, was für ein Wodka. Sehen Sie, mein Freund, ich glaube, dass der Pastor gar nicht weiß, wo genau die Sachen sind. Seine Aufgabe war es, zwei oder drei von diesen kleinen Seitengängen unbegehbar zu machen. Eventuell eine falsche Fährte legen, was auch immer. Er sollte Luc sagen, was er da unten genau angestellt hat, und Luc weiß dann, wie er an die versteckten Schätze kommt. Vielleicht braucht er auch noch einen, der ihm beim Tragen hilft, und legt ihn danach um.«

Semov stellte das Glas ab. »Gut, wie auch immer. Wenn unser Freund Luc den Anruf bekommen hat, kriegen Sie von uns eine SMS auf Ihr Mobilteil mit den Koordinaten, wo genau Luc hinkommen wird. Die Informationen haben wir, die sind aber nicht mehr auf dem Band. Eine Nummer, an die ich meine Nachricht senden kann, geben Sie mir anschließend freundlicherweise. Eines meiner Teams wird in den Gängen unter dem Bahnhof sein. Ihren Timo locken wir mit blutbespritzten Kleidungsstücken des Pastors, in denen natürlich ein paar seiner persönlichen Habseligkeiten sind, direkt in einen der Gänge, die sein zweiter Mann bearbeitet hat. Sie und Ihr Partner werden in der Nähe sein. Nachdem wir die Dinge, um die es geht, an uns gebracht haben, gehört der Mann Ihnen. Meine Leute werden sich mit der Beute zurückziehen, und Sie können mit Luc Telchen machen, was immer Sie wollen. Ist das für Sie okay?«

»Ja. Haben Sie was zu schreiben?«

Semov zog einen kleinen Notizblock aus der Brusttasche seines hellblauen Jeanshemdes und reichte ihn, zusammen mit einem Cartier-Kuli, über den Tisch. Während er schrieb, sagte Stocker: »Das setzt voraus, dass Sie wissen, wo Luc Telchen ist, oder?«

Semov lachte. »Ja, in der Tat, das wissen wir seit gestern. Er ist nicht in Rosenheim, wie Sie vermutet haben. Er traut den Bikern dort nicht über den Weg und hat Bedenken, dass die ihn an den Höchstbietenden verkaufen. Womit er recht hatte, die Informationen waren eigentlich nicht teuer. Nein, er steckt in Traunstein, bei einem alten Kumpel aus der Fremdenlegion. Na ja, in Traunstein, unter all den Russen, da fällt er mit seiner Glatze und der Tätowierung am Hals nicht auf, hat er gedacht. Es wäre uns ein Leichtes, ihn jetzt zu greifen und alles aus ihm rauszuholen, glauben Sie mir.«

»Aber er hat erstens die Koordinaten vom Pastor nicht, und zweitens ist es für Sie und Ihre Leute sehr viel einfacher, wenn er Ihr Team direkt zu dem Geldversteck führt, oder?«

Semov blinzelte Stocker lächelnd an. »Wissen Sie, worauf ich mich ganz besonders freue? Auf das Abendessen in Ihrem Restaurant. So oft komme ich hier nämlich nicht raus. Darauf trinken wir noch ein Glas, ja?«

Stocker schob seinen Stuhl zurück und stand auf. Semov sagte: »Ach, da ist noch was, um das ich Sie bitten möchte. Laden Sie den Kommissar mit dem lustigen Namen auch zu unserem gemeinsamen Essen. Da ist eine Sache, die uns vielleicht Ärger machen könnte.« Er schüttelte den Kopf. »Nein, Ärger ist vielleicht das verkehrte Wort. Die Dinge, von denen ich dem Herrn Kommissar erzählen möchte, die könnten unsere Geschäfte empfindlich stören. Und so was mögen meine Chefs überhaupt nicht, verstehen Sie?«

»Meinen Sie den Hauptkommissar Zuckerhahn, meinen Freund? Woher wissen Sie überhaupt davon?«

Semov ließ sein tiefes Bärenlachen ertönen. »Ach, kommen Sie, die nächtliche Schießerei in Bernau, oben auf dem Mürzberg, die ist doch mittlerweile eine Legende in gewissen Kreisen. Sie, der Kommissar und Ihr Partner gegen die Rumänen-Gang. Das war wie in diesem Western mit Gary Cooper, nehme ich mal an. War es so?«

»Ich habe keine Ahnung, wovon Sie jetzt sprechen, Herr Semov. Wir werden uns was Besonders für Sie einfallen lassen, wenn Sie unser Gast sind, und dem Herrn Hauptkommissar gebe ich Ihr Anliegen weiter.«

»Natürlich. Aber es ist eigentlich sein Anliegen, glauben Sie mir. Sagen Sie ihm, es geht möglicherweise um viele tausend Menschenleben. Und es soll bei uns am Chiemsee passieren, in ein paar Monaten. Die Rumänen stecken da mit drin, außerdem eine Firma aus Prien. Nein, das stimmt so nicht ganz. Die Priener konnten oder wollten den Auftrag nicht annehmen. Sagen Sie das bitte genau so, wie Sie es jetzt von mir gehört haben, ja?«

»Da brauche ich schon ein bisschen mehr, Herr Semov.«

Dem Russen gefiel offenbar ganz und gar nicht, welchen Verlauf die Unterhaltung jetzt nahm. Er schlug leicht auf den Tisch, und Wolja betrat den Raum. Er begegnete Stockers Blick und konnte sich ein Lächeln nicht verkneifen. Semov winkte ihn mit dem Zeigefinger zu sich und deutete auf sein Ohr, dann flüsterte er Wolja hastig was zu. Dieser hörte in gebückter Haltung zu, nickte mehrmals und wisperte anschließend eine geschlagene Minute in Semovs rechtes Ohr. Dann wartete er, bis sein Boss die Augen aufschlug und lächelte.

Wolja verließ den Raum mit gesenktem Kopf, und auf seinem kahlen Schädel spiegelte sich das grelle Licht der Neonröhren über ihnen.

Stocker setzte sich wieder, und Semov schaute verträumt durch das Fenster in den Innenhof, dann sagte er: »Gut. Wir wissen Folgendes: Ein syrischer Wirtschaftsanwalt mit einer pompösen Kanzlei in der Münchner Maximilianstraße hat eine Priener Firma um einen Kostenvoranschlag für so was wie Scheckkarten oder Plastikkarten wie … wie die von Visa oder Amex gebeten. Stückzahl fünfzehntausend.«

»Na und?«

Semov hob die Hand und setzte ein Pokergesicht auf, als ob die Information wenig Bedeutung für ihn hätte. »Der Mann hat angefragt, ob man die Karten mit einer löslichen Schicht versehen kann. Das kann man. Die Leute der Priener Firma wollten wissen, was da drauf soll. Das wollte der Anwalt aber nicht sagen, sondern er wollte die Karten mit einem Chiemsee-Motiv auf der Vorderseite bedruckt haben. Da sollte auch das Logo eines Priener Unternehmens mit genannt weden, und die Rückseite wollte er von einer anderen Firma bearbeiten und versiegeln lassen. Das passte denen in der Druckerei aber nicht. Auch, weil man nicht sagen wollte, wer dann was hinten platziert. Können Sie mir so weit folgen?«

Stocker nickte. »Wissen Sie zufällig, wie die Firma in Prien heißt?«

»Ja, Vario- oder Variabel-Druck oder so. Aber die Geschichte geht weiter: Der Subunternehmer, der die Rückseite bedrucken oder beschichten will – und jetzt kommt's –, das ist eine Tarnfirma des Rumänen-Clans in München.«

Semov pochte mit dem Zeigefinger auf den Tisch. »Nun tritt Plan B in Kraft, und die ganze Sache wird in der Nähe von Krumau steigen, das ist an der Moldau, in Tschechien. Eine kleine Stadt mit vielleicht vierzehntausend Einwohnern. Bekannt als Kulturdenkmal auf der Liste des UNESCO-Welterbes. So viel zu dem, was man weiß. Was aber viele, oder besser gesagt, was fast niemand weiß, das ist, dass in der Nähe des Ortes eine alte Fabrik ist. Dort wurden im Kalten Krieg Pässe, Führerscheine, Falschgeld und Kreditkarten hergestellt, im Auftrag diverser Geheimdienste.«

»Woher wissen Sie das alles?«

Semov hob seine rechte Hand und hielt Daumen und Zeigefinger ein paar Millimeter auseinander. »Unsere Beziehungen zum russischen Geheimdienst sind so.« Dann lächelte er. »Vor allem, weil viele Ex-Agenten jetzt für uns arbeiten, aber das ist Ihnen ja bekannt. Nun, wir hatten vorher schon einige Informationen, und das, was wir heute Nacht vom Pastor erfahren haben, das lässt uns denken, dass es hier um einen Multi-Millionen-Deal geht, in den ein alter Mann verwickelt ist, den Sie wahrscheinlich kennen. Der Familienname beginnt mit einem ›V‹, der Mann ist von Adel. Na?«

»Von Bernbach?«

»Genau. Die Anfrage aus München liegt ungefähr ein Jahr zurück. Der Deal wurde auf höchster Ebene eingefädelt, ursprünglich für eine andere Aktion. Dann hat sich die Sache zerschlagen, man hat sich nach anderen Kunden umgesehen und ist bei den Libyern oder einer ähnlichen Klientel gelandet. Jetzt sieht es so aus, dass die Rumänen die Verbindung zu den Leuten in Tschechien hergestellt haben, die wiederum Zugriff auf die Kapazitäten der offiziell stillgelegten Fabrik haben. Und dort werden die Karten, so wie es aussieht, gedruckt und mit was auch immer imprägniert und dann wieder nach Bayern gebracht.«

»Was hat der Pastor damit zu tun? Und Luc Telchen?«

Semov zuckte mit den Schultern. »Wir vermuten, dass Luc von der Aktion wusste. Er war ja lange Zeit der Privatsekretär und die rechte Hand des alten Mannes. Und jetzt will er das Ding mit den Rumänen selber durchziehen. Aber dazu braucht es im Vorfeld viel Geld. Einige Millionen, denke ich mal. Schauen Sie, wenn Luc das finanziert und dann einen guten Anteil vom Gewinn oder Verkauf bekommt, dann hat er so viel Bares, dass er gehen kann, wohin er will, und nie mehr über Finanzen nachdenken muss. Aber das interessiert uns wenig. Wir wollen nicht, dass hier am schönen Chiemsee was Großes passiert. Stellen Sie sich nur vor, man plant einen Anschlag wie Nine Eleven oder Charlie Hebdo mal zehn oder mal tausend, dann schaut doch die ganze Welt hierher und die Geheimdienstler aller Nationen schwirren hier herum wie die Mücken im Schilf. Und es muss wohl so was wie ein Anschlag auf irgendwas oder irgendwen geplant sein. Denn Rauschgift oder so was Ähnliches könnte man einfacher von A nach B bringen.«

Semov schüttelte den Kopf und sprach mit ruhiger Stimme weiter. »Nein, wir haben hier unsere guten Geschäfte und werden deswegen keine Störungen zulassen. Gut, ab und zu wird einer von uns oder eine Ladung geschnappt, aber auch das ist meist gut abgesprochen, das können Sie mir ruhig glauben, Herr Stocker. So, das ist mein Deal: Meine Leute tragen alles zusammen, was wir über diese Sache in Erfahrung bringen können. In ungefähr einer Woche möchte ich in Ihrem Restaurant sitzen. Mit am Tisch wird Wolja sein, Ihr Kommissar mit dem komischen Namen, Ihr Partner und Sie. Sonst niemand. Haben Sie einen entsprechenden Nebenraum? Ich glaube nicht, oder? Aber wir können einen Tisch in die Küche stellen. – Was schauen Sie so? Meine Leute haben sich Ihren Laden längst angesehen. Glauben Sie im Ernst, ich gehe wohin, wo meine Sicherheit nicht gewährleistet ist?«

»Mit allem Respekt, ich möchte Sie was fragen, und bitte missverstehen Sie mich nicht. Wie wird man eigentlich jemand wie Sie, Herr Semov? Ich meine, Sie waren bestimmt kein Straßensoldat, der sich hochgeboxt hat, oder?«

Semov lächelte und atmete langsam aus. »Mein Vater war in Moskau bereits als Jugendlicher eine Größe. Er hat das Geschäft von seinem Vater geerbt, es war ihm also praktisch schon ins Blut übergegangen. Wobei … wenn man sich aus seinem Territorium heraushielt, war er ein lustiger, angenehmer, geselliger Mensch. Wenn aber irgendwer, egal, wie hoch er in der Moskauer Unterwelt-Hierarchie stand, im Revier meines Vaters nach Geld schnüffelte, dann schwammen seine Körperteile kurz darauf im Kanalsystem um die Wette. Sein Recht zu atmen hatte in dem Moment aufgehört, in dem er oder sie die Strukturen meines Vaters störte. Obwohl ich sagen muss, dass mein Vater wie auch schon sein Vater versuchten, durch ruhiges Auftreten und vernünftiges, für alle Beteiligten lukratives Handeln das Revier zu führen. Jedenfalls so lange, bis die Vernunft als Geschäftsmodell ihre Grenzen erreicht hat. Beantwortet das Ihre Frage, Herr Stocker?«

Stocker nickte, und Semov sagte: »Dann gehen Sie in Frieden. Ich freue mich schon jetzt darauf, Sie bald wiederzusehen. Tun Sie in der Zwischenzeit bitte nichts, das Sie später bereuen werden.«

Stocker lächelte. »Wissen Sie, manchmal bereut man nicht das, was man getan hat, sondern das, was man nicht getan hat. Auf Wiedersehen, Herr Semov.«

Immer schön locker bleiben

»Mann. Pass doch auf. Im Gefängnis war ich sicherer als hier auf dem Beifahrersitz.« Stocker klammerte sich am Armaturenbrett des taubenkackegrauen Skoda fest, während Zeno grinsend mit Tempo hundertzehn zwischen zwei österreichischen Trucks auf die Autobahn fuhr. Der Fahrer des Lasters hinter ihnen bremste und blinkte wie wild, und der vordere Lkw-Fahrer schüttelte zornig die Fäuste, als Zeno ihn überholte.

»Ich fahre zügig, aber sicher. In meiner Familie sind alle mit irgendwas gefahren, und alle sind uralt geworden.«

»Ach ja?« Stocker schaute in den Rückspiegel, denn Zeno kurvte soeben ohne zu blinken von der Mittel- auf die Überholspur. Der Audi hinter ihnen bremste und der Fahrer gab wütende Fernlichtzeichen. Zeno zeigte ihm den Mittelfinger und sagte: »Mein Großvater, zum Beispiel, der ist dreiundneunzig geworden und ruhig und selig eingeschlafen. Das hat uns alle gefreut, außer meinem Onkel.«

»Warum?«

»Na ja, der saß mit im Auto, und mein Opa saß zu dem Zeitpunkt am Steuer.«

»Witzig, echt. Gib mal das Handy rüber.«

Zeno fischte in seiner Jackentasche und reichte Stocker sein iPhone. »Wen willst du anrufen?«

»Was ist das? Ich wollte ein Telefon und keinen Thermomix. Falls man mit dem Ding mit anderen Leuten sprechen kann, dann sag mir, warum ich ein altes Nokia habe und du ein Teil aus Star Wars, Teil acht?«

»Weil du immer sagst, früher war alles besser, sogar die Zukunft. Und weil ich mich weigere, mit Vorkriegsmodellen rumzutelefonieren. Da unten, da gibst du die Zahlen ein, wie beim Lotto, und dann nimm das Teil bitte nicht in den Mund, sondern setze es brav ans Ohr, ja?«

Stocker murmelte vor sich hin und tippte die Münchner Nummer ein. Nach dem dritten Signalton war die Stimme des Kommissars in Stockers Ohr. »Warum rufst du mich auf meinem privaten Handy an? Ich bin im Büro.«

»Dann geh raus auf den Gang und stell dich an ein offenes Fenster.«

Stocker hörte den Kommissar vor sich hin fluchen, schnelle Schritte, das Klappen einer Tür, und dann war da wieder die Stimme. »Gut. Und jetzt?«

Stocker redete fünf Minuten, ohne dass ihn Zuckerhahn unterbrach. Dann sagte er: »Albin, bist du auf Droge? Ich kann doch keinen russischen Mafiafürsten für ein romantisches Dinner in eurer Küche aus dem Knast holen.«

»Schon klar, du bist kein Minister und kein Gefängnisarzt. Aber es geht hier nicht um Modellautos, sondern möglicherweise um einen terroristischen Anschlag, bei dem ein paar tausend Menschen sterben können.«

»Mit Kreditkarten, wenn ich dich richtig verstehe? Damit fächeln die sich im Hochsommer gegenseitig tot, ja? Ruf mich an, wenn du wieder nüchtern bist.«

»Mach ich. In der Zwischenzeit zählst du mal zwei und zwei zusammen. Überleg doch mal, was du mir vor einer guten Woche gesagt hast. Dass ihr vom BND und vom Militärischen Abschirmdienst dies und jenes gehört habt, aber keiner kann sich einen Reim drauf machen. Ist doch so, oder?«

»Was hat das mit deinem Russen zu tun? Die Brüder wollen Geld verdienen und keine Anschläge verüben oder finanzieren oder was weiß ich.«

»Mann, Zuckerhahn!« Stocker versuchte, seinen aufsteigenden Zorn zu unterdrücken. »Erkundige dich bei den Schlapphüten, was das mit der Fabrik in Tschechien auf sich hat. Hör dich mal um, was die Münchner Rumänen mit der Sache zu tun haben könnten. Du bist doch Polizist. Muss ich dir das jetzt echt erklären? Wozu riskiert unser Timo alles, um an sein Geld zu kommen? Der will was finanzieren und so seine Kohle vervielfachen und dann abhauen. Was will er finanzieren? Was können die Rumänen liefern, das man nicht so einfach kaufen kann? Ich habe keine Ahnung, sonst würde ich es dir sagen. Ich will nur nicht mit schuld sein, wenn uns hier die Landschaft um die Ohren fliegt. Was? Wie?«

Zuckerhahn brüllte ins Telefon, und Stocker hielt das weiße Teil in der linken Hand hoch, sodass Zeno mithören konnte.

Als Zuckerhahn fertig war, schaute er Zeno an, hob die Augenbrauen und sagte: »Das ist mir ehrlich gesagt vollkommen egal. Schau zu, wie du das machst, denn wenn ich mich recht erinnere, hast du vor einer Woche in Rosenheim beim Essen zu mir gesagt, da läuft was. Und jetzt können wir vielleicht rauskriegen, was da läuft. Wie? Ich habe eine Tonbandaufnahme, auf der ist die Aussage des Pastors zu hören, kurz bevor er uns verlassen hat. Was? Nein, die schicke ich dir nicht nach München. Komm einfach heute Abend zu uns, wir setzen uns in der Küche bei einem guten Fresschen hin und hören uns das an. Dann besprechen wir, wie es weitergeht, ja? Gut, bis später. Ja, du mich auch.«

Stocker starrte das Telefon an. »Wie macht man das aus? Einfach aus dem Fenster werfen?«

Zeno nahm ihm das Handy ab, drückte auf eine Stelle am Display und verstaute es in seiner Brusttasche. »Eine gute Stimme hat er ja. Schade, dass er nichts damit macht.«

Stress? Ich doch nicht

Nellie knallte zwei hochgezapfte kleine Biere auf den Tresen, drehte sich um, nahm ein hohes Glas und eine Flasche Bombay-Gin aus dem Regal und meinte: »Versäumt hast du in den paar Tagen nichts, Albin. Es waren die üblichen Verdächtigen da, haben sich wie immer besoffen und blöde Sprüche abgeladen, und dein Partner hier hat versucht, was Essbares auf den Tisch zu bringen. Das ist ihm auch teilweise gelungen.«

Zeno hob sein Glas und blinzelte. »Ach, und von dem Stress mit deiner LAP, so nennt man das doch, einen Lebensabschnittspartner, oder? Von der willst du ihm nichts erzählen?«

Stocker prostete Zeno zu und sagte zu Nellies Rücken: »Welcher LAP denn? Immer noch die Mona? Mit der hast du doch laufend Stress, Mädel.«

Nellie fuhr herum und fauchte: »Ja klar, macht euch nur lustig über mich. Ich selber kann da leider nicht mitlachen, weil mir sonst die Zähne wehtun. Wo ist das verdammte Tonic?«

»Direkt unter dir im zweiten Kühler. Hast es doch selber da eingeräumt, Schnecke.«

»Sag noch einmal Schnecke, und ich kauf dir das Buch ›Küssen ohne Unterkiefer‹.« Stocker grinste jetzt auch, und Nellie sagte: »Und du kriegst den zweiten Band, der heißt ›Im Rollstuhl über Berg und Tal‹, mein lieber Albin!«

Sie goss etwas Tonic über den Gin, gab drei Eiswürfel dazu, schüttelte das Glas leicht und trank. »Schaut euch meinen Körper an. In den hab ich investiert. Den verhunz ich mir doch jetzt nicht mit einer Schwangerschaft, oder?«

Die beiden Männer schauten sich an, dann meinte Stocker vorsichtig: »Also in Bio war ich oft krank, und meine Eltern haben mich auch nie so richtig aufgeklärt, aber ich vermute, dass zwei Frauen keine Kinder kriegen können, weil denen, oder mindestens einer von beiden, der kleine Pillermann fehlt, den man dazu brauchen täte, würde oder so. Korrigier mich ruhig, wenn ich falschliege.«

Nellie verdrehte die Augen und trank ihr Glas auf ex leer. Sie schenkte sich nach. »Haha, echt witzig. Schon mal was von Samenspendern gehört, ja?«

Zeno sagte: »Ich würde mich da eventuell zur Verfügung stellen, dann bleibt das alles in der Familie, und das Kind hat eine solide Verwandtschaft.«

Stocker hob zustimmend sein Glas, aber Nellie erwiderte: »Danke. Danke sehr, echt jetzt. Aber wir haben an ein normales Kind gedacht und nicht an Nachwuchs für eine Geisterbahn. Aber um das geht's ja gar nicht. Die Mona predigt immer von ihren Fitness-Gurus, von Sixpacks und knackigen Ärschen. Wie steh ich denn dann da mit meinem dicken Bauch?«

»Das ist das Problem mit euch Mädels von der anderen Fraktion. Ihr wollt alles, aber dabei müsst ihr immer schön geschmeidig bleiben, was? Gib uns noch ein nettes Bier, bitte.«

Zeno schob sein leeres Glas über die Theke, und Nellie fauchte: »Geschmeidig, was? Du meinst wohl, immer schön fickbar bleiben. Dann sag's doch auch so, Mann!«

Zeno wurde tiefrot im Gesicht, und Nellie lachte. »Hey, Albin, jetzt schau dir bloß diesen Kerl da an. Der haut die größten Macker mit einem Grinsen im Gesicht weg, und bei so was, da wird er rot. Ich fass es nicht.«

Zeno trank hastig sein Bier aus und rutschte vom Hocker. »Ich muss noch mit dem Hund raus, fällt mir gerade ein. Falls du noch was zu sagen hast, sprich es in eine Tüte und leg sie mir in die Küche, ich höre das dann später ab. Bis gleich.«

Stocker schob sein Glas über den Tresen und meinte: »Ich muss dann auch mal wieder. Bis später, Nellie, war wieder mal echt interessant, dir zuzuhören.«

»Ja, geht nur, alle beide!« Nellie nahm die Gläser und stellte sie in die Spülmaschine unter der Theke. »Manchmal hab ich das Gefühl, dass es Leute gibt, die vergönnen mir einfach nicht, dass ich in meinem Leben auch ein Leben habe.«

Stocker ging hinter Zeno in die Küche und sagte: »Ich glaube, dass unser Kommissar bald hier sein wird. Musst du noch weg?«

Zeno schüttelte den Kopf. »Nein. Ich drehe mit dem Josef eine Runde durch den Wald, dann leg ich mich hinten noch ein bisschen hin und verschwinde in mir selbst. Das kann nämlich ein turbulenter Abend werden.«

Durch den Wintergarten ging Stocker in den Garagenschuppen und räumte die Bretter über der Falltür weg. Dann stieg er nach unten, holte die SIM-Karte aus dem Versteck und nahm sich von der Wand einen 22er-Revolver mit aufgesetztem Schalldämpfer. Er schob die Waffe am Rücken hinter den Gürtel in den Hosenbund und streifte das Hemd darüber. Aus einem Karton, der unter der Treppe lag, nahm er nach einigem Suchen einen Firmenausweis, der ihn als Herbert Prill von der EAL-Versicherung zeigte. Stocker musterte das kleine viereckige Bild, auf dem er die Haare glatt nach hinten und eine runde Brille mit schwarzem Gestell trug. Die gelbliche Beleuchtung der Kellergrube verwandelte den in Plastik eingeschweißten Ausweis in eine Fläche fahlen Feuers.

In der Gaststube setzte er sich mit dem Branchentelefonbuch an einen Tisch in der Ecke und blätterte durch die Seiten. Mit dem Zeigfinger fuhr er über die einzelnen Einträge. Dann kreuzte er »Variodruck – hochwertige Plastikkarten« an, ging zur Theke und holte sich das Telefon, stellte die Rufnummernunterdrückung ein und wählte den Anschluss in Bernau. Nellie starrte ihm stirnrunzelnd nach, sagte aber kein Wort.

Stocker schaute auf die Uhr: kurz nach drei.

»Variodruck Bernau, mein Name ist Steiner, was können wir für Sie tun?«

Stocker legte seine Stimme ein paar Töne tiefer und sagte: »Prill von der Schadensregulierung der EAL in München, guten Tag.«

»Wen möchten Sie sprechen?«

»Äh, das weiß ich eben nicht so genau. Hören Sie, wir haben da einen Schadensfall, es geht um einen größeren Auftrag, der mit einer Hermes-Ausfallversicherung gekoppelt ist. Ich habe in meinen Unterlagen Ihre Firma und noch zwei weitere. Jetzt muss ich rauskriegen, wer den Auftrag hat oder auch nicht.«

»Warum? Ich fürchte, ich verstehe Sie nicht ganz.«

»Schon klar, es ist ziemlich kompliziert. Schauen Sie, der Auftraggeber sitzt im Nahen Osten. Der will eine ziemlich hohe Ausfallsumme über die Hermes bekommen. Weil wir da auch mit drinstecken, müssen wir jetzt eruieren, ob es den Auftrag überhaupt gegeben hat.«

»Ah ja. Moment, da verbinde ich Sie mit Frau Fleischer, Ausland, das ist ihre Abteilung.«

Bevor Stocker weiterreden konnte, summte es in der Leitung, und eine Panflöte spielte die verwässerte Fahrstuhlfassung von »I Will Always Love You«. Nach der zweiten Strophe klickte es wieder. »Fleischer, Verkauf Ausland. Sie sind der Herr von der Versicherung aus München, ja? Meine Kollegin hat Ihren Namen leider nicht richtig verstanden.«

»Keine Frau versteht mich«, nuschelte Stocker. »Prill, wie das Spülmittel, bloß mit Doppel-l. Von der EAL. Herbert Prill. Unser Slogan: ›Sind Sie EAL-versichert, hat es sich schnell ausgekichert.‹«

Eine lachende Frauenstimme sagte: »Das klingt ja nicht sehr verkaufsfördernd.«

»Ich will Ihnen auch nichts verkaufen, ich bin von der Abteilung ›Such und fass‹. Spaß beiseite, Frau Fleischer, uns wurde eine Hermes-Ausfallforderung über einen fünfstelligen Betrag vorgelegt. Der Auftrag ist möglicherweise über Ihre Firma gelaufen, und wir müssen wissen, was Sie wohin geliefert haben.«

»Wann denn?«

Stocker hielt das Telefonbuch hoch und raschelte mit dem

Papier vor dem Hörer. »Ja, sehen Sie, da geht es auch schon los. Das lief über drei Firmen, das war, warten Sie, vor drei oder vier Monaten, kann aber auch schon etwas länger her sein.«

»Ah ja. Und um was ging es da?«

»Um Plastikkarten, Scheckkartenformat, ein paar tausend Stück, Spezialanfertigung.«

»Für welche Firma? Geben Sie mir einen Namen, dann kann ich im Computer nachsehen.«

»Genau das ist es ja, Frau Fleischer. Ich habe ja eine ganze Latte von Namen, deswegen glauben wir, dass wir da einen Fall von Versicherungsbetrug vorliegen haben. Andersrum gefragt: Hatten Sie in dem besagten Zeitraum, plus/minus ein paar Wochen, einen Auftrag oder eine Anfrage, die Ihnen irgendwie ... wie soll ich sagen ... merkwürdig vorkam?«

Stille am anderen Ende der Leitung. Stocker hörte, wie eine Tastatur klapperte, dann kam die Stimme der Frau wieder: »Nein ... hier auch nicht ... der da auch nicht ... das sind alles Stammkunden oder Firmen, die wir kennen. Warten Sie mal, ja, genau ... da habe ich was. Den Auftrag haben wir aber nicht ausgeführt.«

»Ja?« Stocker spürte, wie sich sein Herzschlag beschleunigte.

»Da war eine Anfrage über fünftzehntausend Karten, Plastik, Prägedruck und Einschnitt, mit Hologramm-Wasserzeichen.«

»Was ist daran sonderbar?«

»Dass der Kunde die Rückseiten der Karten selbst beschichten wollte und von uns die Karten und die Versiegelung getrennt geliefert werden sollten. An eine Paketstation in München. Sehr ungewöhnlich. Wir haben den Auftrag abgelehnt, weil man uns nicht mehr Informationen geben wollte.«

»Von wem kam der denn? War jemand persönlich bei Ihnen?«

»Nein, ich habe hier nur zwei Telefonnummern mit

Münchner Vorwahl. Meine Kollegin hat das bearbeitet, die ist aber für den Rest der Woche nicht da.«

»Macht nichts, geben Sie mir nur die Daten der Anrufe und die Nummern. Dann haben Sie uns schon sehr geholfen.«

Stocker schrieb die Zahlen auf, bedankte sich und trennte die Verbindung. Dann rief er Zuckerhahn an und gab ihm die Nummern durch. Der sagte: »Bleib mal schnell dran.«

Kurz darauf hörte man den Kommissar laut und falsch durch die Zähne pfeifen, dann fragte er: »Bingo. Was glaubst du, wem die Nummern gehören? Hm? Unseren rumänischen Freunden oder besser gesagt einer Tarnfirma von denen, der RuFoCo, Filiale München. Erinnerst du dich an die? Und die andere ist von einem Nobel-Anwalt, der für diverse Familienclans arbeitet. Einer von der Sorte, die tausend Euro pro Stunde in Rechnung stellen.«

»Wow. Nur werde ich daraus überhaupt nicht schlau. Obwohl, ich habe da ein paar Infos für dich, die passen jetzt so langsam zusammen, wenn man einen größeren Teil des Puzzles sieht.«

»Ein guter Puzzler wirst du doch nie. Wir sehen uns in zwei Stunden. Bis gleich.«

Zeno trat durch die Eingangstür und hielt sie auf, dann sagte er nach draußen. »Kommst du jetzt endlich? Josef! Lass das liegen. Nein. Aus. Pfui. Das ist bäh.«

»Was ist bäh?« Stocker schaute zur Tür.

»Katzenkacke!«

Ein ziemlich beleidigter Dackel kam hereingeschlichen, sah aber dann Stocker und raste schwanzwedelnd auf ihn zu. Zeno kam hinterher, schaute auf das Telefonbuch und den Versicherungsausweis auf dem Tisch und sagte: »Ah, sind wir heute Herr Prill mit Doppel-l? Und? Hast du was erreicht? Oder musst du rüberfahren?««

Stocker griff unter den Tisch, streichelte Josef und: »Nein, alles so weit klar. Die Priener haben den Job abgelehnt, das wussten wir ja schon, aber die haben auch keine Ahnung, um was es da ging.«

Zeno zog die Brauen hoch. »Wie jetzt? Die müssen doch wissen, für was die Karten sein sollten. Da muss doch über den Verwendungszweck oder den Aufdruck gesprochen worden sein, hast du da nicht nachgehakt?«

Stocker fluchte und klatschte sich mit der flachen Hand gegen die Stirn, Josef bellte einmal. Zeno schnappte sich das Telefon und drückte die Wahlwiederholung. »Ja, grüß Sie, das ist noch mal die EAL, mein Kollege, der Herr Prill, hat gerade mit Ihnen gesprochen, ja?«

Zeno hörte zu, blinzelte Stocker an und sagte: »Ach so, ja, mit der Frau Fleischer, klar. Verbinden Sie mich bitte? Ja? Danke und noch einen schönen Tag.«

Er hielt sich das Telefon an die Brust und raunte: »Holst du uns mal zwei kleine Bier und ein Stück Wurst für Josef, bitte?«

Stocker erhob sich, Zeno presste den Hörer wieder ans Ohr und sagte nach ein paar Sekunden: »Frau Fleischer, grüß Sie. Ja, es geht um den Vorgang, den Sie mit unserem Herrn Prill vorhin besprochen haben. Wie? Nein, das ist alles in Ordnung. Ich fülle nur gerade die Formulare aus, und mir fehlt der Verwendungszweck der Karten. Auch wüsste ich gerne, welcher Aufdruck im Gespräch war. Was? Ja, das ist nett, wenn Sie das noch mal auf Ihren Bildschirm holen, ich warte gerne. Danke!«

Das letzte Wort galt Stocker, der Zeno ein hochgezapftes kleines Bier hinhielt und Josef eine halbe Wienerwurst unter den Tisch reichte, was der mit einem freundlichen Knurren quittierte.

Zeno hob die Hand und sagte: »Sind Sie sicher? Sicher sind Sie sicher, klar doch. Eintrittsausweise im Scheckkartenformat mit Öse und Band, zum Umhängen, ja, das habe ich verstanden, sogenannte Drei-Tage-Pässe. Gut. Und was sollte drauf? Ich meine, für welchen Eintritt und wo sollten die … Wie? Ja klar, das kenne ich. Ja, danke, jetzt haben wir alles, was wir brauchen. Und Sie, sind Sie gut versichert, ich meine … Was? Ah so, ja dann. Auf Wiederhören, Frau Fleischer. Nein, warten Sie. Eine Frage hätte ich noch. Der Werbeaufdruck, für welche Firma sollte der sein? Wie? Wie schreibt man das? R-O-S-O-Getränkemarkt, habe ich, ja. Was, den gibt es bei euch in der Gegend gar nicht? Ist ja komisch, dass für den dann geworben wird, was? Was? Nein, danke, jetzt habe ich alles. Ja. Auch Ihnen einen schönen Tag. Und servus!«

Zeno setzte sich, trank sein Bier in einem langen Zug aus und sagte zu Stocker: »Halt dich fest. Die wollten fünfzehntausend übertragbare Festivalpässe für die ›Chiemsee Summer Rockdays‹ im August. Und als Sponsor-Aufdruck sollte ein Logo dieses Getränkehändlers drauf, den es rund um den Chiemsee gar nicht gibt. Was ich aber überhaupt nicht kapiere, was soll das mit der Beschichtung der Rückseite? Ich meine, selbst wenn die mit Meth handeln oder so, da gäbe es günstigere Vertriebswege.«

»Semov hat von einem Anschlag gesprochen. Er meint, dass da was Terroristisches dahintersteckt. Aber warum sollten die Rumänen hier am Chiemsee einen Terroranschlag planen? Die haben doch gar keinen Grund dazu.«

Zeno überlegte. »Lass uns warten, bis der Zuckerhahn da ist. Mal schauen, was der weiß. Meine Meinung dazu ist, dass die Rumänen über ihre Import-Export-Firmen wie zum Beispiel die RuFoCo alles besorgen können. Das könnten die Russen allerdings auch, wo ist also der Gag?«

»Der ist möglicherweise in Krumau, in Tschechien. In der alten Fabrik muss es was geben, das es bei uns nicht gibt. Spezielle Maschinen und vor allem keine Störungen von der örtlichen Polizei, was immer die Typen da machen.«

Die Eingangstür schwang wieder auf, und der Primelmeier, Stammgast der ersten Stunde und Nellies Lieblingsfeind, marschierte in die Gaststube. Er nickte Stocker und Zeno zu und bückte sich, um Josef kurz zu streicheln, der ihn freudig begrüßte.

Beim Aufstehen verzog er das Gesicht und ging zu Nellie an die Theke. »Nachtschwester Nellie, hast du eine Kopfwehtablette für mich? Ich hab heute wieder eine Rübe auf, das ist fürchterlich.«

»Heute? Wie meinst du das mit ›heute‹? Und überhaupt, ich bezweifle die therapeutische Wirkung einer Kopfschmerztablette. Nicht nur in deinem Fall, sondern jetzt mal ganz allgemein.«

»Warum?« Primelmeier schwang sich auf einen der Hocker, legte die Ellenbogen auf den Tresen und grinste. »Ach so, ja klar, weil deine Mona-Schnitte mit dem Homöodingsbums-Zeug rummacht. An das glaub ich überhaupt nicht. Gib mal ein Bier und dann schau, ob du eine Tablette findest, ja?«

»Primo, woher soll eine Tablette wissen, dass dir der Kopf wehtut? Die weiß doch erstens nicht, dass dein Schmerz in der Birne ist, und zweitens geht die beim Hinunterschlucken schon mal in die falsche Richtung. Es sei denn, dein Gehirn wäre wirklich da, wo ich es schon immer vermutet habe.«

»Aha, sehr nett. Du stehst auf mich, da brauchst du dich nicht mehr dagegen zu wehren. Aber pass mal auf. Zum Thema Homöodingsologie: Stell dir mal zwei große Äcker vor, auf denen Mais angebaut werden soll. Auf den einen Acker kippt der Bauer die Kacke aus fünf großen Gülletanks, über den anderen Acker tänzelt er unten ohne und furzt ab und zu mal über die Ackerfurche. Das ist sinnbildlich eine Globuli-Behandlung, sozusagen. So, und jetzt erklär mir, auf welchem Feld der Mais besser wachsen wird.«

»Primelmeier, du bist so was von blöd!« Nellie knallte ihm ein Bier vor die Nase, und der Primo nahm einen Schluck, seufzte tief und sagte lachend: »Na ja, der einzige Vorteil bei dem Globuli-Zeug ist der, wenn deine LAP aus Versehen ein paar Flaschen auf einmal gekippt hat, dann klopf ihr auf den Hintern und sag: ›Aber heute nichts Süßes mehr.‹«

Jetzt kam Nellie erst richtig in Fahrt. »Das Wort hör ich heute auch schon zum zehnten Mal, und jetzt ist gut, ja?«

»Welches Wort? Prost?«

»Nein. LAP. Lebensabschnittspartner ... wie Lebensabschnittspimmel oder Lebensabschnittspussy. Das klingt so was von ... Soll ich dir mal was sagen, ja? Der Lebensabschnitt ist immer gleich. Erst geht's zu wie in einem Hasenstall, dann wird's ruhiger, dann hört meist einer zu, was der andere zu meckern hat, und irgendwann ist der Abschnitt dann durch, und überall liegen die Schnipsel rum. Dann geht der ganze Mist wieder von vorne los.«

Primelmeier öffnete den Mund, aber Nellie hielt ihm den Zeigefinger vor die Nase. »Nein, nein und nochmals nein. Dazu gibst du jetzt keinen Kommentar ab, ja?«

Ein Bruder für einen Bruder

Die »Endstation« füllte sich, und gegen halb acht kam der Kommissar ins Lokal. Wer ihn noch nie gesehen hatte, der war verblüfft, weil man denken konnte, der tote Walter Sedlmayr kommt da anmarschiert. So war es auch diesmal. Eine Gruppe von Krankenschwestern der RoMed-Klinik in Prien saß an einem der großen Fenstertische und studierte die Speisekarte. Eine dünne Blonde schlug die Hand vor den Mund und rief: »Jessas, Maria und Josef. Ich hab noch nix getrunken und seh schon Geister.«

Der Kommissar winkte freundlich zu der Gruppe hinüber und sagte: »Keine Angst, ich habe nur zwei Stunden Ausgang, dann fällt der Deckel wieder.«

Zeno, der hinter der Theke zapfte, nickte dem Primelmeier zu. »Machst du eine Stunde weiter, Primo?« Dann nahm er drei Biere von einem Tablett, das Nellie gerade wegtragen wollte, und sagte zu Zuckerhahn: »Gehen wir nach oben, der Albin wartet schon.«

Sie stiegen die ausgetretene, knarrende Treppe hoch, und Zuckerhahn meinte: »Warum kauft ihr euch nicht eine Villa direkt am See? Geld genug habt ihr doch, oder?«

Zeno rief über die Schulter nach hinten: »Weil wir erstens nicht schwul sind, und zweitens, was sollen Typen wie wir in einer Villa am See? Da passen wir doch gar nicht hin.«

Stocker stand oben an der Tür und nahm Zeno zwei Biergläser ab. »Rein mit euch. Zuckerl, du gehst auf die Couch, du bist schließlich ein älterer Herr.« Ächzend ließ sich der Kommissar auf dem durchgesessenen Sofa nieder und schaute sich um. »Hier sieht es aus wie nach einer Sperrmüllsammlung. Viel Wert auf Gemütlichkeit legst du nicht, was?«

Stocker setzte sich wortlos in einen der mattschwarzen Ledersessel und legte das Diktiergerät mitten auf die dunkle

Tischplatte. »So, gut zuhören, das ist manchmal etwas undeutlich. Wohl auch, weil der Pastor kräftig eine aufs Maul bekommen hat.«

Er schob den Start-Knopf nach vorne, und man hörte das Piepen eines Herzschlagfrequenz-Monitors. »Der hat mindestens hundertdreißig Schläge in der Minute«, sagte Zuckerhahn, und Stocker meinte: »Die hättest du auch, wenn ein russischer Arzt und sein Grusel-Assistent an deinem Bett stehen würden.«

Man hörte eine flüsternde Stimme, konnte aber keine Worte verstehen. Zuckerhahn beugte sich vor. »Was hat der gesagt? Spiel das noch mal!«

Stocker schüttelte den Kopf. »Das hilft nichts. Der Typ, der die Fragen stellt, flüstert direkt vor dem Gesicht des Pastors. Jetzt sagt er ihm wahrscheinlich, was ihm bevorsteht.«

Eine Stimme rief undeutlich: »Nein, non, ne me touchez pas, non! Fasst mich nicht an, ihr Bastarde!«

Und eine andere Stimme: »Das jetzt wird dir nicht wehtun. Obwohl der Schmerz an sich was Majestätisches hat. Meine Mutter sagte immer, das Schöne am Schmerz ist, dass man religiös wird. An was glaubst du, mein Freund le Pasteur?«

»Das war der Arzt von Semov. Der gibt ihm jetzt die Pentothal-Injektion. Ich hab mir das Band schon zehn Mal angehört«, sagte Stocker. »Gleich geht's los.«

Er stellte sich die grau gestrichene Zelle vor: zwei Betten nebeneinander, vergitterte Fenster, graue Metallmöbel und das gespenstische Licht von zwei Neonröhren an der Decke. Neben dem Bett ein paar blinkende Monitore und den Mann im Bett, der voll Todesangst auf seine zwei Besucher starrte. Während sein Puls immer schneller wurde und er nicht wusste, was man ihm da gespritzt hatte, atmete er panisch die bitteren Krankenhausgerüche ein. Wahrscheinlich war der Pastor bandagiert wie eine Mumie, und bläuliche, durchsichtige Kanülen kamen aus seiner Nase und den beiden Handrücken.

Stocker kratzte sich am Ohr, streifte die düsteren Gedanken ab und konzentrierte sich auf das Tonband.

Petrs Flüsterstimme glitt wie ein Gespenst aus dem kleinen Lautsprecher des Diktiergerätes, dann hörten sie den Pastor, der kaum verständlich und mit monotoner Stimme sagte: »Ich sollte zwei schmale Stollen … wie sagt man? … zumachen? Und an einem dritten arbeiten.«

Wieder unverständliches Wispern, dann der Pastor: »Ja, die genauen Daten hab ich auf meine Handy gekriegt. Koordinaten von GPS.«

Dann: »Ich habe Sie nicht verstanden. Was?«

Flüstern, dann: »Anrufen. Ich soll ihn anrufen. Ich muss sagen: ›Ein Bruder für einen Bruder.‹ Was? Ich kann Sie nicht verstehen. Nein, er weiß nicht, ob ich komme oder einer aus dem Team. Ich habe plötzlich schlimme Schmerzen! Das Sprechen tut mir weh. Ich kann nicht mehr richtig atmen!«

Schnelle Worte auf Russisch.

»Wer ist das? Der Arzt?« Zuckerhahn beugte sich nach der Frage tiefer über das Gerät. Stocker nickte und hob den Finger.

»Pasteur, he … Connard, hörst du mich? Sprich weiter, ich gebe dir jetzt was gegen die Schmerzen«, sagte der Doktor, und Zeno grinste.

»Von wegen, der klopft ihm noch mehr Pentothal in die Adern.«

Petr flüsterte, und der Pastor stöhnte. »Ja. Luc weiß wahrscheinlich, dass ich im Gefängnis bin. Du musst die Codewörter sagen und die Koordinaten haben.«

Das Piepsen des Pulszählers wurde immer schneller, dann war ein Knacken zu hören, dann die monotone Stimme des Pastors: »Gib mir Wasser. Mir wird so warm. Ich kann nicht mehr richtig atmen. Ich …«

Ein paar schnelle Worte auf Russisch, dann ertönte ein Dauerpfeifton.

»Amen«, sagte Stocker. »Da geht er hin und kommt nie wieder.«

Er stellte das Gerät ab. »Es fehlen einige Teile, die hat Semov rausgeschnitten. Ein paar der Infos hat er mir gegeben.

Also, ich fasse mal zusammen. Es sieht so aus, dass Timo dem alten Bernbach Unterlagen geklaut hat. Da geht's um einen Riesen-Deal, den Bernbach aber nicht machen wollte oder konnte. Dafür werden diese Eintrittsausweise für das Rock-Festival gebraucht, das wissen wir jetzt. Diese Plastikdinger zum Umhängen werden mit was beschichtet, das die Rumänen liefern können. Das wiederum kostet sehr viel Geld und bringt auch sehr viel Geld. Ich denke mal, wir reden von einem Bedarf in zweistelliger Millionenhöhe. Weiter: Das Produkt, das unsere Münchner Freunde liefern, wird auf die scheckkartengroßen Karten aufgebracht. Auf die Rückseite, genau genommen. Und die wird dann mit irgendwas versiegelt. Also: Wir wissen, wann und wo es passieren soll, aber nicht, was.«

Zuckerhahn trank von seinem Bier. »Sprengstoff fällt schon mal flach. Wenn du auf einem Festival maximalen Schaden anrichten willst, brauchst du bloß ein paar Taschen voll mit Semtex oder Dynamit oder was weiß ich, die platzierst du unter den Tribünen, unter der Bühne oder mitten unter den Besuchern. So, und die Eintrittsausweise mit Rauschgift zu präparieren? Nein, das bringt nicht viel. Und außerdem wird die Rückseite der Karten versiegelt. Was haben die vor? Warum sollte man so was so kompliziert machen? Teufel aber auch, was wollen die anstellen?«

Er holte ein altes Zippo-Feuerzeug aus der Tasche und ließ es auf- und zuschnappen. Das metallische Klicken war Zuckerhahns Denkbeschleuniger. Vor vielen Jahren hatte er seine letzte Packung Cool-Menthol direkt nach einer heftigen Schießerei in Bernau weggeworfen. Zeno wurde damals verletzt, und Stocker erinnerte sich, dass der Kommissar sagte: »Wenn wir hier lebend rauskommen, höre ich zu rauchen auf.« Und Stocker erwiderte damals: »Im anderen Falle auch, oder?«

Zuckerhahn hielt inne, sein Kopf fror in einer halb zur Seite geneigten Position ein, und er starrte Stocker und Zeno an, holte sein Handy aus der Tasche und tippte ein paarmal auf das Display. Dann legte er das Mobiltelefon auf den Tisch und sagte: »Schaut euch das da mal an.«

Stocker und Zeno beugten sich vor. Auf dem kleinen Bildschirm sah man einen schwarz vermummten Mann vor einer großen schwarzen Flagge mit weißen arabischen Schriftzeichen sitzen. Der Vermummte starrte mit glühenden Augen in die Kamera und sagte in akzentfreiem Deutsch: »Wir, die Kämpfer von Al-Halat, werden euch töten, wo wir euch finden. Und wir werden unseren Krieg über eure Berge und an eure Seen tragen. In eure kleinen Dörfer genauso wie in eure großen Städte. Ihr werdet nirgends mehr sicher sein, ihr könnt euch vor unserem Blutdurst nicht verstecken. Wenn wir im Sommer des Blutes über euch kommen, dann werden so viele von euch Ungläubigen sterben, wie eure Eichen Blätter tragen. Wir sind die Löwen, die euch Schweine ausrotten. Wir werden dort sein, wo ihr uns nicht erwartet. Und ihr werdet so langsam und qualvoll sterben, dass man euer Wehklagen bis hin zu den Sternen hört.«

Zuckerhahn nahm das Handy vom Tisch, schaltete es aus und steckte es weg. »So geht das noch zehn Minuten weiter. Dieses Video kommt von irgendwoher aus Nordafrika oder dem Nahen Osten, wir können es nicht zurückverfolgen.«

Zeno schaute sich gedankenverloren im Raum um, dann wedelte er in der Luft, als wolle er Fliegen verscheuchen. »Zurückverfolgen. Das ist das Stichwort.« Er schlug sich mit der flachen Hand auf die Stirn und atmete hörbar aus. »Denkt doch mal nach, Leute. Diese Krieger Gottes oder was auch immer, die schwimmen nur so im Geld. Die können jedes Attentat überall auf der Welt mit links finanzieren. Nur, dann ist die Spur des Geldes nachverfolgbar oder, was für diese Eierköpfe noch schlimmer wäre, vorverfolgbar. Klingelt da was?«

Stocker und Zuckerhahn starrten Zeno an, und der grinste mit leicht geöffneten Lippen. »Gut, ich erkläre das mal zum Mitschreiben: Wenn aus einem Krisengebiet oder auf krummen Wegen einige Millionen von A nach B überwiesen werden, dann kriegt das zwangsläufig irgendwer mit. Die Geheimdienste auf der ganzen Welt hören alle Gespräche ab, kontrollieren das Internet und überwachen die Wege von größeren Geldmengen. So, jetzt stellt euch mal vor, jemand überweist jemand anderem fünf oder zehn Millionen. Der Empfänger gibt das Geld entweder per Überweisung an den Lieferanten der gewünschten Ware weiter. Peng, schon hat man eine Spur, wenn das jemand ist, der mit dubiosen Dingen handelt. Oder er hebt das Geld bar ab, um seinem Lieferanten Cash zu geben. Dann läuten in diversen Zentralen alle Glocken, und man schaut genau hin, was da passiert. Nach Nine Eleven und Paris und was weiß ich passen doch alle Dienste weltweit auf wie die Hirtenhunde. Nein, das Geld, wenn es denn für einen Anschlag ist, kommt aus einer Ecke, die keiner auf dem Radar hat. Hab ich recht oder hab ich recht?«

Zeno schaute seine beiden Freunde an, und Zuckerhahn nickte. »Du hast nicht unrecht. Es ist nämlich so, dass es seit ungefähr Frühjahr 2007 die sogenannten ›stillen SMS‹ gibt, die Regierung hat das aber als Verschlusssache eingestuft. Das läuft so, dass im zweiten Halbjahr 2016 vom Bundesverfassungsschutz und vom BND fast einhundertundvierundvierzigtausend stille SMS verschickt wurden, zur Ortung von Handys. Der Gag ist, dass diese stillen SMS, die ja ohne Text rausgehen, auf dem Handy des Empfängers nicht angezeigt werden. Polizei, Zoll und Geheimdienste können aber nach so einer SMS jederzeit den Verdächtigen punktgenau orten, Bewegungsprofile erstellen und sein Telefon abhören, sobald es eingeschaltet ist. Egal, ob er damit telefoniert oder nicht.«

Die anderen beiden blieben stumm.

»Na super, und jetzt denk das mal weiter. So, wie unsere Freunde das jetzt vorhaben, sind die für alle Welt total unsichtbar.«

Zeno schüttelte ungläubig seinen Kopf. »Das stimmt. Einfacher geht es doch nicht. Auch der Zeitplan würde passen. Timo leiht Geld, kriegt dafür viel Profit versprochen. Das Geld geht an unsere rumänischen Freunde in München. Die kaufen und liefern dafür einen Teil der Ware, nämlich den oder die ... keine Ahnung, aber irgendwas, das man auf Plastikkarten auftragen kann. Und wenn sich jemand diese kreditkartengroßen Dinger um den Hals hängt, ist er nach einer bestimmten Zeit tot. Weil er in die Luft fliegt oder verbrennt oder ...«

»Vergiftet wird«, sagte Zuckerhahn und zeigte mit seinem Finger auf Zeno. »Genau. Weil, wenn das passiert, was der Putzlumpenlucki in dem Video labert, dann müssen die sich sicher sein, dass das, was sie vorhaben, nicht vorher entdeckt wird. Sprengstoff fällt schon mal weg. Jeder Platz für eine größere Menschenansammlung mit einer Tribüne davor wird vorher von Sprengstoffhunden abgesucht, und die Menschen werden auch gefilzt, im Rahmen der Möglichkeiten natürlich. Du liegst richtig, Zeno. A gibt das Geld. B kauft damit einen Teil der Lieferung und bringt den zu C. C bekommt den anderen Teil, nämlich die Plastikkarten, und baut alles zusammen. Fertig. Dann wird das Zeug wieder dahin gebracht, wo es hinsoll, und der Veranstalter hat keine Ahnung, was er da an seine Besucher verteilt.«

»Warum hat der keine Ahnung? Der muss doch da mit drinstecken, wenn er die Eintrittskarten bestellt und bezahlt hat«, fragte Stocker, schaute Zeno an, und der wedelte wieder mit der Hand und sagte: »Nicht unbedingt. Du hast ja gesagt, auf die Karten sollte vorne unten ein Firmenlogo aufgedruckt werden, oder?«

Stocker nickte, und Zeno sprach weiter: »So, wenn ich weiß, wer das Festival oder was auch immer veranstaltet, dann rufe ich den an und sage: ›Schau, mein Freund, ich zahle dir alle Eintrittskarten, wenn du für meinen Laden Reklame machst.‹ Ein Aufdruck. Für irgendein Produkt oder eine Wurst oder Hundefutter oder was weiß ich. Oder, wie in diesem Fall, für einen Getränkemarkt. Unauffälliger geht's doch nicht mehr, oder? Na, so weit alles klar, Herr Kommissar?«

Zuckerhahns Mundwinkel und sein Bart zuckten. »Du

Sauhund, warum hast du bloß bei uns aufgehört? Aus dir hätte echt noch was werden können.«

Stocker nahm die drei leeren Gläser vom Tisch und sagte: »Ich glaube, wir brauchen noch ein paar Biere, oder?«

Die anderen beiden nickten, und er ging aus dem Zimmer. Zeno schaute Stocker hinterher, dann drehte er sich zu Zuckerhahn. »Was ich dich schon lange mal fragen wollte: Warum können die Russen im Knast Drogen zu einem Preis verkaufen, der weit unter dem Straßenpreis liegt? Zu meiner Zeit gab's das noch nicht.«

Der Kommissar drehte die Handflächen nach oben, verdrehte die Augen und seufzte. »Das ist der Segen des Schengen-Abkommens und der EU-Erweiterung nach Osten, mein Freund. Muss aber gar nicht mal immer Osten sein. Die großen Deals werden oft auch vom Gefängnis aus gemacht, weil man kennt sich ja, nicht wahr? Pass auf, es ist ungefähr so: Der Semov in der JVA in Bernau, der ruft einen Drogenbaron in, sagen wir mal, Holland an, macht den Handel am Telefon klar und legt wieder auf. Weil er nämlich jetzt einen seiner Jungs draußen anruft. Der fährt nach Holland, sagt das Losungswort, bezahlt die Drogen und rauscht wieder ab. Die eine Hälfte schickt er mir auf Umwegen in den Knast rein, die andere Hälfte verkauft er zum Straßenpreis draußen, um das Geld wieder reinzubekommen und den Königen in Russland auch noch was vom Gewinn zu schicken. So haben die Dons im Knast das Rauschgift umsonst, oder fast umsonst, und können so ihre Herrschaft sichern. Die Kartellbosse in Russland haben gar nichts gegen solche Geschäfte einzuwenden, im Gegenteil, denn so arbeiten ihre Filialen in den deutschen Knästen fast autark und kosten wenig Geld. Nur das Gehalt für die Geschäftsführer und die Soldaten. Aber jetzt mal ehrlich: Wer das billigste Drogenzeugs im Gefängnis hat, der hat das Sagen.«

Zeno wollte gerade den Mund öffnen, aber der Kommissar sagte: »Auf Bier krieg ich immer Hunger. Ich geh schnell mal runter und hol mir was. Sind Fleischpflanzl im Kühlschrank?«

Während Zeno nickte, stand Zuckerhahn stöhnend auf. »Ihr habt doch neulich so ein wunderbares Filet-Tartar gehabt, oder? Gibt's da noch was?«

»Nein, aber hinten rechts, in der Mitte, da ist ein Renken-Matjes-Salat, mit Äpfeln und Curry, probier den mal. Und bring mir ein kaltes Schnitzel mit!«

Zuckerhahn ging nach unten, kam an der Theke vorbei, und Nellie sagte, während sie im Akkord ein Bier nach dem anderen zapfte: »Hey, Zuckerl, die Mädels dahinten wollen ein Foto mit dem berühmten Schauspieler Walter Sedlmayr, und die eine hat mich doch tatsächlich gefragt, ob du es wirklich bist. Ich hab gesagt: ›Ja, natürlich.‹ Und die brünette Tussi am Fenster hat gemeint, der Tod stehe ihm aber gut. Und ich hab gesagt: ›Schon, aber er mag keine Fotos von der Seite, wegen der Figur.‹«

Zuckerhahn nahm eines der halb gezapften Gläser unter dem Hahn und trank es mit einem gewaltigen Schluck leer, dann rülpste er und sagte: »Nellie, was ich dich eigentlich schon lange mal fragen wollte: Warum füllst du deine Sprüche nicht in Flaschen und bringst sie auf den Markt?«

Sie grinste und nahm ihm das Glas weg. »Komisch, du bist heute schon der Zweite, der mir das sagt. Hier, die Biere da drüben sind für euch. Albin ist in der Küche und holt für euch ein paar Häppchen aus dem Kühlschrank, hat er gesagt.«

Der Kommissar nickte und ging durch die Schwingtür. Stocker stand am Herd neben Primo, deutete auf die Anrichte und sagte: »Nein, nein und noch mal nein. So richtet man keine Pastete an. Außerdem ist die zu blass. Weißt du was? Ich habe schon Pasteten gebacken, da hast du noch gar nicht gelebt!«

Primo drehte sich halb um, die Pfanne mit dem Ragout in der Hand. »Ach ja? Und warum verkaufen wir die erst heute?«

Stocker schüttelte den Kopf und schaute auf Zuckerhahn. »Zuckerl, nimm den Teller da mit nach oben. Ich muss dem

Kannibalen da noch zeigen, wie man eine Pastete macht. Bin gleich wieder bei euch.«

Zuckerhahn ging mit dem Teller zur Theke und nahm das Tablett mit den drei Biergläsern auf. Den Damen am Fenstertisch warf er einen Luftkuss zu, und die Mädels kreischten erfreut auf.

Oben, im Wohnzimmer, saß Zeno über das kleine schwarze Gerät gebeugt und hörte angestrengt zu. Er winkte den Kommissar mit einer Hand heran und sagte: »Hier, hör dir das noch mal an. Der Pastor hat seinen Job im Bunker gemacht und Bericht erstattet. Timo braucht ihn aber aus irgendeinem heiligen Grund unten in den Stollen. Warum? Und wer kontaktiert den Mittelsmann bei den Rumänen? Da fällt irgendwie kein Wort. Was meinst du?«

Zuckerhahn stellte den Teller und das Tablett auf den Tisch, nahm sich im Hinsetzen eine Frikadelle, kaute und sagte: »Auf jeden Fall der Timo höchstpersönlich. Ich vermute, da ist ein Zettel oder so was in dem Versteck, mit einer Telefonnummer, mit einem Code oder was weiß ich. Deswegen haben die Russen doch so einiges aus der Aufnahme rausgeschnitten, als Sicherheit, dass wir sie nicht linken. Wichtig ist nur, dass wir erfahren, wie viel Geld oder Edelsteine oder sonstige Wertsachen da unten in dem Bunker waren, damit wir wissen, in welcher Größenordnung wir in diesem Geschäft unterwegs sind. Aber ich denke mal, das werden die auch noch sagen. Ich selber muss das alles gar nicht so genau wissen. Heute Nacht rufe ich noch einen Ex-Kollegen an. Der war Verbindungsmann zum StB, so hieß die Staatssicherheit damals bei denen in der Tschechei. Oh Mann, wenn ich an die Zeiten zurückdenke … In Prag gab es Hotels, in denen fast nur Geheimdienstleute verkehrten. Im ›Hotel Alcron‹, im ›Jalta‹, im ›International‹ oder im ›Esplanade‹, da waren sogar die Toiletten verwanzt. Und die sogar ganz speziell, in Hüfthöhe.«

»Ehrlich jetzt?«

»Ja klar. Irgend so ein superschlauer Knabe aus der tschechischen Hauptverwaltung hat wohl mal gelesen, dass es Fische gibt, die mittels Fürzen kommunizieren. Und daraus hat man gefolgert, dass sich amerikanische oder britische Agenten mit ihren Informanten in Toiletten treffen und sich da die Tragfähigkeit der russischen Tiefladertrucks in Bezug auf Panzer und Geschütze einfach vor dem Urinal zufurzen. So eine Art Morse-Alphabet, nur nicht mit den Fingern, sondern mit Druckluft. Das ist jetzt kein Witz.«

»Was ist kein Witz?« Stocker setzte sich, nahm ein Bier. »Hab ich was versäumt?«

Zuckerhahn nahm sich noch eine Frikadelle und griff nach seinem Bier. »Nein. Wir sind uns so weit klar: Es muss irgendein Gift sein, sonst funktioniert das nicht. Wann weißt du, wie und wo das Bunker-Ding abläuft?«

Stocker sagte: »Ich schicke dem Semov eine Nummer, dahin sendet er mir die genauen Daten. Ich nehme mal an, das wird morgen Abend werden, bis ich was von ihm höre. Er muss ja ein Team zusammenstellen und so weiter. Wir werden dann –«

»Gut, gut, gut!« Zuckerhahn hob die Hand mit der Frikadelle. »So genau will ich das nicht wissen. Ich muss sowieso jetzt los. Wenn von eurem Timo noch was übrig bleibt, würde ich seine Reste gerne zusammenkratzen und verhaften. Wie stehen meine Chancen in dem Fall, was meinst du, Zeno?«

Der schüttelte den Kopf. »Nicht gut. Ich nehme nicht an, dass du dich mit dem, was ihr vorfinden werdet, noch unterhalten kannst.«

»Eiskalt, wie in früheren Zeiten, was?«

Der Kommissar stand auf, und Zeno sagte: »Nein, nicht eiskalt. Das ist die Wahrheit, und die Wahrheit kennt keine Temperatur, mein Freund. Muss ich dich da an was erinnern?«

Zuckerhahn schaute sich um, klopfte Stocker auf die Schulter und beugte sich zu Zeno hinab. »Dann pass mal gut auf dich auf, mein Junge. Diesmal bin ich nicht mit dabei, aber wir beide sind ja eigentlich seit Bernau quitt. Du hast mein Leben gerettet und ich deines. Jetzt stehen wir wieder bei null. Gute Nacht, die Herren.«

Er ging zur Tür, und Stocker rief ihm nach: »Warte! Wie machen wir das mit Semov und dem Essen hier bei uns? Ich hab ihm das versprochen!«

Der Kommissar seufzte, überlegte und dreht sich um. »Na ja, den Kölner Kollegen ist ja vor einem halben Jahr einer aus der Kneipe abgehauen, da kann ich das ruhig auch einmal riskieren, oder?«

Stocker grinste. »Du weißt genau, dass der Semov eigentlich als hoch bezahlter Geschäftsführer seines Bosses in der JVA ist. Der würde nicht mal fliehen, wenn du dem Geld dafür geben würdest. Also, wie machen wir das?«

Zuckerhahn hob die Schultern und sagte: »Okay, lass mich mal nachdenken. Heute ist Mittwoch. Am Freitagabend holen zwei von meinen Leuten den Kerl zu einer Gegenüberstellung in München ab. Der Wagen wird offiziell auf der Fahrt nach München eine Panne haben, gleich an der Ausfahrt Frasdorf. Wegen Geheimhaltung und so verzichten wir auf die Unterstützung der örtlichen Kollegen, die Schadensbehebung wird versucht, dauert zwei Stunden oder so, dann finden meine Leute den Defekt, und unverzüglich wird der Semov wieder in die JVA zurückgebracht, weil es für München mittlerweile eh zu spät geworden ist. Das kann ich irgendwie hinkriegen. Ist das für euch okay?«

Stocker nahm sein Bier, trank. »Fuper!«

»Was?« Zuckerhahn schaute ihn erstaunt an.

»Fuper!« Auch Zeno starrte Stocker verständnislos an, und der sagte: »Was ist? Ach so, ja. Ich lese gerade ein Buch, da kommt ein Hund drin vor, der kann kein ›s‹ aussprechen. Also sagt er ›fuper‹, wenn der ›super‹ meint. Schon klar, oder? Verstehst du, das ist moderne Literatur, alter Mann.«

»Ich bin nicht alt. Das, was ich mache, das nennt man ›Leben für Fortgeschrittene‹, kapiert?« Zuckerhahn schaute Zeno an. »Wie hältst du das mit dem bloß aus?«

Zeno hob die Augenbrauen und meinte: »Keine Ahnung. Der ist mir zugelaufen, und dann war es Liebe auf den ersten Blick.«

Der Kommissar ging zur Treppe, blieb stehen und schüttelte den Kopf. Dann drehte er sich um und kam ins Zimmer zurück. Am Schrank lehnte er sich an das Bücherregal und sagte: »Wisst ihr, ich bin jetzt seit über fünfunddreißig Jahren dabei. Am Anfang habe ich gedacht, die haben alle nur auf mich gewartet. Ich wollte die Welt verbessern, wollte, dass jeder und jede zu jeder Zeit machen kann, was er oder sie will, ohne dass man Angst haben muss, dass einem wer was tut. Aber dann, in den achtziger Jahren, da hatten wir mal eine Schießerei mit Dealern in Schwabing. Wir waren undercover, meine drei Partner und ich. Die haben in dieser Nacht bös was abgekriegt. Ich Gott sei Dank nur zwei Streifschüsse, aber ich habe lange Stunden damit verbracht, meine drei Freunde zusammenzuflicken und am Leben zu erhalten. In einem leeren Ballsaal in der Türkenstraße haben wir uns versteckt, und ich habe die Bühne zu einem behelfsmäßigen Lazarett umgewandelt. Draußen auf der Straße waren immer noch fünf oder sechs von der Bande, und die haben uns gesucht. Handys gab es damals noch nicht. Mein Funkgerät war kaputt, und der Einsatz war mitten im Fasching. Deswegen hat sich auch keiner wegen dem Geknalle aufgeregt. War ja Big Party in Schwabing angesagt. Gegen drei Uhr früh, nachdem zwei meiner Freunde gestorben sind, kamen die Kollegen und haben uns da rausgeholt. Frag mich nicht, warum das alles so lange gedauert hat. Und wisst ihr was? Diese Nacht hat mich verändert. Seitdem bin ich kein Ermittler mehr, sondern Jäger, Kammerjäger aus Überzeugung. In dem Sinne: Waidmannsheil, Burschen. Schaut zu, dass ihr nach dem Einsatz zu der Abteilung gehört, die noch atmet. Servus und habe die Ehre.«

Zuckerhahn stieg polternd die alte Treppe hinunter. Stocker

und Zeno schauten sich an und prosteten sich dann wortlos zu.

Der Kommissar steckte Nellie unten in der Kneipe einen Zwanziger zu und klopfte ihr auf die Schulter. Primo kam aus der Küche und hielt zwei Teller in der Hand. »Die Steaks mit Pommes und Pilzen. Wohin?«

Nellie zeigte auf den Tisch neben der kleinen Bühne, und Primelmeier marschierte an den beiden vorbei. Im Mund hatte er ein längliches, dünnes blaues Rohr, aus dem Rauch aufstieg.

»Was ist das?«, fragte Zuckerhahn, und Nellie meinte: »Das ist eine E-Zigarette. Hast du so was noch nie gesehen?«

Zuckerhahn schaute sie ungläubig an, und sie sagte: »Sind groß in Mode, die Dinger. Wenn du mich fragst, dann sieht das aus, wie wenn man an einem Roboterpimmel nuckeln würde, findest du nicht auch?«

»Äh, was?« Zuckerhahn wurde rot und meinte: »Ich muss dann mal los. War nett, mit dir zu reden. Bis demnächst, ja?«

Dann knöpfte er seine Jacke zu und ging mit schweren Schritten aus dem Lokal.

»Warum sind bloß alle Kerle so empfindlich?«, sagte Nellie zum Zapfhahn.

Das Dorf der toten Männer

Gegen zwei Uhr früh waren die letzten Gäste endlich weg. Zeno ging mit Nellie am Stammtisch die Abrechnung durch, und Stocker holte sich noch eine Flasche Mineralwasser aus dem Kühlschrank. Er schaute zu dem ausgestopften Hirschkopf hoch, der an der Wand hinter der Theke über den Regalen mit den Gläsern hing. »Gute Nacht, Nellie, mein Schatz. Zeno, schalt die Kamera und die Bewegungsmelder ein, bevor du in die Kiste gehst, ja?«

Nellie winkte, Zeno nickte. »Mach ich sowieso. Du kannst beruhigt schlafen, ich arbeite noch ein paar Stunden am Laptop und skype mit ein paar Kumpels von früher, vielleicht krieg ich was raus, das uns weiterhilft. Gute Nacht.«

Stocker stellte sich auf die Zehenspitzen und tätschelte die Nüstern und das leicht verfilzte Fell des Hirschkopfes. »Schön aufpassen, ja?«

Langsam ging Stocker die Treppe hoch, stellte die Wasserflasche auf seinen Nachttisch und legte die Pistole unter das Bett. Im Badezimmer sah er in den Spiegel und grinste sich humorlos an. »Warum machst du das alles?« Und sein Spiegelbild sagte: »Was glaubst du denn, du Blödmann? Weil man mit deiner Vergangenheit keine andere Zukunft verdient hat.«

Weit nach Mitternacht kam dieser spezielle Traum wieder, den er schon drei- oder viermal gehabt hatte und der immer so begann: Er ging durch ein kleines Dorf in Spanien. Wo genau dieses Dorf war, wusste er nicht. In seinen zehn Jahren an der Costa Blanca war er mit seinem Motorrad durch viele kleine Orte gekommen, hatte unter Ginkgo- oder Feigenbäumen seinen Cortado getrunken und knuspriges Weißbrot in kleine, tönerne Schalen mit Tapas getunkt. Aber diesen Ort, den hatte er im realen Leben noch nie gesehen. Und doch kannte er ihn, und die Bewohner erinnerten sich an ihn und seine Besuche. Frauen winkten ihm zu, und Männer lächelten träge in ihren Korbstühlen vor den Bars. Hunde liefen ihm nach, Kinder begrüßten ihn mit seinem Namen, und der Geruch des Ortes war unbeschreiblich. Viele verschiedene Düfte lagen in der sommerheißen Abendluft. Es roch nach Johannisapfel, nach Pinien und Orangenblüte, nach Zitronen und Magnolien und Salz. Er hörte die Wellen, die ein paar hundert Meter hinter ihm an die Kaimauer schlugen. Wie in Trance ging er auch diesmal durch die staubige, breite Straße, die zum Brunnen mit dem obligatorischen Denkmal führte. Nur war diesmal einiges anders. Der Ort war wie ausgestorben. Es war so still, dass er das Knarzen eines hölzernen Fensterladens im Wind hörte.

Vor dem einzigen zweistöckigen Ziegelgebäude, dem Rathaus, das auch die örtliche Policía Local und das Gesundheitszentrum beherbergte, stand auf der Holzveranda unter dem grauen Schieferdach ein Mann. Er hatte nur ein Auge, seine schweißbedeckte Glatze schimmerte im Licht der tief stehenden Sonne, und an seinem Hals, nahe der rechten Schlagader, kringelte sich eine züngelnde Schlange. Sein verschwitztes gelbes Hemd war nicht zugeknöpft.

Der Mann hob einen Arm und zeigte auf den Hügel hinter dem Dorf. Die Sonne wärmte Stockers Gesicht und blendete seine Augen, sodass er sie mit der Hand abschirmen musste, um den Kerl am Geländer besser zu sehen. Er kannte diese breiten Schultern, diesen kräftigen, narbigen und sonnenverbrannten Oberkörper.

»Hallo, Timo«, sagte er und merkte, dass die Worte wie zäher Schlamm aus seinem Mund kamen.

Der Tätowierte lächelte, und Stocker hörte eine Stimme, ohne dass er sehen konnte, ob der Mann seine Lippen bewegte oder nicht. »Hallo, Albin. Schön, dass du es doch noch geschafft hast. Sie warten schon auf dich. Dort oben!« Er deutete auf den Hügel hinauf, und Stocker sah zwischen Pinienbäumen eine große Finca mit fünf oder sechs Nebengebäuden, die er vorher noch nicht wahrgenommen hatte.

»Nimm dich in Acht vor Tiburon, der will dir nichts Gutes.«

Stocker wollte sprechen, aber seine Kehle war trocken wie eine Wanderdüne in der Sahara.

»Schhh«, flüsterte Timo. »Geh hinauf, sie warten auf dich.«

»Wo sind die anderen? Die Frauen, Männer, die Kinder und Hunde und Katzen? Wo sind die alle?«

Timo lächelte und sagte: »Hier bist nur du mit deinen Toten, Albin.«

Dann blinzelte er fröhlich mit seinem gesunden Auge, verwandelte sich in eine Schlange und glitt in das hohe Gras neben dem Haus.

Stocker presste die Hand auf seine Lippen und ging zu dem Hügel. Er hörte plötzlich Musik, erst ganz leise, dann immer lauter. Eine traurige Frauenstimme sang von einem gebrochenen Herzen und von einem Mann, der ein Gefangener seiner Taten war. Die Klänge schienen von oben zu kommen, direkt aus dem blauen wolkenlosen Himmel über seinem Kopf. Er ging zwischen den Orangen- und Zitronenbäumen zu der Finca hinauf, und seine Füße versanken bis zu den Knöcheln in dem schmalen Weg, der sich in zähen Schlamm verwandelt hatte und ihn festzuhalten schien.

Die Stimme über ihm wurde lauter und vermischte sich mit dem Flügelschlag eines riesigen schwarzen Vogelschwarms. Es waren rabenähnliche Tiere, nur viel größer, die mit glühenden roten Augen zu ihm herabstarrten. Stocker setzte mühsam einen Fuß vor den anderen, was jedes Mal ein saugendes, schmatzendes Geräusch verursachte.

Zwischen den Zitrusbäumen sah er links einen Golfplatz. Zeno und Nellie, mit einer Zigarette im Mund, schauten zu ihm herüber. Ein grauhaariger bärtiger Mann in einem weißen weiten Anzug schwenkte seinen Golfschläger und rief: »Ein Bier?«

Stocker sagte: »Bist du Gott?«

Nellie, Zeno und der Alte im weißen Anzug lachten.

»Nein«, rief der Mann. »Aber er spielt oft mit uns. Ein passabler Golfer, aber ein miserabler Verlierer. Wenn es bei euch unten gewittert, dann hat er hier oben wieder mal was verkackt.«

Stocker nickte und ging schwerfällig weiter. Er konnte sich nicht erinnern, warum er hergekommen war. Er musste zu den Häusern da oben, schon klar. In die Sonne blinzelnd, schaute er den Vögeln nach, die im Westen verschwanden.

Bei der Finca angekommen, blieb er im Hof stehen und sah sich um. Die Tür zum Haupthaus stand offen. Aus dem Fenster des kleinen gelben Gebäudes rechts daneben winkte ihm El Tiburon zu. Sein halber Schädel war weg, Blut rann aus seinen Augen und verfärbte seine Zähne, und in seiner Brust hatte er ein riesiges Loch, durch das Stocker in das Zimmer hinter ihm sehen konnte.

Links vor dem Haus stand eine graue gemauerte Scheune. Das große Tor war offen, und Stocker sah auf die Rücken von zwei Kerlen in langen schwarzen Lederhosen und Biker-Kutten, die in gebückter Haltung an einem Motorrad herumschraubten. Wie auf Kommando drehten sich ihre Köpfe zu ihm, und beide hatten ein rot gerändertes Loch mitten auf der Stirn. Sie nickten ihm zu, und der größere zeigte mit seinem Schraubenschlüssel auf die offene Tür des Haupthauses.

Stocker ging die drei Stufen zur Veranda hoch und trat durch die Eingangstür. Im staubigen Halbdunkel sah er an den Wänden große Lautsprecherboxen, die mit schwarzen Kabeln miteinander verbunden waren. In der Mitte des Raumes stand ein altes Sofa, und darauf saß ein großer schwarzer Riesenschnauzer. Der schaute ihn an und sagte: »Wir haben lange auf dich gewartet. Komm her und lass dich ansehen. Gut siehst du aus. Magst du immer noch die Eagles?« Dann sprang der Hund vom Sofa und lief aus dem Raum.

Aus den vielen Lautsprecherboxen ertönte »Hotel California«. Das Intro wurde immer lauter, und Stocker rannte zu den Boxen und riss die Kabel aus den Steckern. Aber je mehr Kabel er in den Händen hielt, desto lauter wurde die Musik. Die Kabel bewegten sich, wurden zu vielen Schlangen und wanden sich um seinen Körper.

Stocker schnellte von seinem Bett hoch, riss die Nachttischlampe mit sich und schlug nach der schemenhaften Gestalt, die gebückt vor ihm stand.

Zeno schaute seinen Freund an, der schwer atmend und mit weit aufgerissenen Augen die Fäuste in die Luft reckte.

»Schhh ... schhh. Ganz ruhig, mein Alter.«

Stocker sagte: »Was ist los?«

»Du hast geschrien wie am Spieß, das ist los. Kann man dich nicht einmal alleine schlafen lassen? Rück mal zur Seite, ich will nur mal schauen, ob du jetzt auch noch Bettnässer bist.«

Stocker rieb sich die Augen. »Wie spät ist es?«

»Halb vier, ist also noch viel Zeit bis zum Frühstück. Warum? Musst du noch wohin? Also da, wo du gerade warst, da würde ich nicht mehr hingehen, mein Freund.«

Stocker schwang die Beine über den Bettrand und schaute sich um. »Ich hab Durst.«

»Willst du ein Glas Wasser?«

»Was Härteres!«

»Eiswürfel?« Zeno sagte grinsend: »Komm mit, das war doch nur Spaß. Ich zapf uns zwei schöne kleine Helle. Siehst du, das ist der Vorteil, wenn man eine eigene Kneipe hat. Los jetzt, hoch mit dir, ich muss dir sowieso was erzählen.«

Sie gingen hintereinander die Treppe hinunter, und Stocker sagte: »Hast du was Neues?«

»Ja. Ein neues, geniales Passwort für meinen Laptop. Da kommst du nie im Leben drauf.«

Zeno blieb so abrupt stehen, dass Stocker auf ihn auflief, dann dreht er sich um und sagte: »Pass auf, das ist genial. Mein neues Passwort ist ›falsch‹, verstehst du?«

»Dann such dir doch ein richtiges Passwort.«

Zeno schüttelte den Kopf. »Siehst du, das ist ja das Wunderbare. Das Passwort selber ist ›falsch‹, kapiert? Ich vergess doch immer meine Passwörter, und ich schreib sie mir auch nie auf, weil ich so misstrauisch bin. So, und jetzt geb ich einfach irgendein Wort ein, dann taucht auf dem Bildschirm auf: »Ihr Passwort ist falsch«, und ich weiß es wieder. ›Falsch‹. Super, was?«

Stocker lachte. »Ja. Und du brauchst auch ein Bier, sogar nötiger als ich, glaube ich. Hast du den Bewegungsmelder im Hirschkopf abgeschaltet?«

»Ja, und die Kamera auch. Denn was ich dir jetzt gleich erzähle, das sollte besser erst mal keiner mitkriegen. Machst du die Biere und kommst in die Küche?«

»Yes.« Stocker ging hinter die Theke, hob einen Behälter mit Orangensaft hoch. »So was muss in den Kühlschrank, wie oft habe ich das der Nellie schon gepredigt? Was ich dich aber schon lange mal fragen wollte: Warum schaut mich der Orangensaft aus dem Tetra Pak immer so ernst an?«

»Das ist nichts Persönliches. Der ist nur konzentriert.«

Stocker summte was Unverständliches vor sich hin und zapfte zwei kleine Biere. In der Küche räumte Zeno seine Papiere vom Tisch und klappte den Laptop auf. »Ich habe ja im Gegensatz zu dir eine fundierte Ausbildung und ein geschultes Denkvermögen. Setz dich und schau nicht so blöd. Danke.« Er nahm Stocker ein Bier aus der Hand, setzte sich ebenfalls und sagte: »Machen wir es kurz.«

Stocker trank und seufzte, denn immer, wenn Zeno es kurz machen wollte, nahte ein längerer Vortrag.

»Ich habe ein paar alte Kumpel angerufen, und die haben ein paar alte Kumpel angerufen. So, Fakt ist, Sprengstoff in jedweder Form fällt aus. Das wäre viel zu umständlich und auch unlogisch. Gut, weiter: Rauschgifte kannst du auch vergessen. Warum sollte jemand für sehr viel Geld zehn- oder fünfzehntausend junge Leute auf einem Musik-Festival gratis für ein paar Stunden in die erdnahe Umlaufbahn schicken?

Das verstehst sogar du, wie ich an deinem Gesicht sehe. Nein, du hörst mir jetzt zu.«

Stocker, der sich nur strecken wollte, ließ die Arme wieder sinken und schaute Zeno mit hochgezogenen Augenbrauen an.

»Sehr schön. Jetzt kommen wir zum nächsten Punkt, und der wäre?«

Stocker öffnete den Mund, aber Zeno hob die Hand. »Genau. Du bist doch nicht so verbohrt, wie ich dachte. Jetzt stell die Lauscher auf, denn ich frage dich was: Alexander Litwinenko, London, November 2006. Na, klingelt da was?«

Ohne eine Antwort abzuwarten, redete Zeno weiter. »Siehst du, sag ich doch. Das muss es nämlich sein. Polonium-210. Mit dem Zeugs haben die Russkis den armen Kerl umgebracht. Da brauchst du für, sagen wir mal, fünfzehntausend Menschen vielleicht einen oder zwei Liter. Dieses Polonium ist zwar radioaktiv, aber es kommt in geringen Spuren überall vor. Man kann es gut transportieren, sehr leicht verarbeiten, wie zum Beispiel ein paar Tropfen pro Plastikkarte auf die Seite, die am Körper getragen wird. So weit ist alles relativ harmlos. Gefährlich wird es aber erst, wenn das Polonium in den Körper gelangt. Durch Einatmen, in der Nahrung oder, pass auf, jetzt kommt es nämlich: durch den Körperschweiß in die Hautporen.«

»Super. Und wie soll das gehen?«

Zeno kniff ein Auge zu und drehte seinen Laptop um, sodass Stocker den Bildschirm gut sehen konnte. »Schau mal, mein Einstein, da ist die Rückseite der Eintrittskarten zu sehen. So, und jetzt drückt der Onkel Zeno auf den Knopf, was sieht mein Kleiner jetzt, hm?«

Stocker beugte sich zu dem blau flimmernden Monitor. »Ich sehe, dass eine transparente gazeähnliche Schicht dahinten aufgetragen wird.«

»Genau. Du hast es. Unter der Schicht, auf die unbedruckte Rückseite, kommt das Polonium, zwei Tropfen oder so. Dann macht man die luftdurchlässige Schicht drüber. Die Karten werden um den Hals getragen, an so einer Schnur wie dieser auf dem Bild hier. So, jetzt ist es Sommer, es ist heiß, die Jungs und Mädels auf dem Open-Air-Gelände hüpfen zur Musik von einem Bein auf das andere, tanzen, grooven, was auch immer die heutzutage machen. Die haben alle nur T-Shirts an oder freie Oberkörper, und sie schwitzen. Wie verrückt schwitzen die, denn es ist heiß, die tanzen wie die Bekloppten und trinken Wasser oder Bier oder was weiß ich. Weiter: Durch die durchlässige Schicht auf der Rückseite dringt Schweiß auf die Karte, löst das Polonium, und es dringt in die Poren ein, und bumms ... bist du kontaminiert und zwei Wochen später mausetot. Wie findest du das?«

»Nicht so gut. Wo kriegt man das Zeug her?«

»Polonium-210? Vielleicht sollte ich dir jetzt erklären, dass Polonium ein starker Alphastrahler ist, der unter Freisetzung in zwei Protonen und zwei Neutronen zu Blei, ich meine, wir Genies sagen PB dazu, also zu Blei-206 zerfällt, und jetzt wird es echt gut, weil –«

Stocker hob die Hand. »Wer immer dir das erzählt hat, ich bin beeindruckt. Ich stelle meine Frage anders: Wo zum Teufel kriegt man das her? Ich glaube jetzt mal eher nicht, dass man so was bei eBay ersteigern kann, oder?«

»Er ist lustig, der Mann hier am Tisch. Ich fall gleich in ein Lachkoma. Viele Menschen, die nicht besonders schlau sind, verstecken ihre Dämlichkeit unter seichten Witzen. Nein, du Spaßvogel, es ist so, dass offiziell weltweit etwas über einhundert Gramm von dem Zeug hergestellt werden. Pro Jahr, meine ich. Aber hey, in Russland, in China, in Nordkorea oder im Iran, da kannst du die Suppe literweise kaufen, wenn du genug Geld hast und die richtigen Leute kennst. Und unsere rumänischen Freunde haben doch genug Militärs und Ex-Geheimdienstler in ihren Reihen. Und diese Leute, die wissen schon, wen sie anrufen müssen. Glaubst du nicht auch?«

Zeno hob lehrerhaft den Zeigefinger. »Aber denk mal einen

Schritt weiter: Was genauso schlimm ist wie der Anschlag selber, das ist, dass, wenn die ersten Kontaminierten mit den typischen Beschwerden in die Krankenhäuser kommen, eine Panik unter all denen ausbrechen wird, die an dem Tag auch bei dem Event dabei waren. Oder nur in der Nähe davon. Und stell dir bloß mal zehn- oder fünfzehntausend oder noch mehr Leute vor, viele davon fast auf einen Schlag in den Krankenhäusern hier im Chiemgau, in Restdeutschland, in ganz Europa. Und, was noch wichtiger ist: Übelkeit, Schlappheit, starke Kopfschmerzen und so, das sind ja nur die Erstsymptome. Und die brechen je nach Stärke der Dosis schnell oder erst binnen Tagen aus. So richtig umhauen tut einen das Zeug dann nach etwa zwei Wochen. Bei so einem Festival kommen die Kids ja von überallher. Wenn die dann, wo auch immer, umfallen, dann hast du Panik in ganz Europa, weil keiner in den ersten Stunden nach den Einlieferungen weiß, was genau da überhaupt passiert ist. Die Leute aus den umliegenden Städten und Dörfern werden die Arztpraxen und Kliniken stürmen, aus Angst, sie könnte es auch erwischt haben, was immer das auch war. Das kommt weltweit in allen Nachrichtensendungen in allen Sprachen. Da spielen wir jetzt schon in der Nine-Eleven-Liga. Na, kannst du dir das überhaupt vorstellen?«

Stocker schloss die Augen und kratzte sich am Kinn. »Teufel noch mal. Du malst den Satan aber wirklich sehr farbig an die Wand. Wie kriegen wir das raus, ich meine, was die vorhaben und wie das jetzt weitergeht?«

»Wenn wir wissen, wen der Timo anrufen will, für wen das Geld ist. So wie es aussieht, wird Freund Timo unseren unterirdischen Treff wohl kaum überleben. Wir bekommen aber die Telefonnummer zum Kontaktmann von den Russen, wenn die mit ihm fertig sind. Den rufen wir an. Dann treffe ich mich mit dem und versuche rauszukriegen, was genau Timo finanzieren sollte.«

»Du, ja?«

Zeno schaute beleidigt über den Rand seines Bierglases.

»Wer denn sonst, bitte? Schau dich mal um. Natürlich ich, weil ich nämlich in Verhörtechniken und dem Lesen von Körpersprache ausgebildet bin. Und außerdem sorgen mein angenehmes Äußeres und meine harmlose, dörfliche Art dafür, dass im Gespräch schnell Vertrauen aufgebaut wird. Mir erzählt man alles. Ich bin der nette Onkel Zeno von nebenan.«

»Fuper. Darf ich dich daran erinnern, dass du leicht erregbar bist und die seltene Angewohnheit hast, deinem Gesprächspartner ins Bein zu schießen, bevor du überhaupt deine erste Frage stellst? Weißt du was? Wir schauen, ob wir die Telefonnummer kriegen, und dann reden wir weiter. Kannst du damit leben?«

»Definitiv jein. Okay, das mit dem Bein ist mir einmal passiert. Aber der Kerl hat danach gesungen wie ein Zeisig. Und hör bitte auf, ›fuper‹ zu sagen. Mit solchen sprachlichen Entgleisungen verunsicherst du mich und unseren Josef.«

»Danke für den Tipp, mein Freund. Wo ist er übrigens, unser hauptberuflicher Hund?«

»Nellie hat ihn mitgenommen. Mona ist ja vorübergehend bei ihr ausgezogen, weil sie nur noch Stress haben. Deswegen hat sie mich gefragt, ob sie den Josef mit ins Bett nehmen kann. Du hast doch nichts dagegen, oder?«

Stocker legte den Kopf schief. »Nein, warum? Der ist ja kastriert. Was war eigentlich der Auslöser für den Streit mit Mona? Ich meine, außer dem, was ich heute Abend schon gehört habe?«

»Es ging wohl wieder ums Einkaufen. Der Kühlschrank ist bei den beiden ja ständig komatös leer. Mona muss wohl gesagt haben: ›Wenn du willst, zieh ich los und kauf was‹, und Nellie hat erwidert: ›Klar, dann kriegen wir wahrscheinlich wieder High Heels mit Majo zum Abendessen‹, und das war's dann wohl, glaube ich.«

Stocker nahm sein Glas und stand auf. »Weil wir gerade vom anderen Geschlecht reden: Wie schaut's denn bei dir überhaupt sexuell aus? Ich meine, läuft da was, oder kommst du langsam in Panik?«

Zeno grinste. »Ich hab am Sonntag einen Termin zum Austausch von Körperflüssigkeiten. Mit der Brünetten aus Raubling, du weißt schon.«

»Na ja, da kann ich dir einen guten Rat geben: Wer unten liegt, macht Frühstück!«

Zeno sagte: »Passt schon. Wer oben sitzt, holt Brötchen.«

Die Russen kommen!

»Der Freitag geht schon gut los! Noch keine zwölf Uhr, und schon sind die Russen da.« Stocker schaute von seiner Bestellliste auf, und Zeno, der an der Kühlkammer stand und die Fleisch- und Fischbestände durchging, legte das Filet, das er gerade säubern wollte, wieder ins Regal.

»Was ist los?«

Nellie stemmte die Fäuste in die Hüften und schnaubte, dann sagte sie: »Kann einer von euch Machos mal da rausgehen und die zwei Leningrad-Cowboys an der Theke in den Hintern treten? Muss man denn hier echt alles selber machen in diesem Saftladen?«

Stocker schob seinen Stuhl zurück und stand auf. Zeno war auf dem Weg zum Kräuterregal, aber Stocker hob die Hand. »Keine Schusswaffen, ja? Der Josef ist da draußen, und der kann die Knallerei nicht mal zu Silvester abhaben. Lass uns erst mal schauen, was Sache ist.«

Zeno band seine fleckige Schürze ab und schaute durch das Bullauge der Küchentür in den Gastraum. »Mein Gott, da hängen zwei magersüchtige Bleichgesichter in schwarzen Klamotten am Tresen. Deswegen machst du so einen Aufstand, Nellie?«

Er gab der Schwingtür mit dem Fuß einen Tritt und ging in die Kneipe. »Guten Tag, Brüder. Was liegt an? Will die Rosenheimer Totengräber-Innung einen Tisch für den Betriebsausflug buchen, oder was kann ich für euch tun?«

Stocker schob sich hinter Zeno in den Gastraum und ging hinter die Theke in die Nähe des Baseballschlägers, der in dem Regal unter dem Zapfhahn lag. Der linke der Schwarzgekleideten drehte sich ihm zu und schob mit seiner rechten Hand sein Jackett etwas zur Seite, sodass Stocker einen schönen Blick auf die verchromte Pistole in seinem Schulterhalfter hatte. Die linke Hand legte er auf die Theke, sodass sie nur noch zwanzig Zentimeter vom braunen Griff der Waffe entfernt war.

Der andere Kerl stieß sich vom Tresen ab und knurrte mit einem harten Akzent zu Zeno: »Ruhig, ganz ruhig. Wir wollen nur kurz mit Ihnen beiden reden.«

Zeno grinste, und Stocker dachte sich, bitte nicht, denn wenn der zu grinsen anfängt, dann fliegen hier gleich die Möbelstücke durch die Gegend.

Der Bleichere von den beiden, der Zeno um eine Kopflänge überragte, sagte: »Einer unserer Chefs kommt heute Abend in dieses Lokal. Er wird bei Ihnen essen. Wir wollen wissen, wo er sitzen wird. Über Sie beide wissen wir Bescheid, alles okay. Also, was läuft ab?«

Zeno entspannte sich, und Stocker legte beide Hände auf die Theke. Bleichmann Nummer zwei knöpfte sein Jackett wieder zu, und Stocker fragte: »Wodka?«

Der Große drehte den Kopf. »Spasibo, njet. Wo wird gegessen?«

Zeno breitete die Arme aus. »Schaut euch ruhig um, Genossen. Das da, was ihr hier seht, das ist unser Lokal. Mehr haben wir nicht. Wo möchten Sie denn, dass er sitzt?«

Der Russe schaute sich um. »Njet, in dem Restaurant nirgends. Zeigen Sie uns bitte die Küche.«

Zeno drehte sich um und ging in die Küche. Bleichmann Nummer zwei und Stocker folgten ihm.

In der Küche stellte sich der Große neben den Holztisch, dann ging er zum Fenster und schaute hinaus auf den Parkplatz. Eine Hand legte er auf das Fensterbrett und klopfte auf das rissige Holz, mit dem Daumen der anderen deutete er über die Schulter nach hinten. »Sehr gut. Wo geht diese Tür dort hin?«

»In einen Wintergarten, da haben wir Kräuterbeete. Und dann ist da draußen noch eine Tür, die führt in den Hof, zu den Garagen.«

Der Große nickte dem Kleineren zu, der nickte zurück und ging in den Wintergarten.

»Mit der Nummer müsst ihr zum Film. Habt ihr darüber schon mal nachgedacht? ›Men in Black from Nowosibirsk‹?«

Der Große verzog keine Miene. »Das Essen wird in der Küche sein. Zwei von uns werden im Lokal sitzen, zwei in dem Glashaus dahinten. Oben an der Straße und draußen bei den Büschen werden wir Autos haben, mit jeweils drei Männern drin. Wer arbeitet für Sie noch, außer der männlichen Frau?«

Wenn die Nellie das hört, haut sie den Kerl glatt um, dachte sich Stocker und sagte: »Männliche Frau, was? Bei uns im Haus ist nur noch ein Hund. Der ist im Moment aber noch oben in meinem Bett, weil er Nachtschicht hatte.«

»Ein Wachhund ist immer gut«, sagte der Große. »Was werden Sie heute Abend kochen?«

Stocker schüttelte den Kopf. »Sagen Sie es mir. Was speist denn der Herr Semov am liebsten? Oder andersrum: Was mag er nicht?«

Die zwei Bleichen schauten sich an, der Kleinere zuckte mit den Schultern und sagte ein paar schnelle Sätze in russischer Sprache. Der Größere schnaufte und meinte: »Harascho, da.« Dann drehte er sich zu Stocker. »Unser Herr Semov war vor einigen Jahren mal in London. Dort wohnte er in einem sehr schönen Hotel, das hieß ›Mandarin Oriental‹. Kennen Sie das?«

Stocker verneinte achselzuckend, und der Große sprach weiter. »Dort hat an diesem Abend ein Starkoch was für die Gruppe arrangiert. Er hieß James Avocado oder so, der Name hatte irgendwas Vegetarisches.«

»Jamie Oliver?«, fragte Zeno.

»Genau, den meine ich«, sagte der Große. »Es gab Steak und vorher was mit überbackenen Muscheln oder Austern. Das hat Herrn Semov sehr imponiert. Mit einem guten Steak machen Sie nichts verkehrt. Können Sie kochen wie Jamie Oliver?«

»Bin ich Jesus? Kann ich fliegen?« Stocker klopfte mit dem

Zeigefinger auf den Tisch und betonte damit jedes Wort. »Wir werden versuchen, Ihrem Chef ein gutes Steak zu servieren. Und das mit den überbackenen Austern kennen sogar wir in der Provinz, das kriegen wir auch hin. Sonst noch Wünsche? Ich meine, sollen wir alle heute Abend in Baströcken rumlaufen und russische Volkslieder auf Hawaiianisch singen?«

Der Kleine schoss in seinem Stakkato-Russisch eine Satzsalve auf den Großen ab, und der nickte. »Ah ja. Gut, dass Sie das sagen. Unser Chef mag gerne amerikanische Country-Musik.« Er schnippte mit dem Finger und grinste. »Es gibt doch in Ihrer Gegend eine bekannte Country-Band. Ich weiß das, weil ich Herrn Semov mal eine CD besorgen musste. Die hieß … warten Sie … ah ja, ›Trip to L.A.‹. Die CD meine ich. Kennen Sie die? Und die Band, die heißt Chiemsee Gauchos, ja?«

Zeno schaute Stocker an, und der nickte. »Chiemsee Cowboys. Klar, der Max, der Chef von denen, das ist ein alter Spezl von mir. Aber erstens kann ich den jetzt nicht anrufen und fragen, ob die heute Abend für uns spielen wollen, und zweitens sind das sechs Mann. Wenn die hier drinnen aufbauen, ist der Laden schon voll mit dem Zeug, das die mitbringen.« Stocker schüttelte den Kopf. »Nee, echt jetzt, das können Sie voll vergessen.«

Der Große seufzte. »Sie machen das. Egal, wie. Also, fassen wir es kurz zusammen: Es gibt diese überbackenen Muschelteile, dann die Steaks. Gegessen wird auf jeden Fall in der Küche. Getrunken wird guter spanischer Rotwein, dazu Wodka. Musik ist auch klar, Sie regeln das mit Ihrem Freund. Herr Semov kommt so gegen zwanzig Uhr. Meine Leute überwachen das Umfeld. Ihre Gäste dürfen nichts merken. Keine deutsche Polizei, nur die Leute, die Herrn Semov bringen und wieder holen, klar?«

Zeno und Stocker öffneten gleichzeitig den Mund, aber der Große klopfte Stocker auf die Schulter und sagte: »Sehr gut, danke. Wir sehen uns später.«

Er nickte dem Kleinen zu, und die beiden marschierten aus der Küche. Ohne Nellie, die mit ihrem Gin Tonic hinter der Theke stand, zu beachten, verließen sie das Lokal.

»Die spinnen, die Russen! Der macht ja einen Terz, wie wenn der Papst später auch noch vorbeischauen würde.« Zeno blickte den beiden durch das Küchenfenster nach und sah, wie sie in den Fond eines neuen schwarzen 7er BMW stiegen. Der Fahrer schaute sich um, startete den Motor und fuhr vom Parkplatz.

Stocker kratzte sich am Kopf und ging zum Telefon, das in der Ladestation über dem Kühlschrank stand. Er scrollte sich bis zum Buschstaben »B« durch, wählte einen Namen aus, dann drückte er auf die Wähltaste. Er seufzte und wartete ein paar Sekunden, bevor er sprach. »Max? Ja, servus, wie geht's dir denn? Was? Nein, nix ist los, ich wollte nur mal … Nein, ehrlich, das ist jetzt reiner Zufall, dass ich dich anrufe, ich wollte nämlich … Was?«

Stocker schaute zu Zeno rüber und zog die Schultern hoch. »Ja gut, ich wollte eigentlich schon was von dir. Wie? Natürlich weiß ich, dass ich dir noch einen Gefallen schuldig bin. Hey, weißt du, was mir gerade einfällt? Warum kommst du nicht heute Abend zu uns rüber, und wir trinken was und reden über … Wie? Nein, du sollst keine Musik mit uns machen, schon klar. Aber weißt du was? Wenn wir hier schon von Musik reden, ich hätte da eine grandiose Idee: Warum fragst du nicht den Georg und den Sigi oder vielleicht den Martin und den Klaus, und ihr kommt zu dritt oder zu viert, ja, genau. Und dann spielt ihr ein bisschen was aus eurer ›Trip to L.A.‹-CD, und dann trinken wir was, und dann … Wie? Nein, ich bin nicht auf Droge und auch nicht besoffen. Max? Hey, nicht auflegen. Es ist so …«

Stocker schloss die Augen, fuhr sich mit der Hand durch die Haare und legte den Kopf an die Kühlschranktür. »Ja gut, pass auf, Max, ich steck ganz bös in der Klemme. Ich habe heute Abend einen Mann und seine Kumpels zu Gast, der, wie soll ich sagen ... da geht's echt um viel. Ich bitte dich jetzt, dass du mit zwei oder drei von deinen Kumpels kommst und dass ihr eine halbe Stunde oder so auf unserer Anlage was macht. Wie? Klar, Schlagzeug, Bass und Gitarren-Amp haben wir immer auf der Bühne stehen, Mikros auch. Ihr müsstet nur eure Instrumente und so ... Ja, ich weiß, dass ich dir dann noch einen Gefallen schuldig bin, aber ... Was? Super. Danke. Du hast uns soeben den Hintern gerettet, Max. Bis später.«

Mit dem Telefon in der Hand ging er zum Tisch und setzte sich wieder. »Der Max ist mit mindestens zwei von den Burschen heute Abend hier. Haben wir genügend Steaks?«

Zeno schaute in den Kühlschrank. »Tja, was soll ich sagen? Rein zufällig habe ich ausreichend Filet Mignon vom Feinsten und ein paar T-Bones, und den Rest kriegen wir auch hin. Bleib mal ganz ruhig, Mädel.«

Wie auf ein geheimes Stichwort kam Nellie in die Küche. Sie knallte ihren Gin Tonic auf den Tisch und raunzte: »Kann mal einer von euch beiden Faschingsprinzen mit dem Josef rausgehen? Ich muss die Tische für heute Abend vorbereiten und die Kühlschränke auffüllen und das ganze Zeug. Muss man bei euch Leuchtern echt immer alles alleine machen?«

Stocker schaute erst Zeno an, dann Nellie, die wie eine griechische Rachegöttin schräg hinter ihm stand, dann sagte er seufzend: »Warum tue ich das alles überhaupt?«

Nellie beugte sich vor, küsste ihn auf das linke Ohr und flüsterte: »Weil du es genau so willst, mein Adonis.«

Dann richtete sie sich wieder auf und schnauzte Zeno an: »Hast du was an den Ohren? Sei mal froh, dass du die überhaupt hast, sonst würdest du jetzt nämlich rund um deinen Schädel grinsen. Gehst du bitte mit Josef raus, ja?«

Zeno schraubte sich ächzend vom Stuhl hoch. »Bei dem Wetter merke ich das kranke Bein immer. Weit kann ich heute eh nicht gehen.«

»Das Bein ist nicht krank, du hast da eine Kugel reinbekommen, ohne dass jemand dein Bein deswegen vorher gefragt hat, wenn ich mich recht erinnere.« Nellie rülpste und ergänzte: »Sie hörten den Landfunk. Was Josef anbelangt: Weit geht der jetzt sowieso nicht. Maximal einen Meter vor die Tür, pinkelt da und hält anschließend verzückt seine Schnauze in den Urindampf. Oder du hast echtes Pech und die Lissy von nebenan ist draußen. Dann erfreut sich Josef noch kurz am delikaten Geruchsregenbogen ihres dicken Hinterns. Also, würdest du bitte?«

»Du gleitest wieder einmal in Poesie ab, und das macht dich unwiderstehlich«, sagte Zeno und humpelte aus der Küche.

Stocker schaute ihm nach und meinte: »Du solltest nicht so mit ihm reden. Im Grunde seines Herzens ist er nämlich sehr sensibel. Auch wenn er schon so viele Ersatzteile in sich hat, dass ganze Regionen seines Körpers nicht mehr mit ihm blutsverwandt sind.«

Nellie schüttelte den Kopf, schnappte sich ihr Glas und stampfte aus der Küche.

»Ich fahr noch mal schnell nach Rosenheim rein, in einer guten Stunde oder so bin ich wieder da. Wir brauchen noch was für die Vorspeisen«, rief er ihr nach.

Rosenheim? Ist immer eine Reise wert!

Das Problem waren wie immer die Parkplätze. Stocker steuerte die Diesel-Wanderdüne durch einige Nebenstraßen rund um den Friedhof und landete dann am anderen Ende der Stadt, beim Eisstadion. Mit seiner schwarzen Einkaufstasche über der Schulter ging er in die Fußgängerzone, vorbei an Karstadt und runter zum Max-Josefs-Platz.

Da links und nach hundert Metern rechts rein ins Fischgeschäft. »Haben Sie frische Austern?«

Die Verkäuferin schaute ihn grinsend an. »So viele, dass wir sie sogar verkaufen müssen, Herr Stocker. Was brauchen wir denn?«

Stocker schaute in die Glasvitrine und ging einen Schritt nach links, ohne den Kopf zu heben. Er stieß gegen einen Körper, etwas fiel zu Boden, und eine Frauenstimme ertönte: »Würden Sie bitte ein bisschen schauen, wo Sie hingehen?«

»Entschuldigung, ich habe ... ich dachte ...« Aber die Frau hob den Arm abwehrend in Kopfhöhe und bückte sich, um aufzuheben, was ihr aus der Handtasche gekullert war.

Stocker ging ebenfalls in die Knie, nahm ein Kartenetui, eine Sonnenbrille, ein kleines buntes Stofftier und einen runden schwarzen Beutel vom Boden auf und dachte sich, dass es schon erstaunlich war, was Frauen so mit sich rumschleppten. Er sammelte alles zusammen und reichte es der Frau. Dabei schaute er ihr in die Augen. Die waren braun, das Gesicht hell, mit ein paar Sommersprossen drauf, und die Haare, die ihr in die Stirn fielen, waren von einem milden Blond, das ihn an reife Kornfelder erinnerte. Eine verdammt schöne Frau. Und sie roch dezent nach ... ja, nach was?

»›Angel‹, das ist ›Angel‹ von Thierry Mugler, oder?«

Sie standen beide gleichzeitig auf, und die Frau lächelte amüsiert. »Die Masche ist gut. Ich glaube, das ist aber kein

›Angel‹.« Dann schaute sie auf seine Hände. »Würden Sie jetzt bitte meine Sachen loslassen?«

»Äh, was? Ja klar. Entschuldigen Sie, ich habe Sie vorhin echt nicht gesehen. Ich wollte eigentlich, mit den Austern und so, ich meine, äh …«

»Schon gut. Das ist aber nicht gerade ein Kompliment, dass man mich nicht sieht.«

Stocker merkte, wie er errötete, und sie bemerkte es ebenfalls und genoss es offensichtlich.

»Schon gut, das war gemein«, sagte sie. Dann schaute sie ihn genauer an. »Ich hab Sie schon mal gesehen. Nein, sagen Sie nichts, Sie sind, Sie haben …«

Sie schloss kurz die Augen, schnippte mit dem Finger und blies sich aus dem Mundwinkel eine blonde Strähne vom rechten Auge weg. »Ich hab's. Sie haben dieses Restaurant, das mal ein Bahnhof war, richtig?«

Stocker nickte, und die Frau sagte: »Wir waren mal bei Ihnen, mein Mann und ich. Das ist jetzt schon ein paar Monate oder so her, aber ich weiß noch, was wir gegessen haben. Das war ein Curry-Gericht aus Renken-Matjes mit Kräuterkartoffeln und danach so eine Pasta-Sache, das fällt mir jetzt gleich wieder ein. Ja, genau, nachher gab's eine Trüffelbolognese aus Maishuhnfilet mit Makkaroni. Wir haben selten so lecker gegessen. Sie sind doch der Koch, oder?«

Stocker nickte wieder, seine Zunge war gelähmt und lag in seinem Mund wie ein alter Putzlumpen.

»Falls Sie Ihre Sprache verloren haben, könnte es sein, dass die mit runtergefallen ist? Wollen wir zusammen noch mal schauen?«

Die Verkäuferin hinter der Glastheke wurde so langsam ungeduldig. »Was ist jetzt mit den Austern?«

Stocker bestellte, ohne die Frau vor ihm aus den Augen zu lassen: »Zwei Dutzend, bitte, mit viel Eis einpacken. Haben Sie einen guten Prosecco? Oder vielleicht sogar einen Schampus? Ist ein Notfall, wissen Sie!«

»Meinen Sie bei mir zu Hause, oder wie? Sieht das hier aus wie eine Kneipe?«

Stocker und die Schöne lachten los, und die Verkäuferin jetzt auch. »Ich frag mal die Chefin, Herr Stocker, ich glaub nämlich, das mit Ihnen ist ein Sonderfall. Erst packe ich aber die Austern ein. Möchten Sie solange an einen der Stehtische gehen?«

Stocker schaute die Blonde an, und sie nickte. »Ein Glas auf den Schrecken von eben, das geht immer. Normalerweise trinke ich zwar nie Alkohol vor Einbruch der Dunkelheit, aber ...«

»Aber irgendwo auf der Welt ist es jetzt bereits stockdunkel. In der Karibik zum Beispiel. Da war ich nämlich schon, deshalb weiß ich das ziemlich genau. Als ich da war, wurde die Frau eines Hobby-Anglers bei einem Ausflug über Bord gespült«, sagte Stocker, und die Frau machte ein erschrockenes Gesicht.

»Ehrlich jetzt?«

Stocker hob zwei Finger ans Herz. »Ja klar, ehrlich, ich schwöre. Passen Sie auf, es geht ja weiter. Nach drei Wochen trieb die Ärmste mausetot an den Strand von Barbados, und die örtliche Polizei rief den trauernden Ehemann an, der natürlich schon lange wieder zurück in New York war. ›Ihre Frau wurde am Strand gefunden. Tot und voller Austern. Was sollen wir mit ihr tun?‹ Der Mann überlegte einen Moment und sagte dann: ›Verkaufen Sie die Austern und legen Sie den Köder wieder aus.‹«

Beide lachten, und die Frau fuhr sich mit den Fingern durch ihre Haare. »Ich heiße Anne. Und Sie?«

»Oh, entschuldigen Sie. Albin, Albin Stocker. Aber Sie wollten doch sicher was einkaufen hier, oder?«

Anne schüttelte den Kopf. »Nein, ich wollte fragen, wann es den Lachs mit Spinat im Teigmantel wieder gibt. Diese Woche haben die den nicht, erst in der nächsten wieder. Das war der Stand der Dinge, bevor Sie mich überrannt haben.«

Sie schaute auf ihre goldene Cartier-Uhr. »Oh Gott, ich

würde so gerne ein Glas mit Ihnen trinken, Albin, aber ich muss meinen Mann abholen, der wartet sicher schon vor dem Rathaus auf mich.«

»Können wir das nachholen? Geben Sie mir bitte Ihre Nummer, Anne?«

Sie schaute sich um, holte tief Luft und: »Wissen Sie was? Vielleicht melde ich mich bei Ihnen. Sie sind ja so was wie eine öffentliche Person. So, jetzt muss ich aber. Hat mich echt gefreut, Sie kennenzulernen, Albin. Man sieht sich.«

»Auf Wiedersehen. Sagen Sie, das ist doch ›Angel‹, das Parfüm meine ich, das Sie tragen, oder?«

Anne lächelte vielsagend, winkte und ging aus dem Fischgeschäft. Während Stocker noch der Glastür beim Ausschwingen zusah, kam die Verkäuferin aus dem Nebenraum zurück, in jeder Hand ein hochstieliges Glas mit perlendem Inhalt, und sagte: »Ja, wohin ist denn jetzt die Frau verschwunden? Ich hab einen wunderbaren Moët gefunden, den hatte die Chefin noch offen im Kühlschrank. Und jetzt? Was mach ich nun damit?«

Stocker nahm ihr ein Glas ab. »Ich glaube, den haben wir beide uns jetzt verdient, oder? Zum Wohl!«

»Sie wissen ja, dass ich aus der Ex-DDR bin, Herr Stocker. Bei uns gab's zum Brigadefest ab und an mal ein Glas Rotkäppchen-Schaumwein, wenn die Jahresend-Figuren auf die Nadelbäume gesteckt wurden, die ihr Kapitalisten fälschlicherweise ›Weihnachtsbäume‹ nennt. Und für Schampus mitten im Jahr, mein lieber Erich, Gott hab ihn selig, da wären wir weggesperrt worden. Aber trotzdem: Prost. Auf dass alles seinen sozialistischen Weg gehe!«

»Aber habt ihr denn in der DDR überhaupt Austern gekannt?«

»Gekannt schon, also, wir haben gewusst, dass es so was gibt. Aber gegessen hat die Biester keiner. Wir hatten mal in einer VEB-Kantine für verdiente Funktionäre ein Austernragout auf der Karte. Da hat doch glatt einer zu mir gesagt:

›Also, Genossin, in dem Ragout ist beim besten Willen keine einzige Auster drin.‹ Da hab ich gesagt: ›Dann reden wir später weiter, zum Nachtisch gibt's nämlich Götterspeise, bin neugierig, was Sie vermissen werden, Genosse.‹ Ja, so war das, damals bei uns im Arbeiter-und-Bauern-Staat. Kannten Sie übrigens die Dame, die grad rausging, Herr Stocker? Sie beide haben nämlich so vertraut ausgesehen.«

Stocker nippte an seinem Champagner und sagte: »Ja klar, ich hab sie aber schon lange nicht mehr gesehen. Schauen Sie, so geht's, jetzt fällt mir nicht mal mehr ihr ganzer Name ein. Warten Sie mal, Anne … und dann …?«

Er schnippte mit den Fingern und schaute zur Decke, und die Fischfrau lachte. »Jetzt aber. Das ist doch die Frau Weinlinger, die Frau vom Stadtrat Weinlinger. Den Namen von so einer schönen Frau vergisst man doch nicht so einfach, Herr Stocker.« Sie trank ihr Glas leer. »Das darf die Chefin aber nicht mitkriegen, gelle?«

Stocker senkte verschwörerisch den Kopf und reichte ihr sein Glas. »Ich muss weiter. Hat mich gefreut, mit Ihnen einen Schluck zu trinken.«

Er nahm den Beutel mit den geeisten Austern und ging zur Tür. »Schreiben Sie das auf unsere Wochenrechnung, ja?«

Bei Karstadt steuerte er die Parfümabteilung an und fragte eine der Verkäuferinnen: »Haben Sie ›Angel‹? Von Thierry Mugler?«

Die hübsche junge Frau nickte, ging zu einem Regal und kam mit einem Glasflakon wieder, der wie ein diamantener Stern aussah. Sie sprühte Stocker ein bisschen davon auf den Handrücken, und er roch daran und machte die Becker-Faust. »Yepp. Genau das ist es. Zweimal mit dem gleichen Trick kriegt mich keiner. Geben Sie mir bitte die größte Flasche, die Sie haben. Und bitte toll einpacken. Mein zukünftiges Liebesleben hängt möglicherweise davon ab.«

Stocker schaute der Frau nach und dachte an einen Vorfall

vor zehn oder elf Jahren bei einem sehr exklusiven Geschäftsessen in Zürich.

Sechs Männer aus drei Ländern saßen an einem Tisch im »Baur au Lac«, schauten auf den See hinaus und warteten auf den Wein, den der Gastgeber nach einer kurzen, aber geflüsterten Diskussion mit dem Sommelier bestellt hatte. Der erste Gang des Menüs wurde gebracht, eine kleine Lasagne mit Gambas, und der Kellner schenkte Rosé ein. Dabei hielt er die Flasche, die mit einer weißen Leinenserviette umwickelt war, so, dass man das Etikett nicht erkennen konnte.

Alle tranken, Stocker hielt sein Glas in Gesichtshöhe, ließ den Geschmack etwas auf der Zunge nachklingen, roch noch einmal an dem Wein im Glas und meinte mit Kennermiene: »Ein ausgezeichneter Tavel, nicht wahr?«

Der Gastgeber lächelte nur leicht, sagte aber kein Wort, und Stocker merkte, wie er rot wurde. Am Tisch kehrte Schweigen ein, und fünf Augenpaare starrten ihn an. Über den Rosé wurde nicht mehr gesprochen, und zum Hauptgang gab es einen französischen Roten. Stocker kam sich wie ein Tölpel vor, beschränkte sich aufs Zuhören und äußerte sich während des Menüs nicht mehr zu den Weinen.

Nach dem Essen ging man in den Salon, dort wurden Zigarren und Cognac gereicht, und endlich wurde über das Projekt geredet. Bei der Verabschiedung stellte sich Stocker so, dass der Gastgeber erst den anderen Männern die Hand schüttelte und zuletzt zu ihm kam. Der Mann sagte: »Warum waren Sie so schweigsam, mein Freund?«

Stocker erwiderte: »Der Rosé zu den Gambas, was war das?«

»Ein erlesener Tavel natürlich, was denn sonst?«

Was zum Teufel geht denn hier ab?

So gegen halb acht an dem Abend rollte ein schwarzer VW-Bus mit knirschenden Reifen über den Kies auf den Parkplatz der »Endstation«. Zeno trocknete sich in der Küche die Hände an einem blau karierten Geschirrtuch ab und rief in die Gaststube: »Sie kommen. Nellie, hol den Wodka aus dem Gefrierschrank und bring den Josef nach oben. Die Russkis glauben nämlich, wir hätten einen Dobermann oder so was Ähnliches.«

Stocker schaute kurz über den gedeckten Tisch neben dem Gasherd. Alles okay. Drei Gedecke, die Bestecke waren in der richtigen Reihenfolge vorgelegt, ebenso die Weingläser für Weiß und Rot. Geschnittenes, warmes Graubrot und drei Sorten Butter. Eingelegtes russisches Gemüse und Wodkagläser. Alles bereit für die Showtime.

Aber wo zum Henker waren die Musikerkollegen? Stocker nahm sein altes Nokia aus der Tasche und rief Max an. »Wo bist du?«

»Ganz ruhig, Brauner. Wir haben noch auf den Sigi gewartet, alles okay. Wir sind vollzählig und in einer Minute da. Ich kann schon die Lichter deiner Kneipe links unten sehen. Siehst du unser Auto?«

Stocker ging zum Küchenfenster und starrte hinaus. Genau, dort oben, an der Straße, da bog ein großer Mercedes-SUV in die schmale Zufahrt zur »Endstation« ein.

Draußen auf dem Parkplatz ging Zeno auf den VW-Bus zu. Durch die getönten Seitenscheiben war nicht zu erkennen, wie viele Leute darin waren. Die Beifahrertür schwang auf, und ein großer Mann in schwarzer SEK-Uniform stieg aus. Seine rechte Hand lag auf dem Pistolenhalfter. Er schaute sich um, Zeno nickte, und der schwarze BMW, der schräg hinter dem Wintergarten stand, ließ einmal seine Scheinwerfer aufleuchten. Der Fahrer des VWs stieg ebenfalls aus und schaute misstrauisch auf den Mercedes, der im Halbdunkel langsam auf den Parkplatz rollte.

»Alles okay«, rief Stocker und ging mit schnellen Schritten auf den schwarzen Polizeibus zu. »Das sind Musikerkollegen von mir. Sechs Mann, die spielen heute Abend.«

Der große Polizist öffnete die Schiebetür des Busses, und Semov kletterte heraus. Er schaute sich um, strich sich mit den Händen über die Gefängnisklamotten und streckte sich. Dann ging er auf Stocker zu und breitete die Arme aus. »Wie schön, dass es geklappt hat. Ich freue mich immer, wenn ich ein paar Stunden aus meinem Hotel rauskomme.«

Dann drehte er sich um, denn die Türen des Mercedes öffneten sich, und Max stieg aus, ging um das Auto herum und holte seinen Fender-Bass aus dem Kofferraum.

Semov strahlte. »Das ist er. Der große Mann mit der Bassgitarre, den kenne ich. Warten Sie, ich hole schnell was aus meiner Tasche im Auto.«

Er beugte sich in den Polizeibus und tauchte mit einer CD in der Hand wieder auf. Dann ging er auf Max zu und sagte: »Guten Abend. Mein Name ist Sergei Semov, ich bin ein großer Fan von Ihnen. Würden Sie mir bitte diese CD signieren?«

Max klemmte sich seine Bassgitarre zwischen die Knie, fischte einen Filzstift aus der Tasche seines Westernhemdes und schaute Semov an. »Was soll ich denn draufschreiben?«

»›Für Sergei und seine Freunde im Hotel‹. Und Ihre Kollegen müssen natürlich auch mit unterschreiben.«

Max schaute während des Schreibens auf. »In welchem Hotel wohnen Sie denn?«

»JVA Bernau. Gut geführter Laden. Aber wenn Sie was Ruhiges suchen, sollten Sie lieber woanders buchen.«

Max schaute über Semovs Schulter zu Stocker und Zeno. »Was zum Teufel geht jetzt wieder ab?«

Zeno hob die Arme in Schulterhöhe und zeigte auf Stocker. Der sagte: »Ist schon okay, Max. Ich erklär dir später alles. Geht nur rein, ich habe die Verstärker schon eingeschaltet, das Schlagzeug kann sich der Georg einstellen, wie er will. Jackson nimmt den Fender vom Ringo, passt schon. Haut ein paar Nummern runter, und dann lasst den Zapfhahn glühen, ja?«

Max signierte kopfschüttelnd die »Trip to L.A.«-CD und gab sie an seine Kollegen weiter.

Stocker sagte zu den beiden SEK-Männern: »In etwa zwei Stunden sind wir mit allem durch. Wie kann ich Sie erreichen?«

Der Fahrer sagte: »Wir stehen oben an der Straße und kriegen schon mit, wenn bei euch was läuft. Außerdem habe ich mindestens zehn Bewacher gezählt. Ist echt was los hier, nicht? Sie verkaufen aber keine Modellautos, oder?«

Stocker grinste und ging in die Gaststube. Semov stand an der Theke und lächelte Nellie an. »Haben Sie russisches Blut in sich, meine Liebe? Sie sehen aus wie eine kaukasische Göttin.«

Nellie errötete, wischte sich die Hände an der Schürze ab und sagte zu Stocker und Zeno: »Da! Nehmt euch an diesem netten Herrn mal ein Beispiel. Der weiß, wie man mit einer Dame spricht. Schön, dass bei uns zur Abwechslung auch mal seriöse Männer reinschneien!«

Semov schaute erst Stocker an, drehte sich dann erstaunt zu Zeno, und alle drei brachen in lautes Gelächter aus. Nellie starrte die lachenden Männer an und sagte schnippisch: »Was gibt's denn jetzt wieder zu lachen? Hab ich was verpasst?«

Zeno schüttelte den Kopf, wischte sich ein paar Lachtränen aus den Augen und marschierte in die Küche. »Da lang, bitte!«

Semov folgte ihm in die Küche. »Schön haben Sie es. Wissen Sie was? Ich habe eine Datscha in der Nähe von Moskau. Leider bin ich da nur sehr selten anzutreffen. Aber wenn ich mal ein paar Wochen freihabe, dann bin ich da draußen in den Birkenwäldern. Und abends sitzen wir alle am großen Tisch in der Küche und essen und trinken. Genau wie hier. Was für eine Freude.«

Er setzte sich und legte die Hände auf den Tisch. »Was haben Sie sich Köstliches ausgedacht?«

Zeno sagte: »Willkommen, Herr Semov. Wir haben überbackene Austern und warmes Knoblauchbrot. Dann ein Tennessee-Steak mit Bratkartoffeln, danach After-Eight-Eis mit Wodka.«

Semov klatschte in die Hände. »Wunderbar. Das sind alles Sachen, die ich leidenschaftlich gerne esse, in meinem Hotel aber viel zu selten bekomme. Wie wäre es aber jetzt mit einem kalten Bier und einem noch kälteren Wodka?«

Nellie, die in der Küchentür stand, nickte und ging zur Theke. Die Tür schwang hinter ihr zu, und aus dem Gastraum hörte man, wie Max seinen Bass stimmte und der Schlagzeuger den Klang der Trommeln mit einem schnellen Break prüfte. Dann zählte eine Stimme: »One, two. One, two, three, four.« Und die ersten Takte von »I Hear You Knockin'« ertönten.

In der Küche klatschte sich Semov mit den Händen auf die Oberschenkel und rief: »Sie und Ihr Partner machen mich echt fertig, Herr Stocker, und das schafft sonst so schnell keiner.« Er schaute sich um und meinte: »Ist das schön, wenn ich mal ein paar Stunden aus dem Bau rauskomme. Leider kann ich solche Ausflüge nicht allzu oft machen, wie Sie sich vielleicht denken können. Also, lassen Sie uns eine gute Zeit in dieser gemütlichen Küche haben.«

Die Jungs draußen auf der Bühne in der Gaststube ließen die Biergläser klingen, dann kam das zweite Stück. »Cotton Fields«.

Semov schloss die Augen und trommelte mit den Fingern auf dem Tisch im Rhythmus des Songs.

»Warum nennen Sie das Gefängnis eigentlich immer ›mein Hotel‹?«, fragte Zeno, und Semov sagte bedächtig: »Anders ist das im Kopf auf Dauer nicht auszuhalten. Gut, ich wohne schon etwas privilegiert in Bernau, aber ein Gefängnis ist und bleibt ein Gefängnis. Obwohl – von der nächtlichen Geräuschkulisse her könnte es auch ein Krankenhaus sein.

Beides sind schlaflose Gebäude. In den Häusern, in denen wir das Kommando haben, geht es einigermaßen ruhig zu, da wird keiner nachts mit Handschellen an die Pritsche gekettet. In Russland wurde ich mal festgenommen und verbrachte eine Nacht in einer Arrestzelle. Diese eine Nacht, in der ich mit Handschellen an den heißen Heizungsradiator gefesselt war, vergesse ich nie. Ich saß auf dem vollgekotzten Zementboden, die Arme auf die Seite gedreht und mit einem öligen Lappen im Mund. Diese Nacht spielte in meiner privaten Hitparade definitiv ganz oben mit, das können Sie mir glauben.«

»Warum hatten Sie einen Lappen im Mund?« Nellie kam mit einem Tablett in die Küche und stellte die Biergläser auf den Tisch, daneben die Wodkagläser und eine eisüberzogene Flasche Stoli im beschlagenen Alukühler.

Semov lächelte sie an. »Danke, meine schöne Taube.« Nellie wurde schon wieder rot. Schnell ging sie aus der Küche, und Semov redete weiter. »Ich wollte den drei Dorfbullen klarmachen, wer ich bin, aber einer von denen schlug mir mit dem Knüppel seitlich ins Gesicht, sodass mir zwei Backenzähne rausflogen. Dann stopften die mir den dreckverschmierten Lappen in den Mund, und ich versuchte, ihn mit der Zungenspitze von den fransigen, blutigen Löchern im Zahnfleisch wegzuschieben. Der zweite Bulle gab mir einen Tritt an den Kopf, und dann bin ich wohl weggetreten. Als ich wieder wach wurde, war es früh am Morgen. Ich hörte laute Stimmen, ein paar gedämpfte Schüsse, und dann kniete sich mein Chef vor mir auf den Boden. Er zog mir den Lappen aus dem Mund und sagte: ›Sergei, wo sind meine Papirossi? Ich habe dich vor fünf Stunden weggeschickt, um mir Zigaretten zu holen. Was machst du hier auf dem Boden? Mit einem dreckigen Tuch im Mund?‹ Und ich: ›Chef, frag das die drei Dorfbullen da draußen.‹ Und er machte ein erstauntes Gesicht. ›Das geht leider nicht, Sergei Sergeiewitsch, die sind dummerweise gerade verstorben. Kommst du jetzt mit? Kann man dich nicht mal nach Zigaretten schicken? Weiß der Teufel, wo das mit dir noch hinführen soll.‹«

Semov schaute in die verdutzten Gesichter von Stocker und Zeno und lachte los. »Na ja, hier in Ihrem Land sprechen uns die Polizisten mit Respekt an, und die haben zwar schöne Pistolen, dürfen aber nur ganz selten damit schießen. Ist das nicht komisch?«

Zeno grinste. »Weil wir grad davon reden: Komisch finde ich es übrigens auch, dass sich Timo in Traunstein versteckt hat. Da sind doch jede Menge Russen. Haben Sie da ein bisschen ... wie soll ich sagen ... nachgeholfen?«

Semov setzte eine unschuldige Miene auf. »Nein, warum denn? Schauen Sie, der Mann könnte mit seiner Glatze und seiner Figur als Russe durchgehen. Er spricht auch ganz gut Russisch und hat mit ein paar von den Leuten dort schon gearbeitet. Ich frage Sie, wo würden Sie einen Baum verstecken, wenn Sie nicht wollen, dass er gefunden wird?«

»Im Wald.« Zeno stand auf und band sich ein Handtuch um die Hüften. »Ich schieb die Austern in den Ofen, die gibt's dann in ein, zwei Minuten. Möchten Sie Wein?«

Der Russe schüttelte den Kopf. »Im Hotel haben wir kein Bier vom Fass. Da sind die noch ziemlich rückständig. Ich bleibe vorerst bei Bier. Und Sie?«

Stocker erhob sich von seinem Stuhl. »Ich hol mir mal eine Flasche Pesquera. Jetzt brauche ich was, das schmeckt, auf der Zunge brennt und schwindlig macht.«

Die Austern waren göttlich, das Steak zart und saftig, Stocker, Zeno und Semov lachten viel in der Küche, und die Jungs von den Chiemsee Cowboys saßen mit Nellie an der Theke, tranken Bier mit Bourbon und erzählten sexistische Witze. Sigi sagte zu einem der Polizisten, der eine Flasche Wasser von der Theke nahm: »Wie nennet man einen klein gewachsenen Wachmann? Na? Sicherheitshalber!«

Gegen neun Uhr summte Semovs Handy. Er wischte sich

den Mund mit seiner Serviette ab, rückte seinen Stuhl zurück und sagte im Aufstehen: »Entschuldigen Sie mich bitte für ein paar Minuten, ja?« Mit der freien Hand schnappte er sich sein Bierglas und ging raus in den Wintergarten.

Stocker räumte die Teller ab, und Zeno holte frisches Bier für sich und Semov. Nach etwa zwei Minuten kam der Russe wieder zurück in die Küche. Er setzte sich, schaute sein Mobiltelefon an und legte es auf den Tisch. Dann seufzte er, nahm sich ein frisches Bier. »Alea iacta est, meine Herren, die Würfel sind gefallen.«

Dann starrte er seinen Handrücken an, der von einer sichelförmigen Narbe durchzogen wurde. Die verfärbte sich rot, als er eine Faust ballte, und wurde langsam wieder weiß, als er die Hand öffnete. »Das war ein Anruf von meinem Teamleiter. Wir haben die Aktion in Rosenheim vorverlegt.«

Stocker und Zeno schauten sich wortlos an, und Semov hob die Schultern, drehte die Handflächen nach außen. »Tut mir leid. Nehmen Sie das jetzt bitte nicht persönlich, aber meine Chefs haben das so angeordnet. Wir können es uns nicht leisten, dass unsere Gruppe in den Verdacht gerät, etwas mit dem geplanten Anschlag zu tun zu haben. Das würde unsere Geschäfte sehr stören und unser … wie soll ich sagen … unser angespanntes Verhältnis zu den europäischen Behörden noch mehr eintrüben.«

Zeno sagte: »Welcher Anschlag? Wovon zum Teufel reden Sie?«

Semov stand umständlich auf, ging zum Fenster und fuhr mit den Fingern unter dem Fensterbrett entlang. »Da muss sie doch irgendwo sein. Wo ist sie denn? Ah, hier ist was.«

Dann bückte er sich und zog ein sehr kleines schwarzes Teil von der Unterseite. Mit Daumen und Zeigefinger hielt er es lächelnd hoch wie ein seltenes Insekt und legte es dann vorsichtig auf den Tisch. »Wir wissen seit ein paar Tagen alles, was Sie auch wissen. Und das ist allerhand, glauben Sie mir.«

Zeno starrte die Wanze an, und Semov erklärte: »Das ist ein

Spy Bug, vollautomatisch, das nur sendet, wenn hier drin gesprochen wird. Oben an der Straße haben wir den Empfänger in einem Baum versteckt. Sie können mit so einem Gerät von jedem Ort der Welt ganz bequem abgehört werden. Gab es das schon, als Sie noch beim SEK und der Anti-Drogen-Einheit waren?« Semov schaute Zeno an, und der schüttelte stumm den Kopf.

Stocker trank sein Weinglas in einem Zug leer. »Super. Und jetzt?«

Semov setzte sich wieder, legte die Unterarme auf den Tisch und sagte: »Jetzt? Jetzt hören Sie mir genau zu, denn alles, was ich jetzt sage, das werde ich nicht wiederholen, okay?«

Zeno und Stocker bewegten gleichzeitig die Köpfe, und Semov sprach weiter. »Wir haben Luc Telchen eine Nachricht zukommen lassen, einen Anruf, den unsere Leute aus der Bandaufnahme zusammengeschnitten haben, die wir vom Pastor haben. Einen Teil seiner Aussagen habe ich Ihnen ja auch zur Verfügung gestellt. Wie dem auch sei, Luc Telchen hat zwei GPS-Koordinaten bekommen und die dringende Aufforderung, sein Depot zu leeren, da wahrscheinlich irgendwo ein Informationsleck sein könnte. Luc ist natürlich sofort in Traunstein in sein geliehenes Auto gestiegen und nach Rosenheim gebraust. In dem Wagen befand sich eine ähnliche Wanze. Auch die Waffe, die er bei sich hatte, war verwanzt. So konnten wir ihn immer zentimetergenau orten.«

»Wie verwanzt man eine Waffe, ohne dass der Besitzer es merkt? Timo kennt sich mit Waffen aller Art doch bestens aus.«

»Er hat einen 38er-Revolver mit fest angebautem Schalldämpfer bekommen, und in dem Dämpfer ist ein Chip. Lassen Sie mich weitersprechen. Unser Team hielt sich in Bahnhofsnähe in Rosenheim auf, sie brauchten ihm nur noch in die Bunkergänge zu folgen.« Semov hob die Hand. »Bevor Sie mich wieder unterbrechen: Unsere Leute haben Nachtsichtgeräte der neuesten Generation. Luc Telchen hat nur eine Taschenlampe, also hat er von seinen Verfolgern erst was bemerkt, nachdem er sein Versteck ausgeräumt hat. Machen wir es kurz: Wir haben das Geld und die Steine.«

»Die Steine, ja?«, fragte Stocker und schaute Zeno an. Der hob die Schultern. Semov lächelte. »Warum sollte ich Ihnen Informationen vorenthalten? Alles, was in dem Bunker liegt, gehört uns. Das war der Deal. Sie bekommen, was Sie für Ihre weiteren Schritte brauchen. Gut, lassen Sie mich reden. Wir haben Bargeld in verschiedenen Währungen, alles zusammen dürften es um die sechs Millionen Euro sein. Außerdem einen kleinen Beutel mit Diamanten. Den Wert der Steine ermitteln wir im Lauf der nächsten Stunden. Also, in dem Loch waren noch drei Pässe, eine Schusswaffe, Kreditkarten, Führerscheine, ein Pilotenschein, Handys und Kleinkram.«

Semov trank einen Schluck Bier und stieß zischend Luft aus. »Ahhh, wie ich diesen frischen herben Geschmack vermisse. Können Sie mir ein Fass davon ins Hotel schmuggeln lassen?«

Stocker und Zeno verzogen keine Miene, und Semov meinte: »So, weiter im Text. Wir haben die Telefonnummer des Kontaktmannes in München und ein Codewort. Es lautet ›Sarmale‹. Wissen Sie, was das ist?«

Stocker sagte: »Ja, das ist ein rumänisches Gericht mit Sauerkraut und Hackfleisch. Sehr einfallsreich.«

Semov nickte. »Ich mag es gerne.« Dann schaute er auf sein Handy und drückte zwei Knöpfe auf dem Display. »Geben Sie mir einen Zettel und einen Schreiber!«

Zeno stand auf, fischte einen kleinen Block und einen Kuli aus der Schublade über dem Kühlschrank und setzte sich wieder. Semov schrieb eine elfstellige Nummer auf und schob den Block in die Mitte des Tisches. »Verlieren Sie das nicht. Wenn ich Ihnen einen Tipp geben darf, dann lassen Sie sich auf keine Geldforderungen ein. Sie haben nämlich recht mit Ihrer Vermutung, dass es um eine Polonium-Lieferung geht.

Wussten Sie übrigens, dass man Polonium als Warenmuster in den USA frei kaufen kann? Allerdings müsste man ungefähr fünfzehntausend Muster kaufen, um die für einen Menschen tödliche Menge zu haben. Weiter: Die Rumänen haben das Polonium vor ein paar Tagen bekommen, das wissen wir von einem unserer Leute, der früher beim KGB war und jetzt eine Import-Export-Firma in San Marino betreibt. Dummerweise beträgt die Halbwertszeit von Polonium nur hundertachtunddreißig Tage, das heißt, wenn man die Rumänen hinhält, wird die Ware unbrauchbar und ist somit unverkäuflich.«

»Hundertachtunddreißig Tage sind eine lange Zeit«, sagte Stocker, und Semov lächelte. »Ja, wenn man die Zeit hat. Aber schauen Sie, der Anschlag ist für August geplant, die Ware muss verarbeitet, zum Anschlagsort transportiert und verteilt werden. Die Rumänen können also zwei oder drei Wochen stur sein und Vorauskasse verlangen, dann wird ihnen aber die Zeit knapp. Erstens, weil mit jedem Tag, der verstreicht, die Gefahr einer Entdeckung droht, und zweitens, weil das Polonium schon in Tschechien ist.« Er tippte mit dem Finger auf die Wanze, dann steckte er sie ein. »Es gibt im Osten natürlich so einige Orte, an denen man ungestört basteln kann, aber von hier aus gesehen liegt Krumau am nächsten. Meine Chefs kennen die alte Papierfabrik übrigens noch aus Militärzeiten, der KGB hat da fleißig produzieren lassen, und schon zu früheren Zeiten war man da für uns tätig. Sagen Sie zu einem alten Geheimdienstler die Worte ›Cesky Krumlov Vetrni‹, und Sie werden sehen, man kennt das.«

»Schön, vielleicht machen wir dort mal Urlaub. Danke für den Tipp. Was sagen wir dem Mittelsmann in München?«

»Ganz einfach. Sagen Sie, Sie haben die fünf Millionen und die Steine. So viel wollte Luc Telchen nämlich investieren, und dafür hat man ihm fünfzig Prozent Rendite geboten, zahlbar Ende Juli.«

»Dann hat Telchen mit dem Anschlag nichts zu tun?«

»Nicht das Geringste«, sagte Semov. »Der Kerl hatte nur

das Geld, das man braucht, um alles unauffällig in die Wege zu leiten. Sagen Sie dem Mann in München, Sie kommen nach Krumau. Da wird er erst mal Schnappatmung kriegen, wenn er merkt, dass Sie den Ort kennen, an dem das Polonium ist. Dann sagen Sie, Sie bringen das Geld und die Steine mit, und Sie bezahlen, wenn Sie eine fertig präparierte Karte in der Hand halten. Mein guter Rat wäre, dass Sie Lederhandschuhe tragen sollten, wenn es wirklich so weit kommt. Gut, weiter: Sie schlagen ein Hotel vor, das am Ortsrand von Krumau liegt, nahe an der Moldau. Das ›Krumlov-Grand‹. Sie nehmen die King-Suite. Von der Terrasse der Suite sieht man die Fabrik auf der anderen Seite des Flusses liegen. Was Sie dann weiter unternehmen, das liegt in Ihrem Ermessen. Mehr Informationen kann ich Ihnen nicht geben, weil wir auch nicht mehr als das wissen. Doch, eines muss ich Ihnen noch sagen: Lassen Sie die Polizei aus dem Spiel. Die Fabrik ist ein riesiger Komplex, und wenn Sie nicht ganz genau wissen, wo die Ware liegt, haben Sie keine Chance, sie zu finden. Außerdem werden die Rumänen mit Hilfe der örtlichen Mafia bestimmt dreißig oder vierzig Mann in und um die Fabrik postiert haben. Und auch wenn die Krumauer Polizei als sehr tüchtig und als nicht korrumpierbar gilt: Ein fauler Apfel kann in jeder Kiste sein, oder?«

Semov trank sein Bierglas leer und stand auf. »Die deutsche Polizei oder Interpol kommen erst gar nicht nach Krumau rein, ohne dass die Bosse das mitkriegen. – So, hat mich gefreut, mit Ihnen Geschäfte zu machen, und danke auch für den herrlichen Abend. Ich möchte noch ein paar Worte mit den wunderbaren Musikern da draußen wechseln, und dann wird es Zeit für mich, dass ich wieder in mein Hotel komme.«

»Moment!« Zeno stand ebenfalls auf. »Was ist mit Timo, ich meine, Luc Telchen? Teil unseres Deals war, dass ich ihn zu sehen bekomme. Alleine.«

Semov schaute durch das Bullauge in der Küchentür, dann drehte er sich um. »Ihr Freund wurde bei der Aktion etwas beschädigt. Wir haben ihn mitgenommen, aber er leidet. Sobald Sie und Ihr Partner das Problem in Tschechien gelöst haben, werden wir das erfahren. Dann wird Ihnen der Aufenthaltsort Ihres Bekannten mitgeteilt, und Sie werden ihn lebend und alleine sprechen können.«

Stocker sagte: »Das war so nicht abgemacht!«

Und Semov erwiderte: »Mein Idol Tony Soprano würde sagen: ›Life is a bitch.‹ Schauen Sie, es hat sich halt so ergeben. Solche Dinge sind nicht immer planbar. Leben Sie wohl, meine Herren, ich werde Ihr fabelhaftes Restaurant weiterempfehlen.«

Dann schwang die Küchentür hinter ihm zu.

Zeno schaute sich um, kratzte sich am Kopf und meinte: »So, und das ist jetzt der Moment, wo die Hühnerkacke in den Ventilator fliegt, oder?«

Stocker hob seine Weinflasche hoch, prüfte den aktuellen Stand und sagte: »Wegen solcher Sprüche können uns die von der Gewerbeaufsicht den Laden dichtmachen. Das ist nämlich mangelnde Mundhygiene, was du jetzt hast. Sag mir lieber, wie die Wanze da hingekommen ist und warum wir nichts davon bemerkt haben. Nein, sag nichts. Erzähl mir lieber, dass du deine ausführlichen Skype-Gespräche nicht genau an ebendiesem Tisch geführt hast. Nee, oder?«

Zeno setzte sich. »Klar hab ich von hier aus gesprochen. So viel zu diesem Thema. Und wie die Wanze in die Küche reingekommen ist? Da hab ich keinen blassen Schimmer. Soll ich dir mal erzählen, wie oft wir früher Buden verwanzt haben? Das ging ›Wham, bam, thank you, Mam‹. Was ich aber jetzt rückwirkend sagen möchte: Erinnere dich bitte mal an den größeren von den ›Men in Black‹, der stand doch genau da vorne am Fenster, hat rausgesehen und mit der Hand da am Fensterbrett rumgefummelt. Der hat bestimmt geprüft, ob die Wanze noch fest und sicher da ist, wo sie sein soll.«

Stocker nickte und schloss die Augen. »Was soll's, gelaufen ist gelaufen. Pass auf, den Zuckerhahn lassen wir erst mal außen vor. Ich fahre schnell nach Endorf zur Telefonzelle und rufe den Macker in München an und dann –«

Er öffnete die Augen, weil ihm Zeno mit dem Finger auf die Stirn tippte. »Hallo, ist da wer zu Hause? Bist du knapp bei Gehirn oder was? Stell dir bitte bloß mal vor, da ist einer am anderen Ende der Leitung, der deine Stimme wiedererkennt. Wir haben unter denen ja doch ein bisschen gewütet damals, oder?«

»Und deine Stimme? Die kann sich keiner merken, oder wie? Obwohl – da kann was dran sein. Wer erinnert sich schon gerne freiwillig an dich?«

Zeno grinste. »Du denkst, du kannst Sarkasmus? Kannst du nicht. Schau mich an. Ich hab noch nie einen Sarkasmus vorgetäuscht. Deswegen lasse ich dich wissen, dass alle, die in diesem erlauchten Kreis meine erotische Stimme gehört haben, tot sind. Woher ich das weiß? Weil ich selbst die Spülung betätigt habe. So, ich rufe in München an, ich fahre heute Nacht noch zu einem Treffpunkt, den ich höchstpersönlich bestimmen werde, und du, du machst Folgendes. Pass jetzt mal genau auf, denn da sollte besser nichts schiefgehen!«

Voll auf die Nüsse

Zeno setzte den Blinker und zog seinen altersschwachen Skoda nach rechts auf die Autobahnausfahrt Hofoldinger Forst. Oben an der Sauerlacher Straße bog er wieder rechts ab, fuhr über die Brücke und nahm die Einfahrt in die A 8 nach Süden.

Die Nacht war kühl, und Feuchtigkeit setzte sich innen an der Frontscheibe ab. Zeno stellte das Gebläse höher und wischte mit der Hand über die Scheibe. Ein entgegenkommender Lkw blendete ihn, und er schloss für einen Moment die Augen. Wenig Verkehr, dachte er und suchte im Radio nach einem Oldie-Sender. Auf Bayern 1 brachten sie »Let Your Love Flow« von den Bellamy Brothers. Er drehte die Lautstärke hoch und sang den Refrain mit. Dann sah er die Lichter der Raststätte Holzkirchen aus der nebligen Dunkelheit auftauchen und fuhr langsamer.

Hinter der Tankstelle rangierte er den Skoda zwischen zwei Trucks mit griechischen Aufschriften und LED-Weihnachtsbeleuchtung. Aus der Kabine des größeren Lasters hörte er Sirtaki-Musik und Männerstimmen. Zeno fischte sein Handy aus der Hemdtasche, tippte eine Kurzwahl und sagte nach einigen Sekunden: »Wann bist du so weit? Ich bin da und gehe gleich rein.«

Eine Stimme antwortete: »Wenn du ein vernünftiges Auto hättest, dann würdest du mich so einen Blödsinn erst gar nicht fragen. Ich wollte eigentlich schon wieder fahren. Aber nett, dass du es doch noch geschafft hast.«

Zeno grinste. »Weißt du, man sagt ja immer, dass das Auto für einen Mann so was wie ein Penisersatz ist. Erstens glaube ich nicht an solchen Mist, und zweitens, wenn das wirklich stimmen würde, dann müsstest du einen ganz schäbigen, kleinen, verrosteten, tropfenden … Hallo? Bist du noch da? Hallo?«

Er schüttelte sein Handy und steckte es wieder ein. Dann stieg er aus und ging auf die Raststätte zu. Auf dem fast leeren Parkplatz vor dem Restaurant standen sechs oder sieben Autos. In einem schwarzen Audi A8, der in Richtung Gaststätte geparkt war, saßen zwei Gestalten und rauchten. Beim Aufglimmen der Zigaretten konnte Zeno sehen, dass es zwei dunkelhaarige Männer waren.

Er lächelte und ging durch die Glastür in den hell erleuchteten Gastraum. Am vierten Tisch rechts saß ein Mann, der irgendwie nicht hierherpasste. Er trug einen dunkelgrauen Maßanzug, ein teuer aussehendes hellblaues Hemd mit Button-down-Kragen und eine Designerkrawatte. Seine Hände lagen flach auf dem Tisch, und am linken Handgelenk blitzte eine goldene Bulgari-Uhr.

Zeno ging auf den Tisch zu, beugte sich zu dem Mann. »Entschuldigen Sie, aber haben wir beide vor einer knappen Stunde miteinander telefoniert?«

»Kann sein. Interessieren Sie sich für etwas Rumänisches?«

»Sarmale. Ich bin verrückt nach Sarmale.«

Der Mann nickte, und Zeno schob sich auf die Sitzbank ihm gegenüber.

»Wo ist das, das Sie mir mitbringen sollten?«

Zeno schüttelte den Kopf. »Bedauerlicherweise haben sich die Termini etwas verändert. Keine Angst, Sie bekommen Ihr Geld, ohne Abzüge. Nur ist es so, dass uns da was zu Ohren gekommen ist, und das stimmt uns nachdenklich.«

Der Mann im Anzug lehnte sich zurück und schaute eine Weile auf den dunklen Parkplatz hinaus. Dann senkten sich die Mundwinkel in seinem dunklen Raubvogelgesicht nach unten, er fuhr sich mit der Hand über die Stirn. »Ich bin seit über dreißig Jahren in dem Geschäft. Und es funktioniert immer gleich: Sie geben uns Geld. Entweder, Sie bekommen dafür Ware, oder, wie in diesem Fall, Sie finanzieren was und bekommen Ihr Geld mit fünfzig Prozent Gewinn zurück. Beides setzt aber voraus, dass Sie jetzt was auf den Tisch legen.«

Er breitete die Arme aus und sprach weiter. »So war das ausgemacht. Also, was denken Sie?«

Zeno beugte sich vor, legte die Arme auf den Tisch und sagte: »Ich denke, dass man Pfannkuchen nicht senkrecht braten kann. Es geht nicht, ich hab es oft genug probiert. Dieses und andere Erlebnisse haben mich misstrauisch gemacht. Für mich bitte ein kleines Bier vom Fass. Danke.« Der letzte Satz war für die Bedienung, die an den Tisch getreten war.

Der Raubvogel deutete auf sein leeres Wasserglas und hob einen Finger, während er Zeno unentwegt anstarrte.

»Das Geld ist jetzt schon in der Nähe von Krumau«, sagte Zeno, während er auf seine Uhr schaute. »Mein Partner, Dr. Heisenberg, wird übermorgen in Krumau eintreffen. Er wird sich davon überzeugen, dass es die Ware, die wir finanzieren, auch wirklich gibt. Und was Sie jetzt denken, das weiß ich auch schon. Aber das können Sie sich sparen. Der Doc weiß nicht, wo das Geld ist. Aber er ist Professor der Chemie und der Physik, und er ruft uns an, wenn ihm das, was er sieht, gefällt. Dann bekommen Sie zehn Minuten später das Geld. Zug um Zug, okay? Wie sehen Sie das?«

Der Rumäne konnte nur mühsam seinen Zorn unterdrücken. »Wie ich das sehe? Ich sehe, dass da draußen einige von meinen Leuten nur darauf warten, Sie zu erledigen, wenn ich das will. Wer glauben Sie eigentlich, dass Sie sind, verdammt noch mal?«

»Oh, ich brauche da nichts zu glauben, ich weiß es nämlich seit Langem. Und in meinem Job bin ich ziemlich gut.« Zeno zeigte auf den Mann. »Sie haben da was an der Hose. Würden Sie bitte mal kurz aufstehen?«

»Was?« Der Raubvogel sah kurz an sich hinab. »Wo?« Instinktiv erhob er sich und sah einen münzgroßen roten Fleck, der zehn Zentimeter unter seinem Gürtel auf der dunkelgrauen Hose zu sehen war.

»Nicht bewegen«, sagte Zeno. »Lasergestützte Zielerfassung, so was kennen Sie doch, oder? Nein? Der rote Punkt ist ab jetzt fest mit dem Ziel verbunden, auch wenn es sich bewegt. Das funktioniert sogar aus Distanzen bis zu einem Kilometer. Aber meine Kollegen sind ja nur ungefähr fünfzig Meter weit weg, da müsste eigentlich ein sauberer Blattschuss gelingen. Voll auf die Nüsse, was? Setzen Sie sich doch bitte wieder, das muss ja sehr unbequem sein, diese Stellung.«

Die Bedienung stellte ein Bier und ein Wasser auf den Tisch und fragte den Raubvogel: »Wollten Sie rausgehen?«

Der Mann seufzte und ließ sich langsam wieder auf die Sitzbank nieder, und Zeno sagte lächelnd: »Sehen Sie, jetzt ist der Punkt wieder unter dem Tisch, aber immer noch genau im Ziel. Schauen Sie nicht nach unten, das könnte meine Kollegen nervös machen. Ich wollte diese kleine Show vermeiden, aber Sie anscheinend nicht. Gut. Noch mal zum Mitschreiben. Morgen Abend um zwanzig Uhr wird unser Dr. Heisenberg im ›Krumlov-Grand-Hotel‹ an der Lobby-Bar sitzen. Ein schlanker Mann im blauen Anzug, eins achtzig, mit Schnurrbart und Brille. Jemand von Ihren Leuten zeigt ihm die Ware. Ein anderer wird im Hotel bleiben. Der Doc ruft uns an und geht wieder. Jemand von uns kommt mit dem Geld in die Lobby zu Ihren Leuten, der Deal kann laufen. Wir verschwinden wieder und warten auf die Auszahlung nebst Gewinnausschüttung in ein paar Wochen.«

»Was ist mit den Steinen?«

»Ach so, ja klar. Auch die werden wir dabeihaben, alles bleibt wie abgesprochen.«

»Woher wissen Sie eigentlich, dass die Ware in Krumau ist?«

Zeno grinste noch breiter. »Auch wir haben Mitarbeiter, die früher auf der anderen Seite der Mauer gearbeitet haben. In ziemlich hohen Positionen sogar. Der Mauerfall hat ein enormes Potenzial an plötzlich arbeitslosen Fachkräften gen Westen gespült. Übrigens, Ihre Kommunikationstechnik sollte mal auf den neuesten Stand gebracht werden.«

Zeno zog einen Geldschein aus der Brusttasche seines Hemdes, legte ihn auf den Tisch und schaute dem Kerl in die Augen.

»Wir sind uns also einig? Gut, dann gehe ich mal. Bleiben Sie bitte noch drei oder vier Minuten genau so sitzen, wie Sie jetzt sitzen. Keine hastigen Bewegungen, keine Handzeichen und keine Telefonate. Sehe ich Sie in Krumau?«

Raubvogel nickte, und Zeno sagte: »Na, dann trinken wir dort ein schönes tschechisches Bier und sind wieder gute Freunde, ja? Bis dann. Ach so, Sie sind natürlich mein Gast. Also dann, bis morgen.«

Gemächlich ging er aus dem Restaurant, ohne sich auch nur einmal umzusehen. Den Männern in dem dunklen A8 winkte er freundlich zu und marschierte mit schnellen Schritten um das Gebäude herum. Kaum war er außer Sichtweite und hinter der Tankstelle, joggte er zu seinem Skoda, fuhr ohne Licht los und schaltete erst auf der Autobahnzufahrt die Scheinwerfer ein.

Kurze Zeit später surrte sein Handy. Er hob es ans Ohr und hörte Stockers Stimme: »Ich bin vier Autos hinter dir. Alles klar, keine Verfolger.«

»Wo sind die Sarmale-Brothers?« Zeno schaute in den Rückspiegel, konnte aber Stockers Wanderdüne nicht ausmachen.

»Die dunkle Grimmnase saß immer noch bewegungslos am Tisch, als ich von der Garage runtersprang. Zwei Anzugträger kamen um die Ecke gespurtet, blieben stehen und schlichen sich dann an die Garage ran. Da saß ich aber schon längst im Auto und fuhr weg. Mich hat keiner gesehen.«

»Und auf dem Garagendach?«

Zeno spürte Stockers Grinsen, als er sagte: »Na ja, da oben ist ein Besenstiel auf einem Fotostativ, und an dem Besenstiel ist ein Laserpointer mit Klebeband befestigt. Vielleicht nehmen die den mit und verkaufen ihn auf eBay, was meinst du?«

»Wie war die Verbindung? Hast du mich gut verstanden?«

»Ja, perfekt. Aber was sollte das mit dem Dr. Heisenberg? Hast du zu viel ›Breaking Bad‹ gesehen, oder was? Woher nehmen wir einen Doc Heisenberg?«

»Schau mal in den Rückspiegel. Wen siehst du da?«

Heisenberg

Zeno kam mit zwei kleinen Bieren in die Küche und stellte eines vor Stocker, der am Tisch saß und stirnrunzelnd seine Handflächen studierte.

»Jetzt denk doch mal mit, Alter. Du knallst dir einen Schnurrbart unter die Nase, setzt die Hornbrille mit den Fenstergläsern auf und ziehst deinen alten Kommunionsanzug an. Dann marschierst du mit den schrägen Vögeln in die Fabrik rüber und schaust, ob da tatsächlich was in einer Flasche ist, das gefährlich aussieht. Dann lässt du dir die Kartenrohlinge zeigen. Irgendwer wird dir erklären, wie die das hinkriegen wollen, damit das Polonium auf die Karten kommt. Du nickst, machst ein schlaues Gesicht und gehst wieder. Außerdem wirst du Hörgeräte tragen. Wissenschaftler sind nämlich oft auch schwerhörig.«

Stocker blickte von seinen Händen auf und griff nach dem Bier. »Echt jetzt?«

Zeno blinzelte und trank. »Klar doch. Eines von den Hörgeräten wird einen Sender und Empfänger haben, und so kann ich dir ins Ohr flüstern, wenn du dich im Interesse deiner eigenen Gesundheit verkrümeln solltest.«

»Fuper. Und wo bist du während der ganzen Zeit?«

»Hör mit dem blöden ›fuper‹ auf, ja? Wo ich bin? Im Hotel. Oder besser gesagt auf dem Hotel. Pass auf, es läuft so: Ich habe da während der Fahrt einen alten Kumpel von mir angerufen, den Axel. Der wohnt hier in der Nähe, auf der anderen Seite des Sees. Was der früher gemacht hat, das wissen nicht mehr viele Leute.«

»Toll. Und was macht der jetzt? Nein, warte.« Stocker schaute sich um. »Vielleicht hören die uns auch jetzt noch ab?«

»Wozu? Für Semov und Co. ist die Sache gelaufen. Die haben ihr Geld und die Steine und sind aus dem Ding raus.

Also, lass mich erzählen. Der Axel hat in seiner aktiven Zeit bei der Bullerei mehr Fuhrparkschlitten zu Klump gefahren als jeder andere. Legendär waren auch seine Verhöre, bei denen er gerne mit einem zusammengerollten Telefonbuch das Grundgesetz außer Kraft gesetzt hat. Die diversen Vorgesetzten waren aber nie lange sauer auf ihn, weil er eine unfassbare Aufklärungsquote hatte.«

»Warum muss ich mir das jetzt anhören?«

»Weil«, Zeno hob sein Glas und zeigte damit auf Stocker, »mein Kumpel seit einiger Zeit als Problemlöser arbeitet. Nur um einiges radikaler als wir, und damit kommen wir zum Punkt: Axel und meine Wenigkeit werden auf dem Dach des Hotels liegen. Axel, der übrigens in unseren Kreisen AM heißt, wird seine Ausrüstung dabeihaben, und ich bin der Teacher, der Sicherungsschütze.«

»Was heißt?«

»Was heißt, dass ich da oben alles im Griff habe. Axel bringt sein Sturmgewehr 77 oder was Adäquates mit, und ich werde mit dir Kontakt halten. Wir werden mit Restlichtverstärkern, Schalldämpfern, Phosphormunition und allem arbeiten, was es im Moment so gibt. Dich habe ich mit einem GPS-Tracker dauernd auf meinem Laptop, und egal, wie sich die Situation entwickelt, wir haben das im Griff.«

Zeno rülpste. Dann hob er die Hand. »Psch, sag jetzt nichts. Ich habe keine Kinder oder sonstige Erben, und wir sind beide ziemlich reich. Also, lass mir den Spaß, ja?«

»Gut, dann geh ich mal telefonieren und bringe den Bernbach auf den neuesten Stand.«

»Du willst ihm das alles erzählen?«

Stocker grinste. »Nur das, was er wissen darf. Ich bin mal schnell oben. Und wenn ich wieder runterkomme und genau hier steht ein liebevoll Gezapftes«, Stocker klopfte mit den Knöcheln auf die Theke, »dann sage ich dir, wer die Kosten für Axel M. übernimmt.«

Stocker setzte sich in seinem Zimmer ans Fenster, wählte und hielt das Handy ans Ohr. Ein paar Sekunden später hörte er die dünne Stimme des alten Mannes: »Ja? Haben Sie ihn?«

Stocker schnalzte mit der Zunge. »Er war in Traunstein, ganz in Ihrer Nähe. Ehrlich jetzt, haben Sie das nicht gewusst?«

Ein trockenes Husten kam aus dem Hörer. Laut und keuchend. Stocker hielt das Telefon etwas vom Kopf weg und verzog das Gesicht.

»Nein, verdammt noch mal«, stöhnte von Bernbach, dann hatte er sich wieder im Griff. »Und, was ist jetzt?«

»Na ja, er ist abgetaucht. Aber wir wissen, wo er übermorgen sein wird. Da sind wir dann auch. Wir ziehen noch einen Spezialisten hinzu, aber Spesen sind ja kein Thema, erwähnten Sie, oder?«

»Sie wissen genau, was ich gesagt habe. Machen Sie Ihren Job und liefern Sie!«, fauchte der Alte. »Wenn Sie wieder anrufen, will ich eine Vollzugsmeldung, verstanden?«

Stocker ging pfeifend die Treppe zur Gaststube runter und nahm sich sein halb gezapftes Bier. Zeno starrte ihn an und zog die Brauen hoch.

Stocker ließ ihn zappeln, trank, machte »Ahhhh«, hob das Glas in Augenhöhe und betrachtete die Schaumfäden, die im Glasinneren träge nach unten liefen. »Was? Ach so, alles im Lot. Unsere Aktion geht auf Kasse, wir müssen nix zuzahlen.«

Zwei Tage später: Wo sind die Kekse?

Stocker sah die Ausfahrt Linz an sich vorbeiziehen und schlief wieder ein. Kurz vor Freistadt stieß ihn Zeno mit dem Ellenbogen an. »Hey, wir sind gleich in Tschechien. Es sind vielleicht noch zwanzig Kilometer oder so bis zur Grenze.«

»Und dann?«

»Dann noch mal um die zwanzig bis Krumau. Streck dich und mach Bäuerchen, mein Kleiner. Ach ja, lang mal nach hinten und schau, ob noch Kekse da sind.«

Zeno drehte am Radio, und Musik- und Sprachfetzen dröhnten aus den kleinen Hecklautsprechern.

»Wo ist Axel M.?« Stocker kramte in der Müllhalde auf dem Rücksitz nach den Keksen in der goldenen Folie.

Zeno schaute in den Rückspiegel. »Warum nennst du ihn so?«

Stocker reichte ihm die Kekspackung. »Erstens, weil mich der Name an einen Film mit Eddie Murphy erinnert, an die Titelmelodie, die hieß ›Axel F.‹, kennst du den Song noch? Und zweitens, so heißt er doch, der Mann, oder? Bin mal neugierig, wie der aussieht.«

Zeno grinste. »Die meisten, die das auch wissen wollten, sind mausetot. Wollen wir mal hoffen, dass du ihn nie zu sehen bekommst. Er müsst eigentlich jetzt schon im Hotel sein. Schau mal in das Handschuhfach. Da sind die Hörgeräte drin.«

Stocker seufzte und wühlte im Handschuhfach des alten Skoda zwischen Überraschungseiern und Kaugummis. »Hier, meinst du das da, in der schwarzen Schachtel?«

»Genau«, sagte Zeno. »Das sind ReSound, ein spezielles Modell und ein bisschen modifiziert. Die funktionieren wie richtige Hörgeräte, aber ich kann mithören, was du hörst, und ich kann dir Infos ins Ohr flüstern. Gut, was? Steck die mal in deine Lauscher.«

Stocker setzte die Hörgeräte ein, besah sich im Rückspiegel und schaute Zeno an, der mit der rechten Hand nach seinem Mobiltelefon griff, eine Nummer eingab. »Jetzt bin ich laut und klar in deinen niedlichen Öhrchen. Wie ist das?«

»Umwerfend. Auf welche Distanz funktioniert das?«

»Bis zu zwei Kilometer. Lass dich aber nicht in einen Keller oder so was locken, da hör ich dich nämlich nicht mehr. Dann bist du im Eimer. Noch was. Du kannst mir ein akustisches Signal geben, wenn du Probleme hast und das nicht aussprechen willst oder kannst. Scharre dann einfach mit den Füßen über den Boden. Wenn ich das höre, leite ich deinen Rückzug ein, und wir beginnen mit der Action.«

»Welcher Action?«

»So genau willst du das doch gar nicht wissen, oder? Schnall dir jetzt bitte deinen Bart unter die Nase und bereite dich auf deine Rolle vor. Du bist ein abgedrehter Wissenschaftler, weltfremd und mit einem Asperger-Syndrom. Kriegst du das hin?«

Stocker lachte. »Asperger, was? Also ein halber Autist. Klar, das entspricht zufälligerweise genau meinem Wesen.«

Er klebte sich vorsichtig den Echthaar-Schnurrbart an, besah sich im Spiegel und setzte die große schwarze Hornbrille auf. Dann sagte er mit monotoner Stimme: »Aufgrund meiner unzureichenden Versorgung mit Lebensmitteln wünsche ich umgehende Nahrungsaufnahme. Das würde meine Leistungsfähigkeit progressiv steigern, was sich wiederum erhellend auf mein Denkvermögen auswirken würde.«

Zeno schaute erstaunt, dann brach er in schallendes Gelächter aus. »Genau, das ist es, Professor. Mit anderen Worten, wir essen jetzt gleich ein schönes Gulasch mit Serviettenknödel, ja?«

Stocker schloss die Augen und nickte ein. Bald darauf stieß Zeno ihn an der Schulter. »Wach werden, Professor. Das da vorne, das ist schon Krumau. Wie heißt die Straße, in der wir jetzt sind? Kannst du das Schild an dem Haus lesen?«

»Plesi…irgendwas«, sagte Stocker, und Zeno meinte: »Ich kannte mal eine Schnitte aus Lettland, die hieß so ähnlich. Da muss die aber später richtig gut in der Kiste gewesen sein, wenn die hier eine Straße nach ihr benannt haben, was?«

»Da vorne, das Schild, da geht's zum Golfplatz.«

Zeno nickte. »Dann sind wir richtig. Schau mal, wie die Straße heißt … steht da … Suma…dings oder so ähnlich, dort muss nämlich dann irgendwo das Hotel sein.«

»Gut, dann lass mich hier irgendwo raus. Das Gulasch essen wir getrennt. Du im Hotel und ich in der Kneipe da vorne links. Fahr rechts ran, ich muss noch meine Tasche aus dem Kofferraum holen. Die Hörgeräte lass ich gleich im Ohr. Wenn sich bei dir irgendwas ändert, gib mir Bescheid.«

Zeno bremste den Skoda ab, schaltete den Motor aus und drehte sich zu Stocker. »Albin, ich hab keinen Schimmer, wie das heute Abend ausgehen wird. Aber ich will, dass du weißt –«

»Mir ist nicht nach dem Austausch von Emotionalien. Wir sehen uns.« Dann klopfte er Zeno auf die Schulter und stieg aus dem taubenkackegrauen Fahrzeug.

Stocker schnappte sich die schwarze Aktentasche und winkte Zeno nach. Der hob den Daumen, und der Skoda verschwand in einer leichten Rechtskurve. Stocker ging über die Straße und betrat die kleine, gemütliche Kneipe.

Bis zu seinem Treff in der Bar des Grand-Hotels hatte er noch zwei Stunden Zeit. Er setzte sich, studierte die Speisekarte und bestellte sich ein Gulasch mit Knödeln und dazu ein Pilsner Urquell vom Fass.

Showtime

Das Taxi rollte vor der riesigen Glasdrehtür des »Krumlov-Grand-Hotel« aus, und es war kaum zum Stillstand gekommen, da riss ein Page die hintere Tür auf. Der junge Mann trug eine rotbraune Uniform und eine alberne Pagenkappe, die schräg auf dem Kopf saß. Er erinnerte Stocker an einen Erdnussverkäufer in einem Wanderzirkus, in dem er mit seinem Vater vor vielen Jahren mal gewesen war.

Stocker gab dem Erdnussmann einen Geldschein, bezahlte das Taxi und schnappte sich seine schwarze Aktentasche. Dann ging er durch die Drehtür in die Lobby des Hotels, das ihn mit all dem Plüsch und Blattgold wie ein riesiges Wohnzimmer vorkam. An der Bar stellte er seine Tasche auf den Tresen, bestellte ein Wasser und bedeutete dem Mann in der Kellner-Livree, auf seine Tasche aufzupassen.

Im Waschraum stellte er sich vor den Spiegel und schaute sich an: blauer Anzug, zwei Knöpfe geschlossen. Das weiße Hemd war bis obenhin zugeknöpft. Seine mittellangen braunen Haare hatte er mit viel Gel glatt nach hinten frisiert, sodass er seine hohe Stirn im Spiegel glänzen sah. Mit der schwarzen Hornbrille und dem braunen Schnurrbart erkannte er sich selbst nicht wieder. Er stellte sich stockgerade hin, hielt den Kopf hoch und sagte zu dem Spiegelbild: »Kannst du mir sagen, warum ich das alles tue?« Der Spiegel blieb stumm, aber wenn er hätte reden können, dann hätte er geantwortet: »Was fragst du mich? Ich hänge hier blöd rum und mache meinen Job. Aber du siehst echt wie einer aus, der Asperger hat.«

Stocker ging zurück an die Bar, setzte sich auf einen der hohen Hocker und nippte von seinem Wasser. Nach etwa einer Viertelstunde traten zwei Kerle an ihn heran. Der kleinere stellte sich neben ihn, musterte ihn von oben bis unten und räusperte sich. »Dr. Heisenberg?«

Stocker schaute ihn an und nickte. Der breitschultrige Große hinter ihm kniff ein Auge zu, strich über das Revers seiner alten braunen Anzugjacke und sagte mit hartem Akzent: »Wie geht es Ihnen, Doktor?«

Stocker betrachtete ihn und seine ausgelatschten, ebenfalls braunen Schuhe, die fadenscheinige Hose und die Jacke, die nicht zu der Hose passte. Dann erwiderte er: »Ich sehe keinen Sinn darin, mit Ihnen über mein Befinden zu reden. Wo gehen wir hin?«

Der Kleine rückte an Stocker ran und flüsterte in einem ähnlich schweren Akzent: »Pass auf, du Spaßvogel, wenn mein Partner dich was fragt, dann gibst du eine vernünftige Antwort, ja?«

Stocker schaute ihn erstaunt an und leierte mit monotoner Stimme: »Ich weiß von keinem Vogel, der sichtbar Spaß an seinem Dasein hat. Ich bin mir auch nicht sicher, ob entsprechende dahin gehende Erhebungen existieren. Und was die Vernunft anbelangt, die Sie hier ansprechen, dann steht diese immer in der Relation zu dem Gesagten und der damit erwünschten Wirkung.«

Die beiden Kerle schauten sich an, und der größere zuckte mit den Schultern.

In Stockers rechtem Hörgerät knackte es, dann hörte er Zenos leise Stimme: »Test. Ich muss wissen, ob du mich klar verstehst. Die Stimmen der beiden Clowns und deine hab ich astrein. Steh auf und scharre mit den Füßen.«

Stocker glitt vom Barhocker und zog den rechten Fuß zweimal über den dunkelbraunen Holzboden. Zeno flüsterte: »Gut, alles klar. Kann losgehen. Over.«

»Was machen Sie da?« Der Große starrte Stocker erstaunt an.

»Das hat mit der Biomechanik des Gehens zu tun. Der aufrechte Gang ist nur möglich, wenn man sich ständig mit der Erdanziehungskraft auseinandersetzt. Der Planet versucht immerzu, uns in Richtung des Erdinneren zu ziehen, und der

Körper hat sich darauf eingestellt, exakt dieselbe Kraftmenge einzusetzen, um sich auf der Erdoberfläche fortzubewegen. Beantwortet das Ihre Frage hinreichend?«

Der Große schluckte und schaute den Kleinen an. Der kreiselte mit seinem Zeigefinger an der rechten Stirnseite und sagte: »Alles klar, Doc. Natürlich haben Sie recht. Kommen Sie, der Chef erwartet uns.«

Stocker ging mit den beiden aus dem Hotel, und derselbe Page, der ihm die Taxitür geöffnet hatte, riss jetzt die hintere rechte Tür eines schwarzen S-Klasse-Mercedes auf. »Bitte, mein Herr!«

Stocker sagte zu dem Großen: »Da steige ich nicht ein. Definitiv nicht.«

Der Kleine seufzte. »Warum nicht, Doc? Das ist ein Auto. So was haben heutzutage viele Menschen. Wir werden Sie nicht tragen, also steigen Sie schon ein.«

Stocker starrte auf einen Punkt am Horizont. »Pro Jahr sterben alleine in Deutschland hundertdreißig Menschen auf Pkw-Rücksitzen. Zweitausendachthundert werden schwer verletzt. Vordersitze von Mittelklasse-Pkws sind seit zwanzig Jahren mit Anschnallwarnern, Gurtstraffern und Airbags gesichert. Ich werde deshalb rechts vorne Platz nehmen.«

Der Große knurrte: »Doktor, schwingen Sie Ihren akademischen Arsch da rein. Los jetzt, sonst …!«

»Definitiv nein. Sie erwähnten soeben das Wort ›sonst‹. Das kann nur bedeuten, dass Sie mir eine Alternative anbieten wollen?«

Der Kleine stieß wütend die Luft aus, riss die Beifahrertür auf und seufzte: »Doktor, dann steigen Sie in Gottes Namen da vorne ein, wenn es Sie beruhigt.«

Stocker setzte sich umständlich auf den Beifahrersitz, schnallte sich an und drückte seine Aktentasche an die Brust.

Der Kleine setzte sich hinter das Steuer und sagte: »Mann aber auch. Geht doch.«

»Das ist eine eindeutig falsche Einschätzung der Lage. Um

zu gehen, bedarf es keines motorisierten Fahrzeugs. Möchten Sie, dass ich dieses Gefährt wieder verlasse?«

Der Große ließ seinen Schädel gegen die Kopfstütze fallen. »Bitte fahr, Pjotr. Fahr, dann haben wir es hinter uns.«

Nach wenigen Minuten hatten sie die alte Papierfabrik erreicht. Pjotr lenkte den Benz auf einen der Höfe. Zwei Männer mit Maschinenpistolen kamen an den Wagen, zwei weitere standen neben einer grau gestrichenen Stahltür.

Ein dicker Mann mit einem Walrossbart trat an das Fahrerfenster. »Ihr sollt mit dem Mann zuerst in den Keller gehen, sagt der Chef.«

»Gut. Haben Sie das gehört und verstanden, Doktor?«

Stocker starrte auf einen der hohen Schornsteine vor ihm und trommelte mit den Fingern auf seinen Knien. »Ich gehe definitiv in keinen Keller. Statistisch gesehen ist die Gefahr, ebendort verschüttet zu werden, in einer anderen Potenz als über der Erdoberfläche zu sehen. Bringen Sie mich in einen hohen Raum mit vielen Fenstern in einem der oberen Geschosse. Anderweitig kann ich Ihnen nicht zu Diensten sein.«

Das Walross stützte sich mit dem rechten Arm auf das Autodach und sagte zu dem Kleinen: »Von welchem Planeten kommt denn der? Ihr bringt den jetzt in den Keller, klar?«

Stocker wandte den Blick nicht von dem Schornstein und sprach mit monotoner Stimme: »Dort werde ich in exakt zwei Minuten in Ohnmacht fallen, und es wird mir nicht möglich sein, eine vernünftige Kommunikation zu leisten. Bringen Sie mich in ein Obergeschoss.«

Walross grunzte und wurde dunkelrot im Gesicht. »Soll ich ihm eine reinhauen?« Und der Große auf dem Rücksitz meinte: »Wir bringen ihn gleich nach oben zum Chef. Der soll dann entscheiden, was wir machen. Kommen Sie, Doktor, wir nehmen den Aufzug.«

»In Europa gibt es vier Millionen Fahrstühle. Die Hälfte

davon weist gravierende Sicherheitsmängel auf. Genau genommen sind es knapp einundfünfzig Prozent. Die Todesfälle bei Fahrstuhl-Unfällen –«

»Doktor, hallo? Ist ja gut. Wir gehen zu Fuß, Doktor, kommen Sie, wir gehen jetzt!«

Der Kleine war um den Wagen herumgewieselt und riss die Tür auf. Das Walross rief ihnen nach: »Wenn ihr mit dem fertig seid, darf ich ihn dann erschießen?«

Der Kleine stieß einen russischen Fluch aus und schlurfte über das graue Kopfsteinpflaster zur Tür, Stocker und der Große gingen schweigend hinter ihm her.

In der zweiten Etage des alten Fabrikgebäudes traten sie in einen großen, loftartigen Büroraum. Der grauweiße Putz bröckelte von den Wänden und gab den Blick auf rote Ziegelflächen frei. Die Seite zum Hof war mit großen Fenstern versehen, und Stocker sah die mannshohen Neonbuchstaben des Grand-Hotels auf der anderen Seite der Moldau. In seinem rechten Hörgerät knackte es, dann ertönte Zenos flüsternde Stimme: »Wir haben dich klar und deutlich, jetzt sehen wir dich auch. Da sind noch zwei Gorillas und der Typ hinter dem Schreibtisch. Wenn du mich gut hörst, scharre mit dem Fuß. Over.«

Stocker zog schlurfend einen Fuß über den verschrammten dunkelbraunen Hartholzboden, der Mann hinter dem Schreibtisch schaute auf und fragte erstaunt: »Was wird das?« Sein Gesicht tauchte in den Lichtkegel der Stehlampe ein, und Stocker sah, dass er ein braunhäutiger Mann mit dunklen Haaren war. Seine Augen wirkten wie zwei polierte Kohlestücke, und die Narben auf seiner Stirn schimmerten hellgrau.

Der Große hinter Stocker hob die Stimme: »Das macht er andauernd, Chef. Hat was mit der Erdanziehung zu tun oder so. Damit er nicht umfällt, sagt er.«

»Was? Bist du besoffen?« Der Mann hinter dem Schreibtisch stand kopfschüttelnd auf und ging auf Stocker zu, streckte ihm die Hand hin. »Guten Tag, Herr Dr. Heisenberg.

Ich hoffe, man hat Sie höflich behandelt und die manchmal ruppige Art meiner Männer hat Sie nicht verängstigt.«

»Ängstlichkeit stammt aus prähistorischen Zeiten, als sich der Homo sapiens gegen Raubtiere verteidigen musste. Der Hauptfeind war der Säbelzahntiger. Meines Wissens ist der aber vor einer Million Jahren ausgestorben.« Stocker schaute auf die dargebotene Hand. »Auch das Handreichen entstammt einer Sitte aus dem frühen Mittelalter und ist nicht mehr nötig. Wo ist die zu prüfende Flüssigkeit?«

Der Kleine wurde langsam wütend. »Soll ich ihm eine reinhauen, Chef?«

Stocker fixierte einen Ziegelstein in der Wand und murmelte monoton: »Physische Gewalt ist überwiegend instrumentell, also ein direktes Mittel zu einem quantifizierbaren Zweck. Dieses Stadium lässt sich in unserem Fall aber durchaus über ausschließlich verbale Kommunikation lösen. Würden Sie bitte die Flüssigkeit bringen lassen?«

Die drei Männer starrten sich an, und der Große sagte schulterzuckend: »So ist er schon die ganze Zeit über. Was machen wir?«

Der Chef holte tief Luft und sprach mit einem gequälten Lächeln: »Pjotr, hol die Flasche hoch.«

»Warum ich?«

Stocker, der noch immer auf den Ziegelstein starrte, sagte: »Falls es sich bei dem zu Prüfenden um Polonium-210 handelt und es gut verpackt ist, beträgt die zu erwartende Strahlung auf Ihren Körper ungefähr zwei Komma vier mal zehn Sievert. In der Potenz natürlich. Dies wäre ein Tausendstel der natürlichen Strahlendosis pro Stunde. Also irrelevant. Darf ich meine Tasche öffnen?«

»Haben Sie was Scharfes dabei, Doktor?«, fragte der Chef, und Stocker erwiderte mit todernstem Gesichtsausdruck: »Nur meinen Verstand. Lassen Sie nun die Flüssigkeit holen?«

Der Kleine drehte sich fluchend um und verließ den Raum.

»Mein Name ist Magillin, Herr Dr. Heisenberg. Entschuldigen Sie die Unhöflichkeit meiner Mitarbeiter. Möchten Sie Platz nehmen?«

Stocker schüttelte den Kopf und ging zum Schreibtisch, um seine Tasche abzustellen. Er öffnete den Verschluss, griff hinein und sah im Spiegel der Fenstergläser, wie der Große an der Eingangstür eine Pistole aus dem Hosenbund zog und auf ihn richtete. Magillin trat neben Stocker, schaute in die Tasche und winkte dem Großen zu. Der steckte seine Pistole wieder ein und lehnte sich an die Wand.

Stocker hob einen Geigerzähler aus der Tasche, legte ihn auf die Tischplatte und sagte: »Ich möchte bitte die Karten sehen, auf die die Flüssigkeit aufgebracht wird. Ebenso die Deckschicht.«

Magillin nickte, ging um den Schreibtisch herum, zog eine der Schubladen auf und reichte Stocker eine kleine weiße Plastikkarte von der Größe einer VISA-Card. »Sehen Sie, das ist der Träger, und das hier«, er legte ein gazeartiges Tuch auf den Tisch, »das kommt auf die beschichtete Rückseite. Das Material heißt Tumilar und lässt Körperfeuchtigkeit eindringen, die sich dann mit dem Polonium vermischt und so wieder auf und in den Körper gelangt.«

Stocker nickte, und Zenos leise Stimme ertönte im rechten Hörgerät. »Frag ihn, ob sie in diesem Gebäude produzieren.«

»Ich nehme an, Sie haben die Vorrichtungen zur Endfertigung bereits komplett in diesem Haus und einsatzbereit?«

Magillin nickte. »Alles unten im Keller. Sobald Sie mit der Prüfung des Poloniums fertig sind und wir unser Geld bekommen, werfen wir die Maschinen an.«

Die Tür öffnete sich, und der Kleine kam mit einem Alucase in der Hand vorsichtig in den Raum.

»Stellen Sie den Koffer bitte dort auf den Tisch«, sagte Stocker und schaltete seinen Geigerzähler ein. Dann klappte er den Aludeckel des Koffers auf und besah sich die silberfarbene Flüssigkeit in der dicken Glasflasche vor ihm.

»In festem Zustand ist es besser zu transportieren, aber

das hier ist auch gut messbar.« Stocker fuhr mit dem Fühler des Geigerzählers über die Flasche und dozierte in das laute Knacken hinein: »Zufriedenstellend, und die Menge ist mehr als ausreichend. Meine Aufgabe ist hiermit erledigt. Bringen Sie mich bitte zurück ins Hotel.«

Magillin nickte. »Gut, Doktor. Hat mich sehr gefreut. Haben Sie uns noch was zu sagen?«

»Nein. Ich werde jetzt gehen.« Stocker packte den Geigerzähler ein, schloss den Aktenkoffer und ging zur Tür. Dort blieb er stehen und starrte die Klinke an.

Magillin sagte: »Leben Sie wohl, Doktor«, dann griff er zum Telefon und sprach ein paar Worte auf Tschechisch in den Hörer. Stocker verstand nur die Brocken »Polonium« und »in Keller«.

Der Große öffnete die Tür. Im Treppenhaus nahmen sie ihn in die Mitte, und Stocker spürte den Knoblauch-Atem des Kleinen hinter sich. Dann hört er Zenos Stimme im Ohr: »Schau, dass du Land gewinnst. In genau zwei Minuten ab jetzt geht die Bude hoch. Ich sehe dich in ein paar Minuten dort, wo ich dich abgesetzt habe. Mach's gut und am Stück. Over.«

Unten im Hof gingen sie im Gänsemarsch zu dem schwarzen Mercedes. Der Große öffnete die hintere Tür, und Stocker stieg ein.

Der Kleine und der Große schauten sich an, dann zog der Große seine Pistole und hielt sie Stocker an den Kopf. »Mit dir stimmt was nicht, Kamerad. Vorhin wolltest du ums Verrecken nicht hinten sitzen, und jetzt steigst du da einfach ein. Komm mal flott aus der Karre raus, ich glaube, wir haben was zu besprechen.«

In Stockers Hörgerät war wieder Zenos Stimme. »Albin, gleich knallt es, dann mach was. Achtung ... JETZT!«

Stocker schaute zur zweiten Etage und den großen, hell erleuchteten Fenstern hoch. Eine grelle, rot-gelbe Kette aus kleinen, glühenden Punkten kam rasend schnell durch die

Nacht gerauscht, über die Fabrikmauern hinweg, und schlug in der Fensterfront im zweiten Stock ein. Die nächste Salve zerfetzte die anderen Glasscheiben, und ein Splitterregen von Glas- und Holzteilen regnete auf den Hof nieder. Die zwei Männer mit den Maschinenpistolen rannten ins Haus, und die beiden Wachen am offenen Stahltor starrten verständnislos zum Himmel hoch.

Stocker umfasste die Pistole des Großen, drehte sie ihm blitzschnell aus der Hand und schnellte aus dem Wagen. Dann verpasste er ihm einen heftigen Kopfstoß, wuchtete ihm ein Knie in den Unterleib und schlug ihm mit der Pistole auf den Hinterkopf. Der Mann ging grunzend zu Boden.

Der Kleine kam verwirrt um den Wagen herumgelaufen und schaute schnell nach oben, wo immer noch lange Garben von Leuchtspurgeschossen einschlugen und die ersten Flammen aus den Fensterhöhlen leckten.

Stocker hob die Pistole und spannte den Hahn. »Gib die Autoschlüssel her, los!«

Der Kleine starrte Stocker an, blickte dann wieder nach oben und verstand nichts. Stocker schoss ihm ins Bein, und wie von einem Hammer getroffen, wirbelte der kleine Mann um die eigene Achse und fiel zu Boden. Stocker beugte sich über ihn und durchwühlte seine Hosentaschen, einer der beiden Kerle vom Tor kam angerannt, und Stocker warf sich vorne in den Wagen und schlug die Tür zu. Der Kleine wälzte sich auf dem Boden und hielt mit beiden Händen seine zerschmetterte Kniescheibe, zwischen den Fingern quoll sein Blut hervor und tropfte auf den Boden.

Einer der Männer hob seine Maschinenpistole und feuerte auf den Wagen, genau in dem Moment, als der Motor zornig aufbrüllte. Stocker hörte die Geschosse wie große Steine von der Karosse abprallen, und auf der Heckscheibe zeigten sich kleine milchige Punkte.

Er stellte die Automatik auf »D« und trat das Gaspedal voll durch. Die Reifen des Achtzylinders drehten sich fauchend, und Stocker riss den Wagen in eine Hundertachtzig-Grad-Drehung. Die Geschosse der Maschinenpistole folgten ihm, konnten der Panzerung des Mercedes aber nichts anhaben.

Das riesige Stahltor am anderen Ende des Fabrikhofes setzte sich langsam und knirschend auf seinen Rollen in Bewegung, und Stocker hielt mit immer noch quietschenden Reifen schlingernd darauf zu. Hinter ihm flackerten die Flammen meterhoch aus den zerborstenen Fenstern, und er hörte gedämpft den Knall einer Explosion.

Das Tor fuhr langsam ruckelnd zu, und der zweite Wächter stellte sich in die Lücke und hob seine Waffe. Stocker duckte sich und hielt das Lenkrad fest. Die ersten Geschosse prasselten gegen die Frontscheibe, dann erwischte Stocker den Mann mittschiffs und sah, wie er über die Fronthaube und über das Dach nach hinten katapultiert wurde. Die Kante des Stahltores schrammte kurz auf der rechten Seite der Limousine entlang, und dann war er durch.

Stocker ging vom Gas und schaute schnell in den Rückspiegel. Das große Tor war jetzt ganz geschlossen, und weiter hinten sah man Flammenzungen in den Nachthimmel aufsteigen.

Mit normaler Geschwindigkeit fuhr er über die Brücke, am Grand-Hotel vorbei. Kurz darauf stellte er den Wagen auf ein leeres Grundstück zwischen zwei dunklen Bürogebäuden. Im Handschuhfach fand er einen Lappen und ein Stück Fensterleder. Damit wischte er alle Flächen ab, von denen er glaubte, dass er sie berührt hatte. Dann stieg er aus dem Mercedes, ließ die Fahrertür offen und den Schlüssel stecken. Nach ein paar Schritten ging er noch mal zurück und löschte die Innenbeleuchtung.

Was weg ist, ist weg

Stocker stand kaum an der Straße vor der Gulasch-Kneipe, da kam Zeno angefahren. Er bremste kurz, beugte sich breit grinsend zur Beifahrertür und stieß sie auf. »Normalerweise nehme ich keine leichten Mädchen mit, aber bei dir mach ich mal 'ne Ausnahme.«

Stocker sprang in den Wagen, Zeno fuhr an und schnalzte mit der Zunge. »Na, wie war das Feuerwerk?«

»Habt ihr einen Panzer dabeigehabt?«

Zeno schaute in den Rückspiegel. »So was Ähnliches. Der Axel, der verrückte Hund, hat sich die Lage vorab schon mal im Internet angesehen und ein M60 mitgebracht. Mit dem hat er Phosphorgeschosse rübergejagt, fünfhundertfünfzig Stück in der Minute. Gut, was?«

»Wo ist er jetzt?«

»Der ist in der anderen Richtung unterwegs.«

»Mit dem Maschinengewehr?«

Zeno lachte. »Ich krieg gleich einen Scherzinfarkt. Das war glühend heiß, du Spinner, das haben wir in einen Lüftungsschacht oben auf dem Dach geworfen. Der Mann hat sogar an Asbesthandschuhe gedacht. Einmal Profi, immer Profi.«

Stocker riss sich den falschen Schnurrbart von der Oberlippe und warf ihn zusammen mit der Brille aus dem Fenster. Dann zerwühlte er seine glatt frisierten Haare, schaute in den Spiegel der Sonnenblende und fragte: »Wie kriegt man ein komplettes Maschinengewehr mitsamt Munition ungesehen durch eine Hotel-Lobby?«

Zeno grinste noch breiter. »Denk doch mal mit, Junge. Direkt neben dem Hotel ist ein Golfplatz. Also ist AM als Golfer angereist, hat unter irgendeinem Namen ein Zimmer angemietet und einen Koffer voller Kram in das Zimmer bringen lassen, das er nie betreten hat. Er selber ist mit einem Big-Max-Golf-Trolley direkt aufs Dach marschiert.«

»Einem ... was?«

»Das sind diese XXL-Golftaschen auf Rädern, in denen die Profis ein Dutzend Schläger und den neuen Playboy über das Green ziehen. Da hätte neben dem Maschinengewehr sogar noch ein Granatenwerfer Platz gehabt.«

Auf der 160 kamen ihnen zwei Streifenwagen mit Blaulicht und Sirene entgegen, gefolgt von einem rot-weißen Rettungsbus und zwei zivilen Polizeiautos mit aufgesetzten Blaulichtern. In der Ferne hörten sie die Sirenen der Feuerwehr.

Stocker schüttelte den Kopf, und Zeno sagte: »Das glaubt uns wieder kein Schwein. Bist du okay? Hattest du Probleme?«

»Nicht mehr als sonst auch. Ich glaube nur, dass ich langsam zu alt für diesen James-Bond-Mist werde.«

Kurz hinter Linz summte Stockers Handy. Er hielt es ans Ohr und hörte Semovs Stimme: »Ich habe schon von eurem Grillfest gehört. Gratuliere. Leider habe ich eine nicht so gute Nachricht für Sie.«

Stocker runzelte die Stirn. »Was ist los?«

»Unser Gast ist weg. Er war zu seinen Betreuern sehr unhöflich und ist mit unbekanntem Ziel abgereist.«

Stocker hielt das Telefon an die Brust und schaute zu Zeno. »Timo ist geflohen. Er ist ihnen irgendwie abgehauen.«

Zeno presste einen Fluch zwischen den Zähnen hervor, und Stocker sprach in das Telefon: »Und jetzt?«

Semov lachte. »Nun, jetzt werden einige Interessengruppen hinter ihm her sein. Ich vermute, wir werden lange nichts mehr von unserem gemeinsamen Freund hören. Das wollte ich Sie wissen lassen. Leben Sie wohl.«

Stocker legte das Handy in die Ablage und fuhr sich mit der Hand über die Stirn. »Was soll's, was weg ist, ist weg.«

Und Zeno knurrte grimmig: »Nicht, solange ich atme.«

Stocker öffnete das Handschuhfach und tastete zwischen angebrochenen Bonbontüten, Kekspackungen und Papiermüll.

»Was suchst du?«

»Ich möchte was zu trinken. Was Hochprozentiges. Hier war doch immer ein Flachmann, oder?«

Zeno sog bedauernd Luft durch die Vorderzähne. »Weg. Aber in Rosenheim kenne ich eine Bar, die haben einen Drink, der heißt ›Rosenheim-Blues‹. Drei von den Dingern und du schwebst in der erdnahen Umlaufbahn. Ich glaube, das könnten wir beide jetzt brauchen.«

Stocker schaute auf die Uhr. »Klingt perfekt. Schaffen wir das noch?«

Zeno schaute in den Rückspiegel, grinste und drückte das Gaspedal durch.

Geld regiert die Welt. Traurig, funktioniert aber

Timo war unauffindbar. Zeno saß Nacht für Nacht an seinem Laptop in der Küche der »Endstation« und rief regelmäßig seine Kontaktleute an. Stocker ließ Johns Manchester Boys in Denia und seine Cyber-Cowboys nach ihm suchen. Timos Spur verlor sich und wurde kalt.

An einem verregneten Freitagnachmittag putzte Zeno an der Küchenspüle Möhren. Josef lag in seinem Korb hinter der Theke in der Gaststube und schnarchte lauthals.

Stocker kam mit zwei kleinen Bieren in die Küche, stellte sich neben Zeno und biss in eine Möhre. »Ich hab mir was überlegt. Da, trink und hör zu.«

Zeno wischte sich die Hände ab, nahm ein Glas und roch am Schaum. »Prost. Um was geht's?«

»Timo. Wir aktivieren die Buschtrommel und setzen eine Belohnung aus. Einen dicken Batzen Geld, mit dem sich das Kroppzeug beeindrucken lässt. Und wir lassen durchsickern, dass sich jeder mit uns anlegt, der was zu verbergen hat. Zuckerbrot und Peitsche. 'ne halbe Million, zahlbar cash, wenn uns jemand einen Tipp gibt, wo wir die Ratte finden. Gelöhnt wird, wenn wir ihn haben. Dafür garantiert ein Mittelsmann, vor dem alle Schiss haben, nämlich besagte Buschtrommel.«

»Wer soll das sein?« Zeno hob sein Bierglas gegen die Neonröhren über den Herden. »So ein großes Haus und so kleine Gläser. Aber jetzt mal im Ernst, Mann. Wen willst du da vorschalten?«

Stocker grinste. »Semov. Der und seine Verbindungen werden die Nachricht schnell in Umlauf bringen. Alleine in der Traunsteiner Gegend leben Tausende von denen. Da gibt's sogar ein paar Agenturen, die sich nur auf russische Hochzeiten spezialisiert haben. Und hier im Chiemgau? Auch jede

Menge von den Brüdern. Die sind mit unseren heimischen Ganoven in Geschäftsbeziehung und umgekehrt. Wenn Semov was ausstreut, erfährt das in ein paar Tagen die gesamte bayerische Unterwelt. Und wir bieten ihm für seine Dienste hunderttausend als Erfolgshonorar. Was meinst du?«

Zeno reichte Stocker eine Möhre. »Was für tolle Einfälle du doch manchmal hast. Los, nimm diese Rose und mach dich ans Telefonieren, meine Hübsche!«

Keine vier Wochen später: Klappe zu, Affe tot

»Tief genug?«

Zeno trat einen Schritt näher und schaute in die Grube. Die war etwas mehr als knietief. Timo lehnte sich auf die Schaufel, er schwitzte trotz der Nachtkühle. In der Luft lag immer noch die Restwärme des Tages, aber der Mann in der Grube sah aus, als stünde er mitten in der Sahara.

»Für mich wär's zu flach.« Zeno kratzte sich mit dem Lauf des Revolvers am Ohr.

Timo verlagerte sein Gewicht auf den linken Fuß und umklammerte den Spatengriff.

Zeno grinste. »Denk nicht mal dran, Alter.« In einer gleitenden Bewegung fasste er an seinen linken Fuß und zog einen zweiten Revolver aus dem Knöchelhalfter. »Schau, was der Onkel hat. Ich kann dich mit dem Ding erschießen und mich immer noch am Ohr kratzen. Super, was? Grab weiter, sonst buddeln dich die Hunde aus. Oder erwartest du irgendwann Besuch? Dann passt die Tiefe.«

Timo sah sich um. »Wo haben wir dich damals vergraben? Das war doch hier irgendwo, oder? Ich kann diese Chiemseebuchten nicht auseinanderhalten.«

Zeno nickte. »Genau. Da drüben war das. Und das, wo wir beiden Hübschen jetzt sind, das ist die Schafwaschener Bucht. Schön, nicht? Genieß noch ein bisschen die Gegend.«

Der Mann in der Grube sah sich um. Sein blindes Auge glänzte matt im Mondlicht, und der Schlangenkopf, der über dem Hemdkragen zu sehen war, schien zu leben. »Das war rein geschäftlich, Mann, das weißt du doch.«

Vom See her kam Wind auf, der flüsternd durch das nahe Schilf strich. Timos Haut spannte sich schweißnass über seinem Gesicht, und sein intaktes Auge leuchtete dunkel wie bei einem Speedfreak. Seine Brust hob und senkte sich, als versuchte er, seinem Blut schneller Sauerstoff zuzuführen. »Gib mir 'ne Chance, Zeno. Lass mich aus dem Loch raus, und wir machen es auf die alte Art. Mann gegen Mann. Ohne Waffen. Nur du und ich. Was meinst du?«

»Geht leider nicht, ich hab heute noch was vor, da kann ich mir die Klamotten nicht versauen.«

Timo schnaubte Schweißtropfen aus seiner Nase. »Du hast Angst, was?«

Zeno schaute auf die beiden 38er. »Ich zeig dir jetzt, was Angst ist.«

Er machte einen schnellen Schritt von der Grube weg und hob den Revolver in seiner Linken, sodass er über den gestreckten Arm hinweg Timos Kopf im Visier hatte. Mit der rechten Hand drückte er einen Hebel hinter der Trommel, klappte sie aus dem Rahmen und ließ fünf Patronen in das sumpfige Gras fallen. Dann schwang er sie mit einer schnellen Bewegung des Handgelenks wieder zurück, drehte sie mit dem Daumen und hob sich die Waffe unter das Kinn.

»Angst? Das tut man mit Angst. Man stellt sich ihr. Pass auf, wenn du Glück hast, kannst du gleich mit meinem Auto verschwinden.«

Timo starrte Zeno ungläubig an. Im Mondlicht wirkte sein Mund wie eine Narbe. Seine Nasenflügel bebten, als Zeno den Hahn halb spannte und die Trommel mit dem Daumen zweimal weiterdrehte.

»Auf geht's«, sagte Zeno. Seine Gesichtshaut wurde starr wie Pappe, dann drückte er ab.

Das Klicken, als der Hahn auf die leere Kammer schlug, war laut wie ein Trommelschlag. Zeno stieß zischend die Luft aus, bückte sich, wobei er mit der anderen Waffe immer noch auf Timo zielte, und hob die Patronen auf, die im feuchten Gras schimmerten.

»Dreh dich um und heb die rechte Hand. Ich komm jetzt und drück dir den Revolver in die Pfote. Mit dem anderen hab ich dich im Visier, mach also keinen Scheiß, ja?«

Timo drehte sich, Zeno ging vorsichtig auf ihn zu und drückte ihm eine Waffe in die Hand. »Bleib genau so. Beweg dich nicht. Nimm die Knarre an den Kopf, spanne den Hahn halb, mach's einfach wie ich zuvor. Lass dabei die Waffe immer an deinem Kopf. Gut so. Wenn du dann so weit bist, können wir.«

»Und dann?«

»Wir spielen das, bis einer von uns beiden umfällt. Ist dir das fair genug? Du wolltest doch eine Chance. Hier ist sie.«

Timo nickte, spannte den Hahn und drückte ab.

Die Kugel durchschlug seinen Kopf, und der Mann war tot, bevor er in der Grube aufschlug.

Zeno trat näher und blickte auf Timo, der dalag wie eine Marionette, der man die Fäden gekappt hatte. »Sorry, Mann, ich hab dir wohl aus Versehen den falschen Revolver gegeben.«

Epilog

Semov entdeckte einen neuen Erwerbszweig. Er ließ in der JVA Bernau von einem irren Serienkiller teuer aussehende Modellautos anfertigen. Er dachte sich, was woanders funktioniert, geht hier auch. Er sollte recht behalten.

Fritz gründete nach seiner Entlassung aus dem Knast ein DJ-Trio. Unter dem Namen »The Chaingang« zogen sie in Tirol Ü-50-Partys auf, die schnell ein Renner wurden.

Alfons wurde Profi-Geiger und spielt noch heute bei den Saitenstürmern.

Stocker und Josef unternehmen lange Waldspaziergänge. Manchmal ist eine ziemlich hübsche Frau aus Rosenheim mit dabei. Und Josef findet es ziemlich eklig, wenn die beiden sich küssen.

Das klingt jetzt alles nach einem soliden Happy End. Ist es aber nicht, denn eines Nachts …

Heinz von Wilk
CHIEMSEE-VERSCHWÖRUNG
Broschur, 256 Seiten
ISBN 978-3-95451-366-6

»Bierernst bleibt es bei den Krimis von Heinz von Wilk nie. Es gibt auch immer jede Menge zu lachen. Der Autor führt mit viel Ironie und sehr direkter Sprache durch die Handlung. Die Originalität seiner Figuren gibt den Krimis eine ganz besondere Würze.«
Oberbayerisches Volksblatt

Heinz von Wilk
CHIEMSEEGESCHICHTEN
Broschur, 176 Seiten
ISBN 978-3-95451-309-3

»Die Geschichten sind manchmal schräg, manchmal derb, manchmal traurig. Aber sie machen Spaß. So wie jeder Ausflug ans ›bayerische Meer‹, sei er auch noch so kurz.« Münchner Merkur